MÉMOIRES HISTORIQUES

RELATIFS A LA FONTE ET A L'ÉLÉVATION

DE LA STATUE ÉQUESTRE

DE HENRI IV.

(1)

AVIS AU RELIEUR.

La planche de l'ancienne statue de Henri IV doit être placée à la fin de l'Introduction, page 42. — La planche des appareils employés pour le transport et l'élévation de la nouvelle statue, page 212. — La planche de la nouvelle statue, page 232.

IMPRIMERIE DE LE NORMANT, RUE DE SEINE, N° 8.

MÉMOIRES HISTORIQUES

RELATIFS A LA FONTE ET A L'ÉLÉVATION

DE LA STATUE ÉQUESTRE
DE HENRI IV

SUR LE TERRE-PLEIN DU PONT-NEUF A PARIS,

AVEC DES GRAVURES À L'EAU-FORTE
REPRÉSENTANT L'ANCIENNE ET LA NOUVELLE STATUE ;

DÉDIÉS AU ROI

PAR M. Ch. J. LAFOLIE,

CONSERVATEUR DES MONUMENS PUBLICS DE PARIS.

Civium pietas restituit.

A PARIS,

CHEZ LE NORMANT, LIBRAIRE,

RUE DE SEINE, N° 8; ET QUAI CONTI, N° 5,
ENTRE LE PONT-NEUF ET LA MONNAIE.

M DCCCXIX.

AU ROI.

SIRE,

La statue de Henri IV avoit été détruite ; mais les cœurs français n'avoient pas cessé de tressaillir d'amour au nom de ce Roi chéri.

La France tout entière a voulu réparer le tort de quelques insensés, et VOTRE MAJESTÉ n'a pas vu, sans en être touchée, l'impatiente ardeur de tous les citoyens pour relever l'image de votre illustre Aïeul.

Témoin de la joie publique dans cet heureux jour où VOTRE MAJESTÉ a présidé à l'inauguration du monument, Elle a entendu les accens de l'allégresse ; Elle a vu couler les douces larmes de la satisfaction et du bonheur.

Ces transports, SIRE, et ces acclamations étoient aussi l'expression de la reconnoissance nationale envers VOTRE MAJESTÉ qui, plaçant la sagesse et la bonté sur le trône, et régnant par les lois, cicatrise chaque jour les plaies de l'Etat, rouvre les sources de sa prospérité, sait, comme Henri, éteindre les dissensions, calmer les ressentimens, concilier tous les intérêts, et se plaît, comme ce Prince, à voir fleurir à l'ombre de la paix, sous son sceptre protecteur, les lettres, les sciences et les arts, qui embellissent l'existence de l'homme, et procurent aux peuples de la gloire sans amertume et sans regrets.

Chargé de suivre les opérations relatives à la réédification de la statue de Henri IV, j'en ai rassemblé les détails dans le livre que j'ose présenter à VOTRE MAJESTÉ, moins comme un ouvrage que comme un récit dont l'exactitude est l'unique recommandation.

En daignant me permettre de placer son auguste nom en tête de ces Mémoires, VOTRE MAJESTÉ m'accorde la faveur la plus précieuse que je puisse ambitionner, celle de lui offrir l'hommage du profond respect avec lequel je suis,

DE VOTRE MAJESTÉ,

SIRE,

Le très-humble, très-obéissant
et très-fidèle sujet,
CH. J. LAFOLIE.

Paris, le 15 janvier 1819.

PRÉFACE.

—

Son Excellence M. Lainé, ministre
secrétaire d'Etat de l'intérieur, me
fit l'honneur de m'écrire, le 14 novembre 1817, en réponse à mon rapport sur la fonte de la statue équestre
de Henri IV : « Il existe deux descrip-
» tions, l'une de la fonte de la statue
» de Louis XIV, l'autre de la statue
» de Louis XV, autrefois érigées à
» Paris. Ces descriptions sont utiles
» en ce qu'elles déterminent l'état de
» l'art au moment où l'opération a
» lieu, et servent de guide pour les
» opérations de la même nature, qui
» s'exécutent postérieurement.

   » Il seroit désirable qu'un pareil

» ouvrage fût fait pour la fonte de la
» statue de Henri IV. Vous avez suivi
» toutes les opérations dans leurs dé-
» tails ; je verrois avec plaisir que
» vous vous occupassiez d'en rédiger
» la relation. »

Je me suis, dès lors, livré à ce travail
avec tout le soin dont j'étois capable.

Les Mémoires Historiques que je
publie aujourd'hui en sont le résultat.

La partie technique devoit former
le fond de l'ouvrage. Le ministre
éclairé, qui en avoit jugé la publication
utile, indiquoit assez quel en devoit
être le but, et rien n'a été négligé
pour l'atteindre.

Chaque opération a été décrite
d'après les notes ou sur les renseignemens, de M. Lemot, et de ses coopé-
rateurs, chacun dans la partie qui le
concerne. La description en a été

ensuite soigneusement revue par eux. C'est seulement lorsqu'ils ont assuré que l'on avoit fidèlement rapporté, dans l'ordre et avec les termes convenables, ce qu'ils avoient fait, que la rédaction a été définitivement arrêtée.

Mais la partie technique ne pouvoit intéresser qu'un très-petit nombre de lecteurs. Le titre de *Mémoires* permettoit d'y rattacher des détails historiques propres à en dissimuler la sécheresse. Nous l'avons essayé : on jugera si nous avons réussi.

La division générale de ces Mémoires pourroit être établie ainsi :

De l'art de la fonte chez les anciens, et des statues équestres anciennes et modernes.

De la première statue de Henri IV.

De la nouvelle statue.

Remontant à l'origine de la fonte,

on rappelle succinctement, dans l'introduction, le peu de notions que les
anciens nous ont laissées à cet égard.
On jette un coup-d'œil sur leurs principales statues équestres; on voit l'art
de fondre recevoir son plus grand
accroissement sous Alexandre et sous
Périclès, passer chez les Romains à
l'époque de la conquête de la Grèce,
décliner sous les empereurs; enfin
tous les ouvrages de l'art dispersés ou
détruits au sac de Constantinople, au
treizième siècle.

Mais bientôt l'art de fondre renaît
en Italie, lorsque les esprits se portent
avec un mouvement remarquable vers
les inventions utiles, et que le goût se
dirige vers les arts agréables. Il se
répand chez tous les peuples de l'Europe; la France elle-même, après
avoir reçu des Italiens la première

statue qu'elle érige au meilleur de ses Princes, doit ensuite à ses propres artistes les monumens qu'elle consacre à d'autres monarques; monumens qu'une effroyable révolution devoit, à leur tour, faire disparoître.

Il est peu de souverains dont la vie soit plus connue que celle de Henri IV. Les écrivains qui se sont occupés de ce Prince, ou de ce qui a rapport à lui, sont très-nombreux; cependant il nous a paru convenable de faire précéder les détails relatifs à l'ancien monument, d'une esquisse rapide du règne de Henri. Les historiens ont presque toujours montré ce Monarque comme guerrier et comme administrateur. Mais il protégea aussi particulièrement les lettres et les arts dès que la paix le lui permit. Louis XIV reçut encore, en ce point, l'exemple de son aïeul. Nous avons recueilli sur les hommes qui ont illustré le siècle de Henri, des notes qui ne paroîtront peut-être pas déplacées dans cet ouvrage.

Le récit de ce qui concerne la nouvelle statue, et de toutes les cérémonies qui ont rapport à son érection, forme la partie principale et le complément de nos Mémoires. Les pièces qui nous ont été communiquées, et les journaux, nous ont mis à portée de ne rien omettre d'essentiel.

Tel est le plan que nous avons suivi. Si ces Mémoires sont accueillis avec quelque faveur, ils la devront surtout au charme attaché, pour tous les bons Français, au nom de Henri IV.

INTRODUCTION.

SOMMAIRE.

ART de la fonte. Son origine se perd dans la nuit des temps. — Connu des Orientaux, des Égyptiens, des Grecs et des Romains. — Se divise en trois temps — Invention de la fonte des statues par Théodore et Rhœcus de Samos. Préparation du bronze chez les anciens. — Leurs moules. — Ne jetoient point en fonte *d'un seul jet* des machines aussi grandes que nos statues équestres. — Soudure. — Dorure. — Elle s'opéroit de plusieurs manières. — Statues équestres chez les Grecs. — A qui elles étoient consacrées. — Biges et quadriges. — L'art du temps de Phidias. — Sous Alexandre. — Chez les Romains. — Sous les Rois. — Du temps de la république. — Sous les Empereurs. — Anéantissement des ouvrages de l'art au sac de Constantinople. — Renaissance de l'art en Italie. — Statues équestres élevées en Italie et dans le nord de l'Europe. — En France. — Considérations sur leur érection.

L'ART de la fonte parut aux anciens, comme à nous, un moyen de perpétuer la durée des monumens de sculpture. Cet art remonte à une haute antiquité : on ignore à qui en est due la découverte. Il est vraisemblable qu'il fut inventé d'abord par l'industrie, fille du besoin, et reçut

1

ensuite une utilité morale et une application noble et déterminée.

Les Orientaux, les Egyptiens, les Grecs et les Romains ont connu l'art de fondre.

L'auteur de l'ouvrage sur le Jupiter-Olympien (1) assigne trois degrés aux opérations métallurgiques : la simple fonte des métaux, la fonte en moule, et la fonte dans un moule à noyau.

La première, consistant dans la liquéfaction du métal, sans application aux ouvrages d'art, appartient, dit-il, à des temps dont il ne reste aucun souvenir.

Au second degré de l'art de la fonte, se rapportent les plus anciennes notions que les écrivains nous ont transmises : elles consistent à employer d'une façon grossière à des ouvrages également dépourvus d'art, les métaux déjà obtenus par une opération précédente. Il entroit dans cette invention de combiner et d'allier les métaux, de les travailler et de les modifier diversement. Aristote en attribue la découverte à un certain Scytès de Lydie, et Théophraste, à Délas le Phrygien (2).

Mais la fonte des statues, véritable invention

_____

(1) Le Jupiter olympien, par M. Quatremère de Quincy, p. 144.

(2) Pline, lib. VII, c. LVI.

de l'art, est attribuée à Théodorc et à Rhœcus de Samos, qui vivoient environ sept cents ans avant l'ère chrétienne (1). Ils auroient même, selon Pline, inventé l'art de modeler (2). Lorsqu'il ne s'agissoit que de tirer d'une pièce de bois ou d'un bloc de pierre une statue informe, on conçoit qu'il étoit possible de se passer de modèle ; mais, en avançant, on en connut la nécessité ; et ce fut sans doute un des plus grands pas de l'art vers la perfection. Il paroît que, dès les premiers temps, les artistes anciens préférèrent au marbre l'emploi des métaux et la combinaison des matières précieuses, parce qu'ils n'avoient pas été dans le cas d'éprouver combien la sculpture en marbre a de chances plus favorables pour échapper aux agens combinés de la destruction et de la cupidité (3).

Ils préparoient leur bronze, comme aujourd'hui, par l'alliage de l'étain. L'expérience leur avoit appris que lorsque, dans ce mélange, l'étain n'est pas en quantité suffisante, le bronze manque de la fluidité nécessaire. Par cette raison, et pour rendre le succès de leur fonte moins incertain, ils fondoient fréquem-

---

(1) Pausanias, lib. VIII, c. xiv; lib. IX, p. 796; lib. X, p. 896.

(2) Pline, lib. XXXIV, c. vi.

(3) Le Jupiter olympien, avant-propos, p. 5.

1.

ment leurs statues en cuivre, métal très-fu-
sible (1).

Selon Winckelmann, les moules des anciens
différoient des nôtres. Ce savant suppose que
les quatre chevaux antiques du portail de l'église
Saint-Marc à Venise ont été fondus dans deux
moules qui s'adaptoient dans toute leur longueur, et que l'on n'avoit pas besoin de briser
les creux après l'opération (2); mais ceux qui
connoissent les procédés du moulage savent que
ce mode seroit impraticable (3).

Les anciens ne jetoient pas en fonte d'*un
seul jet* des machines aussi grandes que nos
statues équestres.

Les figures de bronze furent d'abord formées
de plusieurs pièces fondues et jointes par des

---

(1) Winckelmann. Lib. IV, c. VII.

(2) *Idem , ibid.*

(3) M. Lemot , qui a été chargé de la restauration de ces chevaux , et qui les a fait placer d'abord sur les piédestaux de la grille
des Tuileries , et ensuite au-dessus de l'arc de triomphe de la place
du Carrousel , a remarqué, en faisant renouveler les armatures
intérieures , que les têtes des chevaux et une partie du cou avoient
été coulées séparément. Le joint se trouvoit caché par des colliers,
dont les ornemens paroissoient avoir été ajoutés dans le moyen
âge. M. Lemot a observé encore que dans ces quatre chevaux
chaque paire avoit , jusqu'à l'encolure, une pose et un mouvement
uniforme , et qu'ainsi deux modèles avoient pu suffire pour préparer le moulage des quatre , au moyen du déplacement des
têtes ; c'est-à-dire , en mettant la tête du cheval tournée vers le
côté où la jambe du montoir levoit , sur l'encolure de celui dont
le mouvement étoit opposé, et *vice versâ ;* mais, quoique deux

clous (1) : ce mode fut encore suivi dans les temps postérieurs ; néanmoins il ne faut pas le confondre avec les ouvrages de bosselage entièrement faits au marteau. Winckelmann remarque, avec raison, que Montfaucon se montre mal informé en avançant que la statue de Marc-Aurèle étoit faite ainsi, et n'avoit pas été fondue (2).

Les artistes anciens rattachoient par l'artifice de la soudure, les parties délicates d'une figure, comme les boucles des cheveux : d'autres, telles que les ornemens de la tête, les ongles et les doigts des pieds, étoient quelquefois incrustées en argent ou en d'autres matières.

On appeloit *ærugo* chez les Romains cette teinte verdâtre dont le temps colore le bronze, et que nous donnons au nôtre par une couleur factice. Le métal de Corinthe, selon Pline, prenoit une teinte de vert clair (3).

Enfin, les anciens étoient dans l'usage de dorer plusieurs de leurs statues de bronze : la statue équestre de Marc-Aurèle, les débris des quatre chevaux et du char qui étoient placés au

---

modèles aient pu suffire pour le moulage, quatre moules n'étoient pas moins nécessaires pour jeter en fonte les quatre chevaux, si les anciens n'avoient pas une autre manière d'opérer que nous.

(1) Pausan., lib. III, p. 257.
(2) Winckelmann, lib. IV, c. vii.
(3) Pline, lib. XXXVII, p. 35.

fronton du théâtre d'Herculanum, et les quatre chevaux de Venise, étoient dorés.

Les anciens doroient au moyen de diverses préparations (1), mais particulièrement en appliquant des feuilles d'or sur la superficie de l'ouvrage, après avoir enduit le métal de mercure, ou après l'avoir avivé avec un outil (2).

Les premières statues équestres furent consacrées par les Grecs aux dieux et aux héros. Pausanias fait mention de deux statues équestres de Castor et Pollux, ouvrages de Dipæne et Scyllis, qui vivoient six siècles avant l'ère chrétienne. Ces statues étoient placées dans un temple peu éloigné d'Argos : on les considéroit comme les plus anciennes de la Grèce (3). On voit encore à Rome deux statues colossales de Castor et Pollux tenant chacune un cheval par la bride : elles sont attribuées à Hégésias, statuaire qui a précédé Phidias (4).

Les anciens Grecs préféroient les dons naturels aux qualités acquises (5), comme tous les peuples qui sont au berceau de la civilisation : ils récompensoient par des statues équestres les

---

(1) Buonarotti, *sopra alcun. medagl.*, p. 370.
(2) Pline, lib. XXXVII, p. 35.
(3) Pausan., liv. II, c. xxii.
(4) Quint. inst. orat., lib. XII, c. x.
(5) Diodore de Sic., lib. XVIII, p. 651.

victoires des jeux olympiques. Cléostènes, vainqueur dans ces jeux, avoit été représenté par
Agéladas d'Argos, monté sur un char (1);
Glaucias d'Egine fit pour Olympie une statue
d'Hiéron, roi de Syracuse, montée aussi sur un
char (2); Onatas, de la même île, fit une pareille
statue de Gélon : les chevaux étoient de Cala-
mis (3). La statue d'un vainqueur, placée dans
le lieu le plus sacré de la Grèce, vue et révérée
de tout le peuple, étoit un puissant motif d'é-
mulation (4) : on avoit soin non seulement que
les statues des vainqueurs fussent ressemblantes;
mais on vouloit aussi que les chevaux qui avoient
remporté le prix dans les courses, fussent représentés d'après nature, comme le rapporte Elien
en parlant des chevaux de Cimon, célèbre capitaine athénien (5).

C'est ainsi qu'on vit se multiplier chez les
Grecs les biges et les quadriges de bronze, et
que les chevaux de même métal, ou sculptés,
étoient si nombreux. Dyonisius de Rhégium
avoit fait un cheval remarquable par l'inscription qu'il portoit sur le flanc (6). Il y avoit des

---

(1) Pausan., lib. V, p. 439.
(2) *Idem*, lib. VI, p. 474.
(3) *Idem*.
(4) Lucian., p. imag., p. 490.
(5) Ælian. var. hist., lib. IX, c. xxxii.
(6) Pausanias, lib. V, p. 448.

statuaires particulièrement adonnés à ce genre de sculpture qui s'exécutoit avec des matières très variées (1).

La piété filiale éleva aussi parmi les Grecs de semblables monumens : Dinomène, fils d'Hiéron, roi de Syracuse, avoit fait ériger à la mémoire de son père un char attelé de quatre chevaux de bronze : il portoit pour inscription deux vers qui indiquoient qu'Onatas étoit l'auteur de cet ouvrage (2).

Enfin, il y avoit aussi chez les Grecs des statues équestres de pur ornement. Les propylées, ou portiques d'Athènes, étoient décorés de deux statues équestres. Pausanias suppose que c'étoit une décoration de fantaisie (3).

Lorsque la Grèce, subjuguée par plusieurs tyrans, se débattoit contre l'oppression, l'art de fondre les statues offrit des moyens de récompenser les défenseurs de la liberté (4). Hérodote rapporte que le premier quadrige de bronze fut érigé par les Athéniens devant le temple de Pallas, après la mort de Pisistrate (5).

Lors de l'expulsion et du meurtre des fils de

---

(1) Le Jupiter olympien , p. 24.
(2) Pausan., lib. VIII , p. 688.
(3) *Idem* , lib. I, ch. xxii.
(4) Conf. hérodot., lib. VI, p. 279.
(5) Aristot. Polit., lib. V, c. xii , p. 164.

ce tyran, la nation, animée d'un nouvel esprit, acquit en quelque sorte le sentiment de ses forces. L'invasion des Perses en Ionie, et la captivité des peuples de ces contrées, donnant aux Grecs la triste prévoyance des dangers qui les menaçoient, ils résolurent de porter eux-mêmes la guerre dans le sein des Etats qui leur avoient donné le funeste exemple de l'esprit de conquête. La victoire de Marathon affermit la puissance de la Grèce; et les malheurs d'Athènes, qui avoit dans toutes les occasions marqué sa supériorité sur les autres villes (1), furent une des causes de sa grandeur : car, après les victoires de Thémistocle, il fallut réparer les ravages et les dévastations des Perses. On s'occupa aussi d'honorer par des statues la mémoire des citoyens morts en combattant pour la patrie.

Périclès parut, et, pendant quarante ans que dura sa domination pacifique, mais particulièrement pendant les quinze dernières années, il se montra le protecteur des beaux-arts dont les créations sembloient se multiplier à sa voix. On a justement comparé l'état de l'art à cette époque, à celui de sa renaissance en Italie sous Jules II et Léon X. Les jalousies et les dissensions entre une foule de petits Etats rivaux préparoient

(1) Winckelmann, lib. VI, c. 1.

déjà l'asservissement de la Grèce ; cependant ; malgré les troubles et les destructions qui en furent la suite, l'art de la fonte continua à prospérer. Les noms des statuaires les plus célèbres, les Phidias, les Polyclete, les Scopas, les Ctésilaüs se rattachent à cette époque.

Mais c'est sous le règne d'Alexandre que l'art de fondre les statues équestres prit son plus grand accroissement. « Alexandre devint le dieu » de son siècle, dit un écrivain éloquent (1). » L'éclat des circonstances politiques ouvrit à la » sculpture une carrière peu fréquentée. Les » statues-portraits du vainqueur de l'Asie et des » guerriers qui s'étoient illustrés sous ses dra- » peaux, devinrent les sujets habituels de l'art. » Le célèbre statuaire Lysippe fut occupé pres- » qu'uniquement d'Alexandre et de ses compa- » gnons d'armes dont il fit ces groupes célèbres » qu'on appeloit *hypomachia*, et que Pline » désigne par les mots *Alexandri turma*. Le » nombre prodigieux des statues qu'il exécuta » pendant le cours d'une vie à la vérité très- » longue, s'explique par les occasions fréquentes » qu'il eut de multiplier les mêmes figures avec » les seuls procédés du moulage et de la fonte.

» La statuaire en bronze, *statuaria in*

_____

(1) Le Jupiter olympien, ou l'Art de la Sculpture antique, 5e partie, p. 335.

» *œre*, avoit commencé à prendre l'essor au
» temps de Phidias ; mais cette division de
» l'art de sculpter acquit sous Alexandre une
» vogue incroyable. Alors parurent de toute
» part ces statues colossales que Pline compare
» à des tours : Lysippe en fit de trente et de
» quarante coudées. Son élève Charès de Linde
» exécuta le colosse de Rhodes ; et cette seule
» île compta cent colosses de bronze, dont cha-
» cun, au dire de Pline (1), eût pu faire la gloire
» d'une ville. La statuaire en bronze est parti-
» culièrement l'art de la politique. Les statues
» équestres, les quadriges se multiplièrent dans
» l'école de Lysippe ; et cette espèce de monu-
» ment devint un des objets les plus habituels
» de l'art à cette époque. »

On sait en effet que vingt-cinq statues
équestres de bronze furent érigées par l'ordre
d'Alexandre pour honorer la mémoire des capitaines qui avoient péri au passage du Granique,
accablés par la multitude des Perses ; et le héros
macédonien entroit alors dans la carrière de ses
triomphes en Asie. Les combattans étoient
représentés en groupe et dans des attitudes
variées. Ces statues ornoient la ville de Dium
en Macédoine (2).

---

(1) Pline, lib. XXXIV.
(2) *Idem*, *ibid.*

La Grèce, objet de l'ambition de nouveaux dominateurs, foulée et dévastée par des armées ennemies, épuisée par des tributs exorbitans, n'offrit pas, après la mort d'Alexandre, de grandes ressources aux artistes ; cependant, sous Cassandre, fils d'Antipater, les Athéniens élevèrent au fameux Démétrius de Phalère, qui eut pendant dix ans le gouvernement de leur ville, trois cent soixante statues en bronze, au nombre desquelles il y avoit plusieurs statues équestres, et d'autres placées sur des chars (1). Ce peuple, selon sa coutume, les renversa et les fondit, lorsque la ville se soumit à Démétrius Poliorcète, fils d'Antigone, et elle s'empressa d'en voter au nouveau vainqueur (2). La ville de Sigée, en Troade, décréta dans le même temps une statue équestre en or à Antigone (3).

Les villes grecques, humiliées par la perte de leur gloire passée, courbées sous le joug de leurs nouveaux maîtres qui les avoient ruinées, se trouvèrent dans l'impuissance de protéger et d'employer le talent de leurs artistes : l'art fut obligé de s'expatrier. Il se réfugia en Egypte, sous les Ptolémées, à la cour des Séleucides en Asie, et se plaça sous la protection de Gélon,

---

(1) Pline, lib. XXXIV.
(2) Winckelmann, lib. VI, c. IV, p. 93.
(3) Chishull, Insc. asiat., p. 52.

d'Hiéron et des deux Denys en Sicile. A l'époque de la paix conclue entre les Etoliens et les Achéens, il parut un instant refleurir en Grèce ; mais les Etoliens n'avoient pas craint d'appeler les Romains à leur secours : ces nouveaux alliés ne tardèrent pas à anéantir la liberté qu'ils avoient eux-mêmes accordée aux Grecs. En s'emparant de leur territoire, ils s'approprièrent aussi leurs arts dont nous suivrons les révolutions chez les Romains.

Sous les Rois, Rome ne dut qu'aux Etrusques ce qu'elle posséda en ouvrages de l'art : les artistes de l'Etrurie étoient alors pour Rome ce que furent par la suite les artistes grecs. Dans les dépouilles que Romulus avoit rapportées de Camérinum, étoit un char de cuivre à quatre chevaux, qu'il consacra, dit-on, dans le temple de Vulcain, après y avoir placé sa figure couronnée par la victoire (1). Un peu avant son expulsion, Tarquin fit élever sur le faîte du temple de Jupiter Capitolin, un char à quatre chevaux. Il avoit fait venir, selon Plutarque, des ouvriers étrusques de Veies pour l'exécuter (2).

L'art se ressentit de la pauvreté des premiers

(1) Denys d'Halicarn. Plutarque , Vie de Romulus.
(2) Plutarque , Vie de Publicola.

temps de la république. Tite-Live parle d'une statue équestre décernée à Clélie, jeune Romaine célèbre par son héroïsme ; ce monument lui avoit été élevé dans la voie Sacrée (1). Sénèque dit qu'elle existoit encore de son temps (2). On éleva dans le Forum des statues équestres aux consuls L. Furius Camillus et C. Manius, vainqueurs des Latins (3) ; mais la véritable invasion du luxe à Rome, et du goût que les Romains prirent pour les arts de la Grèce, date du triomphe de Claudius Marcellus, à son retour de Syracuse d'où il apporta une quantité innombrable de vases d'argent ou d'airain, admirablement ciselés, de meubles somptueux, de tableaux d'un grand prix, de superbes statues parmi lesquelles se trouvoient les statues équestres en bronze de la main de Lysippe, qu'Alexandre avoit fait ériger à ceux de ses gardes tués en défendant sa personne au passage du Granique (4). Le triomphe de M. Fulvius, vainqueur des Etoliens, qui suivit d'assez près, montra aux Romains étonnés, parmi d'autres objets précieux, deux cent quatre-vingts statues de bronze (5).

La ville d'Ambracie, ancienne résidence du

(1) Tite-Live , lib. II. Plutarque, Vie de Publicola
(2) Senec., *Consolat. ad Marciam.*
(3) Winckelmann, lib. V, c. II, p. 370.
(4) Tite-Live , lib. XXIV, c. 40. Plutarque , Vie de Marcell.
(5) *Idem* , lib. XXXIV, c. v.

roi Pyrrhus, éprouva d'une manière si terrible les effets de la spoliation, que les habitans se plaignirent au sénat qu'il ne leur étoit pas resté un simulacre de divinité auquel ils pussent dans leur détresse offrir leurs vœux (1).

L. Quinctius, ayant terminé la guerre entre les Romains et Philippe, roi de Macédoine, fit transporter de la Grèce à Rome, une grande quantité de statues de bronze et de marbre, et de vases artistement ciselés. Ces richesses furent exposées à la vue du peuple pendant le triomphe de ce général, qui dura trois jours (2).

Peu de temps après, c'est-à-dire, un peu avant que les Romains fissent la guerre à Antiochus le Grand, roi de Syrie, on érigea sur le faîte du temple de Jupiter Capitolin un quadrige doré (3). Scipion l'Africain qui avoit offert de servir contre Antiochus, en qualité de lieutenant de son frère, orna de deux chevaux l'arc de triomphe qu'il avoit fait construire sur la montée du Capitole, avant son départ pour l'Asie (4). La victoire remportée sur Antiochus par Lucius Scipion, frère de Scipion l'Africain, en rendant les Romains maîtres de l'Asie jusqu'au mont

(1) Tite-Live, lib. XXXIV, c. IV.
(2) *Idem*, lib. XXXIV, c. XLI.
(3) *Idem*, lib. XXXV, c. XLI.
(4) *Idem*, *ibid*.

Taurus, remplit Rome d'un butin immense, accrut la magnificence de cette capitale, et y introduisit le luxe et la mollesse asiatiques (1). La capitale de l'Achaïe, ornement de la Grèce, succomba à son tour sous les efforts des Romains. La prise et le sac de Corinthe par Lucius Mummius, événement célèbre dans l'histoire des destructions, et qui arriva la même année que l'anéantissement de Carthage, donna lieu à un des triomphes les plus mémorables et les plus magnifiques qu'on eût encore vus (2). Plus tard, Sylla, voulant que le châtiment d'Athènes qui avoit embrassé le parti de Mithridate, fût une leçon terrible pour les autres villes grecques, détruisit le Pyrée, l'arsenal, les autres édifices servant à la marine, dépouilla les temples, et en transporta les plus belles sculptures à Rome (3).

On sait combien les plus sages historiens de l'antiquité blâmoient ces événemens qui produisirent une si funeste révolution dans les mœurs. « Loin de faire des vœux pour ceux qui ont » envahi des richesses étrangères, disoit Polybe, » on a compassion de ceux qui en ont été dé- » pouillés. Ce n'est plus aux malheurs d'autrui » que les spectateurs compatissent, mais à leurs

(1) Tite-Live, lib. XXXIX, c. vi.
(2) Flor., lib. XI, c. xvi.
(3) Pline, lib. XXXVI, c. v. Strab., lib. 13.

» propres maux, lorsqu'ils se rappellent les in-
» fortunes qu'ils ont éprouvées. Alors, non seu-
» lement l'envie, mais encore la colère les trans-
» porte contre ceux que la fortune a élevés sur
» leurs ruines; car on ne peut se souvenir de
» ses anciennes calamités sans en abhorrer les
» auteurs. Si les Romains, dans leur système de
» la conquête des nations, ne leur eussent enlevé,
» continue-t-il, que de l'or et de l'argent, ils ne
» seroient pas blâmables; car, pour soumettre
» ces peuples, il falloit leur ôter les moyens de
» résistance; mais pour toutes les autres choses,
» il leur seroit beaucoup plus glorieux de les
» laisser où elles sont avec l'envie qu'elles atti-
» rent, et de mettre la gloire de leur patrie,
» non dans l'abondance et la beauté des tableaux
» et des statues, mais dans la gravité des mœurs
» et la noblesse des sentimens. Au reste, je sou-
» haite que les conquérans à venir apprennent
» de ces réflexions à ne pas dépouiller les villes
» qu'ils soumettent, et à ne pas faire des calami-
» tés d'autrui l'ornement de leur patrie (1). »

Sages réflexions que les conquérans ne pouvoient guère goûter, ou que du moins, depuis
Polybe, ils n'ont guère mises à profit!

Telle étoit la passion des Romains pour les

---

(1) Polybe, liv. IX, ch. III.

2

statues, qu'ils ne se faisoient même aucun scru-
pule d'inscrire leurs noms sur celles des hommes
illustres de la Grèce. Ils espéroient ainsi en im-
poser à la postérité, en lui persuadant que ces
monumens avoient été érigés en leur honneur.
Parmi les statues équestres que Métellus avoit
apportées de Macédoine, et qui étoient exposées
au Capitole, Cicéron nous apprend qu'on en
avoit choisi une pour y placer le nom de Scipion (1).

Il faut savoir combien la vanité humaine est
féconde et ingénieuse dans ses caprices et dans
ses prétentions, pour s'expliquer l'incroyable
multiplicité des effigies destinées à servir de récompense au mérite et à l'héroïsme, et que la
médiocrité opulente sut détourner à son profit ;
le consul Mutianus qui s'étoit occupé du dénom-
brement des statues en bronze, en comptoit trois
mille à Athènes, trois mille à Rhodes, trois mille
à Olympie, et, après ce qu'on avoit enlevé à
Delphes, il n'en restoit pas moins dans cette
ville. Scaurus, dans son édilité, en exposa trois
mille sur son théâtre (2). Mais quel prix dut-on
y attacher, lorsque tout particulier put, de son
plein gré, se faire élever des statues jusque dans

---

(1) *Cicero ad Attic.*, lib. VI, ép. 1.
(2) Le Jupiter olympien. p. 91.

la place publique? Scipion, durant sa censure, ordonna qu'on les fît toutes disparoître. Il n'excepta que celles qui avoient été érigées par un décret du sénat (1).

Caton aima mieux qu'on demandât pourquoi il n'avoit pas de statue, que pourquoi on lui avoit accordé cet honneur (2).

Auguste, dont la politique étoit si adroite, déclara par un édit que les statues qu'il avoit fait élever aux grands hommes de toutes les nations, n'avoient été érigées que dans la vue de lui servir d'exemple ainsi qu'à ses successeurs (3).

Si des particuliers pouvoient en quelque sorte se décerner eux-mêmes cet hommage, doit-on s'étonner que des princes voulussent aussi participer à un pareil honneur, et l'aient dû quelquefois à la flatterie ou à la crainte, plus qu'à leur propre mérite? Il devoit arriver que ceux qui ne pouvoient espérer de l'obtenir après leur mort, se hâtassent de se le faire rendre pendant leur vie.

Mais la vérité reprenoit tôt ou tard son empire; dès qu'on ne redoutoit plus leur puissance; on anéantissoit ces hommages contraints. Chez

---

(1) Vie du grand Scipion, par l'abbé Sérau. 1788.
(2) Plutarque, Vie de Caton.
(3) *Idem*, Vie d'Auguste.

les Syracusains on vendoit à l'encan les statues
des tyrans. Elles étoient jugées et condamnées
à la pluralité des voix, comme l'auroient été des
criminels (1). A Rome, le peuple chargeoit
d'imprécations leurs images, les mutiloit avec
fureur, et jetoit leurs débris dans le Tibre ou les
traînoit aux Gémonies (2).

Sous les empereurs les signes de l'adulation
se multiplièrent à l'excès. Il ne restoit quelquefois d'autre moyen de flatter que d'offrir au
prince, par l'exagération même de la flatterie,
le moyen de faire parade d'une modération si-
mulée. Ainsi on vit Néron refuser des statues
d'or massif que le sénat lui avoit votées (3).
Quoiqu'il affectât de laisser aux Grecs leur ancienne liberté, ils n'en furent pas mieux traités.
Ses fureurs s'étendirent sur les ouvrages de l'art.
Il dépouilla les temples de la Grèce des monumens échappés aux dévastations précédentes,
et de ceux qui avoient déjà réparé les anciennes
pertes. On tira du seul temple d'Apollon, à
Delphes, cinq cents statues de bronze. Ce temple
avoit alors été pillé dix fois, notamment par les
Phocéens, dans la guerre Sacrée (4). La déca-

---

(1) Plutarque, Vie de Timoléon.
(2) Tacit. Sueton.
(3) Le Jupiter olympien, ch. III, p. 142.
(4) Plutarque, Vie de Flamin.

dence de l'art se faisoit déjà sentir. Du moins il
paroît qu'on avoit oublié les procédés de l'art
de fondre, puisqu'on ne put réussir à jeter en
fonte la statue colossale de Néron, ouvrage du
célèbre statuaire Zénodore (1). Le grand incendie de Rome, sous Néron, occasionna la perte
d'un nombre considérable de monumens et de
productions des arts. Dans les troubles et les
séditions qui éclatèrent sous Vitellius, on se défendit au Capitole en lançant des statues sur les
assaillans, exemple qui se renouvela dans la
guerre des Goths (2).

Titus, parvenu à l'empire, et voulant mani-
fester son amitié pour Britannicus, frère de
Néron, avec lequel il avoit été élevé, lui consacra une statue équestre destinée à être portée
tous les ans dans la pompe des jeux du Cirque (3).
A l'ouverture des mêmes jeux, on promenoit à
Rome la statue équestre de Germanicus, de ce
grand homme, pleuré, selon Tacite, des nations
étrangères et des rois barbares, si affable pour
les alliés, si doux pour les ennemis, dont la
figure et les discours imprimoient une égale vénération, et qui, bannissant de la grandeur l'or-

---

(1) Pline, liv. XXXIV.
(2) Winckelmann, t. III, liv. IV, ch. VII, p. 293.
(3) Tacite, Annal., liv. II.

gueil qui la fait haïr, n'en avoit conservé que la
dignité qui la rend imposante (1).

Parmi les beaux monumens qui ont marqué
l'époque du règne de Trajan, étoit la statue
équestre de cet empereur, placée sur le faîte de
l'arc-de-triomphe à Ancône. On a conservé
long-temps à la maison municipale de cette ville
un pied du cheval de cette statue (2).

Adrien, successeur de Trajan, étoit artiste
lui-même ; il avoit, selon Aurélius Victor, fait
une statue. Il montra une prédilection particulière pour Athènes. La protection qu'il accorda
aux arts excita le zèle des plus riches particuliers.
Le fameux Hérode Atticus, parmi beaucoup de
statues et d'autres monumens dont il décora
plusieurs villes, fit ériger à Corinthe quatre
chevaux dorés dont les cornes des pieds étoient
d'ivoire (3). La statue d'Adrien, représentée
sur un quadrige, est un des plus grands ouvrages
de sculpture exécutés sous cet empereur. Elle
décoroit le sommet de son mausolée, et étoit,
dit-on, d'une telle grandeur, qu'un homme pouvoit s'introduire dans le creux des yeux des chevaux (4). Ce mausolée, dans la guerre des Goths,

---

(1) Tacite, Annal., liv. II.
(2) Winckelmann, liv. VI, ch. VII, p. 213.
(3) Pausan., liv. II, p. 113.
(4) Winckelmann, liv. VI, ch. VII, p. 217.

servit de citadelle aux Romains, qui s'y défen-
doient en lançant des statues sur leurs ennemis (1).

Marc-Aurèle, qui fit asseoir avec lui la philosophie sur le trône, obtint, par l'élévation
d'un monument équestre, un hommage souvent
prodigué, mais qui cette fois a obtenu l'aveu de
la postérité. Sa statue équestre en bronze est la
seule qui soit venue jusqu'à nous, et semble avoir
été sauvée du naufrage par une prédilection du
sort (2).

Depuis Commode, dont toutes les statues
furent détruites en vertu d'un décret du sénat,
pour effacer la mémoire de sa tyrannie (3), jusqu'à Constantin, l'art continua à décliner. Il
étoit totalement déchu à l'époque où le siége de
l'empire fut tranféré à Bysance. Constantin,
voulant embellir sa nouvelle capitale, ne trouva
plus d'artiste capable de seconder ses désirs;
il fut réduit à déposséder les autres villes de leurs
plus beaux ouvrages. La religion chrétienne
commençoit alors à ébranler les autels du paga-
nisme; cette circonstance favorisoit la spoliation
des temples païens, en lui donnant une appa-
rence de justice. Tout ce qui avoit échappé en

---

(1) Procop., Hist. goth., liv. I.
(2) Winckelmann, t. 3, liv. VI, ch. VII, p. 235.
(3) *Idem*, liv. VI, ch. VII, p. 240.

Grèce à la cupidité des Romains et à la fureur
des Barbares fut transporté à Constantinople.
L'Italie elle-même perdit les innombrables monumens qu'elle avoit ravis aux autres peuples,
et qu'elle considéroit avec orgueil comme des
trophées de sa gloire. On transporta à Bysance
jusqu'à la statue de l'ânier avec son âne de bronze,
qu'Auguste avoit fait ériger à Naples, après la
victoire qu'il remporta sur Antoine et sur Cléo-
pâtre (1).

Les dernières statues équestres dont l'histoire
fasse mention sont celles de l'empereur Justinien
et de Théodora sa femme, qui étoient à Constantinople (2). Selon Procope, la statue de Justinien avoit des semelles attachées au-dessus des
pieds, et les jambes nues ainsi que les figures
d'Achille. Elle étoit représentée à la manière
des hommes illustres des temps héroïques (3).

En 663 l'empereur Constans II, petit-fils
d'Héraclius, et l'un de ceux qui ont le plus désho-
noré le trône impérial, alla à Rome dans la
seule intention d'en enlever les monumens échappés à la fureur des Barbares qui la désoloient
depuis deux siècles. Il s'y arrêta douze jours, et
emporta de cette capitale le reste des ouvrages

(1) Glycas, Annal., p. 5.
(2) Procop., de Œdif., liv. I, ch. 11, p. 10; et ch. 11, p. 25.
(3) Winckelmann, liv. VI, ch. VIII, p. 260.

de bronze et jusqu'aux plaques d'airain qui cou-
vroient le Panthéon ; il fit passer le tout à Syracuse où il établit sa cour. A la mort de Constans
tous ses trésors tombèrent entre les mains des
Sarrasins qui les transportèrent à Alexandrie (1).

L'Europe en proie pendant plusieurs siècles
à la férocité et aux dévastations des Goths, des
Vandales, des Huns et des Francs, ne put s'occuper d'autre soin que de se défendre, de les
repousser ou de s'accommoder avec eux. La nuit
épaisse qui la couvroit ne permettoit pas de
soupçonner de quel côté renaîtroit la lumière.
Le sac fameux de Constantinople, sous Baudoin, au treizième siècle, ouvrit pour ainsi dire
l'abîme où s'anéantirent tant d'ouvrages admirables de l'art, et les dépouilles du monde.
Ville-Hardouin, témoin du pillage, dit que depuis la création il n'y en avoit jamais eu un pareil dans aucune ville conquise (2). Frappé de tout
ce qu'il trouva accumulé dans cette capitale,
Baudoin écrivoit au pape qu'il ne croyoit pas qu'il
y eût autant de richesses dans tout le reste de
l'Europe (3). Ainsi périrent dans leur dernier
asile, toutes ces productions du génie, prix sanglant de tant de victoires, ornemens de tant de

---

(1) Winckelmann, liv. VI. ch. VIII.
(2) Ville-Hardouin, Hist. de Constantinople. Paris, 1657.
(3) *Idem*, *ibid.*

triomphes, et qui avoient excité chez tous les peuples l'esprit de convoitise, de rapine et de conquête !

Comme on voit l'ordre sortir du sein du chaos, et la vie naître de la destruction, la mémorable catastrophe de l'anéantissement des ouvrages des anciens accéléra chez les modernes le moment de la renaissance de l'art. Les artistes grecs, fuyant de Constantinople, en apportèrent les traditions en Italie. Cette terre classique, après plusieurs siècles de repos, reçut les semences des arts comme celles des lettres, et elles ne tardèrent pas à se développer avec vigueur, et à fructifier. Vers la moitié du treizième siècle on vit poindre une aurore inespérée, qui parut s'obscurcir un instant dans le siècle suivant, mais qui répandit au seizième un éclat extraordinaire, avant-coureur de l'époque de notre plus haute gloire littéraire.

Tandis que l'optique, en révélant une partie de ses secrets, aidoit l'homme à mieux voir ce qui l'environne, et à examiner les phénomènes célestes (1); que l'aiguille aimantée, en indiquant au navigateur sa position sur la vaste surface des mers, et en assurant sa direction (2),

---

(1) Salvino degli Armati. Il vécut à la fin du 13ᵉ siècle. On le considère comme l'inventeur des lunettes.

(2) Gioja Flavio, fameux pilote, est regardé en Italie, comme l'inventeur de la boussole.

ouvroit, pour ainsi dire, l'univers; que Marc-Paul jetoit l'Europe dans l'étonnement, à la relation de ses voyages (1); que Gama ouvroit une route aux Indes par le cap de Bonne-Espérance (2); que Colomb devinoit et touchoit le grand continent occidental (3); que la découverte de la poudre à canon changeoit l'art de la guerre (4); que l'invention de l'imprimerie rendoit désormais impérissables les œuvres du génie, et toutes les connoissances humaines (5); et qu'après avoir recherché avec ardeur dans les anciens les traditions du goût et de la bonne littérature, les Italiens s'appliquoient à les faire revivre dans des poëmes où brilloient l'esprit, la grâce et l'imagination, Cimabué ressuscitoit la peinture anéantie (6). Elle prenoit sous le pinceau de Giotto la vivacité et l'expression qui en est l'âme (7). Le Massaccio lui apprenoit à

(1) Marco Paolo. Il a écrit la relation de ses voyages sous le titre : *Delle maraviglie del mondo da lui vedute*, etc.

(2) Vasco de Gama, Portugais, doubla le cap de Bonne-Espérance en 1497.

(3) Colomb, découvrit dans son troisième voyage en 1498, le continent du nouveau Monde.

(4) Berthold Schwartz découvrit la poudre à canon en 1232. Elle étoit en usage à la Chine depuis 1600 ans ; mais on ne commença à s'en servir en Italie qu'en 1495.

(5) Guthemberg et Fust, inventeurs de l'imprimerie, en 1436.

(6) Cimabué, peintre qui vivoit vers la fin du 13e siècle; il est considéré comme le restaurateur de l'art.

(7) Giotto, peintre et architecte. C'est lui qui a fait élever la fameuse tour du dôme à Florence.

unir la délicatesse à la force, la grâce et la lé-
gereté des contours à la difficulté des attitudes(1).
Deux Florentins se distinguoient dans des travaux de mosaïque (2). Oderigi ornoit de vi-
gnettes précieuses les manuscrits du Vatican (3).
Lucas de Simon trouvoit le secret de cuire la
terre qu'il employoit à ses modèles de sculpture,
et en les vernissant, d'en assurer la durée (4);
Alde l'ancien et son fils, Paul Manuce, arra-
choient à la poussière des bibliothèques les manuscrits des classiques anciens, et les multi-
plioient dans des éditions encore estimées aujourd'hui, comme étant la plus fidèle reproduction de ces manuscrits (5). Le Verrochio,
couvrant d'un plâtre liquide la figure humaine,
en obtenoit l'exacte empreinte (6). Jean et Dominique devoient leur surnom à leur habileté

---

(1) Tommasso dit Massaccio, peintre célèbre. Il mourut
en 1443.

(2) Andrea Talfi et Gaddo-Gaddi. Ils vivoient à la fin du
13e siècle.

(3) Oderigi excelloit dans les miniatures. On l'employa particulièrement à orner les manuscrits, selon l'usage du temps.

(4) Lucas de Simon, sculpteur florentin qui vivoit dans le
15e siècle et au commencement du 16e.

(5) Alde Manuce, célèbre et savant typographe. Il institua à
Venise une académie, dont le but étoit de donner des éditions
élégantes et correctes des meilleurs ouvrages.

Alde Manuce, fils de Paul, dit *le Jeune*, suivit les traces de son
père.

(6) Andrea del Verrochio, peintre célèbre; il étoit aussi sculpteur et graveur.

dans l'art de graver les pierres précieuses (1).
Thomas Finiguerra et Baldini inventoient la
gravure sur bois et sur cuivre ; Mazzuoli la gravure à l'eau forte ; Mantegna la gravure au
burin. Rodolphe Fioravante et Fontana montroient ce que peuvent les forces réunies de la
mécanique (2). Donatello méritoit par ses talens
d'être considéré comme le restaurateur de la
sculpture en bois et en marbre (3). André de
Pise, Filarète et Ghiberti dessinoient, fondoient
et ciseloient ces admirables portes de bronze de
l'église de Saint-Jean à Florence, et de Saint-
Pierre à Rome (4).

Simon d'Orsenigo jetoit les fondemens de la

---

(1) Jean, dit des *Cornalines*, et Dominique des *Camées*.

(2) Rodolphe Fioravante, célèbre mécanicien. Il transporta
tout entière d'un lieu dans un autre, une tour haute de 65 pieds,
et qui en avoit 11 de diamètre.

Dominique Fontana, architecte et mécanicien. Il acquit beaucoup de célébrité par l'élévation du fameux obélisque égyptien
sur la place du Vatican. Cette opération, alors fort extraordinaire,
eut lieu sous le pontificat de Sixte-Quint.

(3) Donato dit Donatello. Il est considéré comme le maître
des sculpteurs de son temps.

(4) André de Pise, sculpteur distingué, architecte qui vécut
vers le milieu du 14e siècle.

Filarète, architecte distingué et sculpteur. Outre la porte de
bronze de Saint-Pierre à Rome, qu'il exécuta par ordre d'Eu-
gène IV, il bâtit le grand hôpital de Milan, et l'église cathédrale
de Bergame.

Lorenzo Ghiberti. C'est lui qui fondit les fameuses portes de
bronze de l'église de Saint-Jean à Florence : Michel-Ange disoit
qu'elles seroient dignes d'être les portes du paradis.

cathédrale de Milan (1). Brunellesco élevoit la coupole du dôme de Florence (2). Le Bramante traçoit le plan de la basilique de Saint-Pierre de Rome (3). Scamozzi embellissoit Venise de fabriques élégantes et gracieuses ; il jetoit sur deux îles ce fameux pont de Rialto, dont on admire encore aujourd'hui la hardiesse (4). Enfin les Palladio, les Sansovini, les Vignola, rappelant les principes de l'architecture grecque et romaine, élevoient ces magnifiques palais, objets de la curiosité et de l'étonnement du voyageur, et que Léonard de Vinci, Raphaël, Michel-Ange, le Corrège, le Titien, Jules-Romain, décoroient des chefs-d'œuvre de leurs pinceaux.

---

(1) On croit généralement en Italie, sur la foi de l'historien Giulini, dont l'opinion a été adoptée par M. Cicognara, que Marc de Campione est l'architecte primitif du dôme de Milan ; mais il résulte des preuves tirées des registres de la fabrique du dôme, et consignées dans un ouvrage manuscrit qui nous a été communiqué, que l'édifice a été commencé en 1386, par Simon d'Orsenigo. L'ouvrage dont il est ici question est intitulé : *Saggio storico sulla costruzione della basilica metropolitana di Milano, detta il Duomo*, par M. Aimé Guillon, un des conservateurs de la bibliothèque Mazarine.

(2) Brunellesco, architecte distingué, mort en 1456. Outre la coupole du dôme de Florence, il décora cette ville de plusieurs édifices magnifiques.

(3) Le Bramante, architecte célèbre, éleva, particulièrement à Rome, de beaux et vastes édifices. Il mourut en 1514.

(4) Scamozzi, architecte distingué. On a de lui un ouvrage intitulé : *Trattato sopra i Teatri*, et un autre ayant pour titre : *Idea dell' Architectura universale*.

Tel étoit le spectacle que présentoit la renaissance des arts en Italie.

C'est à cette époque que parut à Venise le
premier traité qui a, en quelque sorte, remis en
lumière les procédés négligés de l'art de la
fonte (1) : cet ouvrage, d'un noble Siennois,
paroissoit presque dans le même moment où les
expériences d'un habile artiste florentin (2)
donnoient les moyens d'en étendre la théorie.
Cet artiste écrivit bientôt lui-même un traité
fondé sur la pratique, et qui a long-temps servi
de guide aux plus habiles fondeurs italiens et
français (3).

Dès que les procédés de l'art furent retrouvés,
l'Italie se couvrit de belles statues équestres,
ouvrages, cette fois, de ses propres artistes.
Rome catholique en éleva une à Constantin,
prince qui avoit causé sa ruine par la translation
du siége de l'empire à Bysance, mais à qui elle
dut ensuite sa splendeur en devenant la métro-
pole du monde chrétien (4); l'autre à Charle-

---

(1) *Pirotecnia in dieci libri*, etc. Composta per il Signor Van-
nuccio Beringoccio nobile senese. — Venezia 1558. Le traité sur
la fonte, que nous indiquons, se trouve dans cet ouvrage.

(2) Benvenuto Cellini. Il a donné avant J. J. Rousseau l'exem-
ple d'écrire les mémoires de sa vie. Voyez : *Vita di Benvenuto
Cellini Orefice e Scultore Fiorentino, da lui medesimo scritta*, etc.
Colonia senza data. Il mourut en 1570.

(3) *Trattati dell'orificeria e della sculptura. Firenze*, 1731.

(4) Cette statue équestre est sous le vestibule de la basilique
de Saint-Pierre. Elle est du Bernin.

magne, conquérant législateur, grand homme
au-dessus de son siècle (1). Florence en décerna
à ses Médicis, protecteurs illustres des arts,
des sciences et des lettres (2); Plaisance aux
Farnèse qui marchoient sur leurs traces (3);
Ferrare à cette famille d'Est, aussi renommée
par sa libéralité que par sa justice (4); Venise
aux généraux étrangers, que sa politique appeloit à l'honneur de défendre ses drapeaux (5).

Un des généraux de Philippe II, l'orgueilleux

---

(1) Cette statue est sous le vestibule de la basilique de Saint-
Pierre.

(2) Celle de Cosme Ier; elle est de Jean de Bologne. On la
voit sur la place du grand-duc à Florence. Elle fut érigée
en 1594.

Celle du grand-duc Ferdinand. Jean de Bologne en est aussi
l'auteur. On la voit sur la place de l'Annonciade à Florence.

(3) Celle de Ranuce Farnèse par Lemouchi, élève de Jean de
Bologne.

Celle d'Alexandre Farnèse par le même sculpteur : elle est sur la
place de la cathédrale à Plaisance. Ce Farnèse étoit un des plus
grands capitaines de son temps. Philippe II l'avoit envoyé au
secours de Paris et de Rouen, assiégés par Henri IV.

(4) Il y a deux statues équestres vis-à-vis la cathédrale de Ferrare. L'une représente Nicolas, marquis d'Est, protecteur des
lettres, et qui fut plusieurs fois le médiateur de la paix entre les
républiques de Florence et de Venise. L'autre le duc Borso en
faveur duquel Paul II érigea le marquisat de Ferrare en Duché,
et qui fut un des plus vertueux princes de son temps.

(5) Celle de *Leonardo da prato*, chevalier de Rhodes, général
des troupes de la république, mort en combattant. Elle est de
petite proportion, et se trouve dans l'église de Saint-Jean et de
Saint-Paul à Venise.

Celle du général *Bartolomeo Colleoni*, par André Verrochio,

duc d'Albe, effroi des Pays-Bas, ose se faire dresser une statue équestre à Anvers, et se donner, dans une pompeuse inscription, des louanges contre lesquelles réclamoient hautement l'humanité et la saine politique; mais le premier acte de son successeur est de venger la vérité outragée, en faisant abattre ce monument (1). Un célèbre artiste est chargé de re-

---

sculpteur florentin. Elle fut érigée en 1475, sur la place de Saint-Jean et de Saint-Paul.

Celle d'Erasme *Narve*, général des armées de la république, sur la place de Saint-Antoine, à Padoue. Elle est de Donatello, et a été érigée dans le 15e siècle.

Celle de Nicolas *Orsino*, comte de Pettigliano, général des armées de la république, mort en 1509. Elle est dans l'église de Saint-Jean et de Saint-Paul, à Venise.

Celle d'Horace *Baglioni*, de Perouse, placée au même lieu. Ce général mourut dans un combat contre les Autrichiens, en 1617.

Enfin celle de Pompée *Giustiniano*, Génois. Elle est dans la même église de Saint-Jean et de Saint-Paul.

(1) Rien de plus bizarre que la statue équestre que le duc d'Albe s'étoit fait élever à Anvers, au milieu de la place d'Armes. Elle étoit de bronze, avoit le bras droit étendu vers la ville, avec la main ouverte. Cette statue fouloit aux pieds une figure monstrueuse qui avoit deux têtes et six bras, deux écuelles pendues aux oreilles, et au cou deux besaces d'où sortoient deux serpens. Ces six mains tenoient une torche, une feuille de papier, une bourse, un manteau rompu, une massue, une hache. Aux pieds du monstre étoit un masque. Il y avoit sur le piédestal l'inscription suivante : *Ferdinando Alvarès a Toledo Albæ Duci*, *Phil. II. Hisp. Regis apud Belgas præfecto*, *quod exstinctá seditione, rebellibus pulsis, religione procuratá, justitiá cultá, provinciis pacem firmaverit, Regis optimi ministro fidelissimo positam.* Cette statue fut abattue et mise en pièces par le peuple, en 1576, sous le successeur du duc d'Albe.

3

produire les traits de Philippe III, sous le règne duquel eut lieu l'expulsion des Maures ; mesure jugée si diversement par la religion et par la politique (1). Philippe V, après avoir été long-temps repoussé du trône d'Espagne par une partie des souverains de l'Europe et de ses propres sujets, se voit élever une statue équestre dans les murs de Madrid, quand sa puissance est affermie (2).

Le nord de l'Europe suit bientôt l'exemple du midi. Pierre-le-Grand reçoit à Pétersbourg, d'un ciseau français, par les ordres de Cathe-rine II, une statue méritée par cette puissance de volonté qui triomphe de tous les obstacles, et par la gloire d'avoir avancé la civilisation d'un grand empire (3). Stockholm élève un pareil mo-nument à Gustave-Adolphe, héros brillant, qui trouve la mort au sein de la victoire dans les champs de Lutzen (4). Les Danois en consacrent

---

(1) Statue équestre de Philippe III, par Jean de Bologne.

(2) Statue équestre de Philippe V, à Madrid.

(3) Celle de Pierre-le-Grand, par Falconnet. Ce souverain est représenté franchissant à la course un rocher escarpé. Un serpent écrasé sous les pieds de son cheval, indique les obstacles que cet homme extraordinaire dut surmonter pour éclairer et ré-former les mœurs de sa nation. Cette statue fut érigée à Saint-Pétersbourg, en 1777.

(4) Statue équestre de Gustave-Adolphe, élevée à Stockholm, le 15 mai 1791. Elle a été fondue par Mayer sur le modèle de Larchevêque. Gustave est représenté un bâton de commandement

un à Christiern V, dont ils avoient admiré la valeur, quoiqu'elle n'eût pas toujours été heureuse (1); à Frédéric V, dont ils honorent les vertus paisibles et sans éclat (2). Les Saxons décernent un semblable hommage à Auguste, précipité du trône de Pologne par Charles XII, et qui se console de cette disgrâce en s'occupant du bonheur de ses premiers sujets (3). Jean-Guillaume, électeur palatin, reçoit un pareil honneur à Dusseldorff (4). Guillaume Ier, effacé par la gloire du grand Frédéric, son fils, obtient une statue à Berlin. Vienne en érige une à Joseph II, souverain philosophe, que l'ambition séduisit une fois, mais dont les erreurs dans la réforme des abus furent celles d'un ami trop ardent de l'humanité (5). L'Angleterre, elle-même, élève une statue équestre à Charles Ier, prince infortuné, dont la fin touchante et funeste montre les écueils terribles dont la puissance est

---

à la main, courant à toute bride, suivi de la Victoire qui galope pour l'atteindre et lui placer une couronne sur la tête.

(1) Elle fut érigée sur la place Royale à Copenhague, en 1688.

(2) Elle est dans la même ville, et a été exécutée par Saly.

(3) Elle est de platinerie. On la voit au milieu d'une place de Dresde.

(4) Elle est sur la place du Marché. Le sculpteur a allongé la queue du cheval de manière qu'elle touche le piédestal, et qu'elle sert avec les pieds à porter la figure.

(5) Elle est de Zauner, et a été érigée au commencement du dix-neuvième siècle.

3.

environnée et les sanglans effets des révolutions (1); à Guillaume, ennemi redoutable de
Louis XIV, prince dont le flegme hollandais
couvroit une ardeur d'ambition et de gloire, et
sous lequel s'opéra cette fameuse révolution qui,
en posant les limites de l'autorité royale, fonda
et garantit la liberté de la Grande-Bretagne (2);
à Georges Ier, dont les Anglais avoient apprécié
la noble modération et la sage politique, et qui,
pendant un règne de dix-huit ans, préféra toujours, à l'éclat des victoires, les bienfaits plus
réels d'une paix honorable (3); au duc de Cumberlang, fils de roi, dont l'habileté fut vaincue
à Fontenoy par le génie du maréchal de Saxe (4).

La France ne se signala pas moins que les
autres nations dans ces témoignages d'admiration
pour l'héroïsme, ou de reconnoissance envers
ses princes. Une statue équestre est élevée à
Chantilly, à ce compagnon illustre de malheur

---

(1) Elle est dans la place de *Charing-Cross* à Londres. Ce fut
le comte d'Arundel qui la fit exécuter par Leseur, fameux
sculpteur. Dans la crainte que cette statue ne fût détruite lorsque
ce malheureux monarque porta sa tête sur l'échafaud, un fondeur,
nommé Jean Reyest, l'acheta, et la tint cachée en terre jusqu'au
rétablissement de Charles II, son fils.

(2) Elle est érigée à Dublin.

(3) Il y en a deux érigées à ce prince : l'une dans la place
appelée *Grosvenor-Square*; elle est de bronze doré. L'autre dans la
place de *Leicester-Fields*; elle est de plomb doré.

(4) Dans cette statue, le duc de Cumberlang est représenté
en uniforme, monté sur un cheval antique.

et de gloire de François Ier; au dernier connétable de Montmorency, dont la victoire couronne de ses lauriers le front septuagénaire à la journée de Saint-Denis, en 1567 (1).

Cosme II, grand-duc de Toscane, fait exécuter à Florence la statue équestre, en bronze, de Henri IV : elle n'étoit pas achevée quand ce prince succomba sous le fer d'un fanatique. Marie de Médicis voit couler les larmes des Français; elle entend leurs gémissemens, et apprend, pour la première fois peut-être, combien son époux étoit aimé : voulant laisser elle-même un monument de ses regrets, elle sollicite l'achèvement de la statue. L'image de Henri, envoyée par le grand-duc, est élevée sur le Pont-Neuf à Paris (2).

(1) Cette statue de platine étoit vis-à-vis le château de Chantilly. Le connétable étoit représenté armé à l'antique, l'épée nue à la main. Son casque étoit à terre et soutenoit un des pieds du cheval.

(2) Dès 1605, et avant la statue dont nous parlons, le prévôt des marchands Miron avoit déjà fait exécuter par Pierre Biard, élève de Michel-Ange, une statue équestre de Henri IV; elle étoit en demi-bosse de plomb, couleur de bronze, sur un fond de marbre noir, et placée au-dessus de la porte principale de l'hôtel-de-ville; la figure du roi étoit estimée. Cette statue fut endommagée dans l'incendie occasionné le 4 juillet 1652, par les frondeurs qui avoient mis le feu à la porte de l'hôtel-de-ville. Le fils de ce sculpteur essaya de réparer cet accident; mais il ne put y réussir sans y laisser quelque défaut, principalement à la croupe du cheval et aux figures de femmes qui étoient derrière. Cette statue n'a pas échappé à la destruction en 1792. M. le comte de

Richelieu voulut que Louis XIII, qu'il appeloit son maître, eût aussi la sienne : elle fut érigée sur la place Royale à Paris (1).

Il étoit sans doute permis à Louis XIV, à ce souverain qui, par la splendeur de son règne et l'éclat de sa gloire, avoit épuisé l'admiration, qui voyoit se multiplier de toutes parts ses statues, de croire à la sincérité comme à la durée de ces hommages ; il lui étoit permis de se flatter, sans trop de présomption, qu'elles transmettroient le souvenir de sa puissance aux dernières générations. Paris, Lyon, Dijon, Montpellier, Rennes, Beauvais, Caen, s'empressèrent à l'envi de lui consacrer des monumens qui rivalisoient de grandeur et de magnificence ; mais, ô capricieuse inconstance du sort ! ô déplorables effets des révolutions ! de tant de monumens, merveilleuses conceptions du génie, dues aux veilles laborieuses de nos artistes et aux trésors de nos villes, en vain on chercheroit encore quelque trace (2).

Chabrol, conseiller d'Etat, préfet du département de la Seine, a fait placer au même endroit, à l'occasion de la fête donnée au Roi, le 29 août 1814, une statue équestre de Henri IV, en demi-bosse de plâtre bronzé. Elle a été exécutée par M. Gaule.

(1) Voyez dans l'appendice la note sur les statues équestres élevées en France, et détruites en 1792.

(2) *Ibid.*

Louis XV jouit le dernier d'un pareil honneur.
Sa statue équestre érigée à Paris (1), et celle que
lui éleva la ville de Bordeaux (2), ne devoient
être offertes que durant un petit nombre d'années aux regards de ce peuple qui, dans l'attendrissement de son affection, l'avoit surnommé
le *Bien-aimé*.

Ainsi l'homme lutte en vain contre la destruction. En parcourant l'histoire des temps
passés, ou en portant ses regards autour de lui,
il acquiert la triste certitude que tous les ouvrages de ses mains doivent périr; en vain il
s'attache à ce qui semble pouvoir en perpétuer
la durée. Le marbre, l'airain même s'oblitèrent
à la longue. La forme que l'ouvrier leur donne
avec tant de peines et d'efforts s'efface et se
perd. Les plus belles productions de la patience
et du génie ne résistent point à l'action cachée,
mais continue et successive du temps. Les cités
les plus florissantes s'écroulent : heureuses lorsque des bouleversemens physiques ne les font
pas disparoître tout à coup avec les productions
des arts qu'elles renferment, ou, lorsque les
passions humaines, mises en jeu par les révolu-

---

(1) Voyez dans l'appendice la note sur les statues équestres
élevées en France, et détruites en 1792.

(2) *Ibid.*

tions, n'exercent pas sur elles leur épouvantable
ravage !

Mais quoi! si parcourant les sables de l'E-
gypte, les plaines de la Chaldée, les déserts de
la Scythie, ou gravissant sur le sommet des
Cordillères (1), l'homme trouve partout des
débris qui attestent, avec le passage de tant de
générations, leurs efforts pour se survivre à
elles-mêmes, doit-il, découragé par ces hautes
leçons de l'expérience, que la philosophie lui
remet sans cesse sous les yeux pour modérer son
orgueil, renoncer à obtenir de ses contempo-
rains la récompense méritée par de grands services, ou conquise par le génie ?

Doit-il renoncer à l'espoir de vivre dans la
mémoire de la postérité, et de lui transmettre
son image ?

Ah ! loin de nous une doctrine aussi déso-
lante pour les âmes généreuses : ce seroit
éteindre le feu créateur qui anime et vivifie le
monde ; tarir la source de toutes les grandes
choses et de toutes les belles actions ; ôter le
marbre, le bronze et l'ivoire à Phidias et à
Praxitèle ; le burin de l'histoire à Hérodote et à

_____

(1) Vues des Cordillères et monumens des peuples indigènes
de l'Amérique par M. Alexandre de Humboldt.
History of America by William Robertson, vol. III,
Book VII.

Thucydide ; ravir à Annibal et à Scipion leur épée, à Archimède ses compas ; à Euripide et à Sophocle le cothurne ; briser la lyre d'Horace et de Virgile ; arracher le pinceau des mains de Raphaël et de Michel-Ange.

Déguisons, s'il le faut, les affligeantes vérités recueillies au milieu des ruines ; gardons nos douces illusions de bonheur et d'avenir : illusions précieuses dont le charme nous rend mille fois plus heureux que la réalité.

Oui, l'homme se survit à lui-même : il vit long-temps dans les œuvres de ses mains, plus long-temps encore dans le souvenir des générations qui se succèdent. Si les monumens périssent par le choc inévitable du temps et des passions, la mémoire des belles actions, des découvertes ou des créations du génie ne meurt point. Le nom des bienfaiteurs du genre humain qui policent les peuples, des rois qui les gouvernent avec sagesse, du véritable philosophe qui les éclaire, du savant qui les instruit, de l'artiste qui agrandit la sphère de leurs jouissances, sera répété d'âge en âge. On sera toujours curieux, toujours empressé de retrouver leur image et de la contempler : on ne la verra jamais sans un sentiment d'orgueil et de reconnoissance. Les princes et les peuples, en décernant des honneurs et des récompenses à la vertu

et au génie se placeront eux-mêmes dans l'histoire au dessus des autres princes et des autres
peuples.

Ne nous laissons donc pas arrêter par de froides
considérations. Consacrons des monumens à nos
grands hommes, appelons à notre secours, pour
en perpétuer la mémoire, et l'art des Zeuxis et
celui des Praxitèle: Que le burin en multiplie
les empreintes et les place sous tous les yeux.
Que des médailles éternisent leurs traits, comme
elles servent à fixer les grandes époques. Hâtons-
nous surtout, hâtons-nous de relever ceux de
nos monumens que la tempête révolutionnaire a
injustement renversés, et dont les débris attesteroient l'ingratitude envers nos princes.

Mais déja ce vœu est accompli. L'image de
Henri, reproduite par une main habile, est rétablie sur son antique base : l'amour pour ce
bon Roi en a fait tous les frais. Je vois le peuple
se répandre à l'entour, la contempler avec émotion, la saluer avec respect, et je l'entends, dans
l'effusion de sa joie, répéter avec attendrissement : « *Pouvions-nous moins pour celui qui*
» *voulut et qui fit le bonheur de nos pères ?* »

Ire STATUE ÉQUESTRE DE HENRI IV.

Élevée sur le terre-plein du Pont Neuf à Paris en 1614,

et détruite en 1792.

CHAPITRE PREMIER.

SOMMAIRE.

ETAT de la France à la mort de Henri III. — Henri IV
conquiert son royaume par ses armes, par sa politique
et par sa bonté. — Il en change la face. — Ses établissemens. — Situation du royaume à sa mort. — Henri, par
la protection qu'il avoit accordée aux lettres et aux arts,
avoit préparé leur essor dans le siècle de Louis XIV. —
On s'occupe à lui élever une statue équestre. — Par qui elle
est exécutée. — Erreur des historiens qui attribuent la
figure à Dupré. — Louis XIII, mineur, pose la première
pierre du piédestal. — Inauguration de la statue. — Ses
accessoires. — Ses bas-reliefs. — Son renversement.

C'EST l'état dans lequel les souverains laissent
le pays à leur mort ou à leur chute, c'est ce qui
reste de leur règne après eux, qui révèle ce qu'ils
ont été, a dit une femme célèbre, douée d'un
esprit très-étendu (1). Pour appliquer ce prin-
cipe à Henri IV, voyons d'abord quelle étoit la
situation du royaume au moment de la mort de
son prédécesseur ; nous parcourrons ensuite
rapidement les événemens qui signalèrent un
règne trop court pour la France. Enfin nous

_____

(1) Mme la baronne de Staël.

verrons dans quel état Henri IV, expirant par le poignard d'un fanatique, laissa lui-même ce beau royaume, et dans quelle circonstance on pensa à élever un monument équestre à ce monarque.

Henri III, que la nécessité avoit réconcilié depuis peu avec le Roi de Navarre, l'avoit fait appeler pour assister à ses derniers momens. Il l'avoit nommé en l'embrassant son bon frère et son légitime successeur, avoit exhorté les seigneurs qui étoient présens à le reconnoître, et lui avoit recommandé son royaume ; mais il laissoit ce royaume dans une horrible confusion, appauvri par de scandaleuses prodigalités, déchiré par des guerres civiles auxquelles la religion servoit de prétexte, livré aux exactions des financiers, en proie à tous les genres de misères et de souffrances. Les lois étoient muettes. Le pouvoir, qui se compose de force et de confiance, ne connoissoit, pour arriver à ses fins, d'autres moyens que l'astuce, le meurtre et l'assassinat. L'immoralité et la corruption, descendues de la cour dans les dernières classes de la société, avoient détruit le germe de tous les principes qui la soutiennent et la vivifient. Les grands, divisés d'opinion et d'intérêts, ne songeoient qu'à tirer habilement parti des circonstances, à leur profit, et osoient, comme à la décadence de l'empire de Charlemagne, élever leurs vues ambitieuses jusqu'au trône. Après le meurtre du duc et du cardinal de Guise à Blois, coup d'Etat frappé par un prince foible et inhabile qui, de Roi légitime, s'étoit volontairement créé chef de parti, les factieux n'avoient pas craint d'élire un lieutenant général du royaume, de briser les sceaux de l'Etat, et d'en faire de nouveaux sur lesquels on voyoit d'un côté les armes de France, et de l'autre étoit représenté un trône vide. Cet attentat à l'autorité royale montroit assez qu'elle étoit méconnue, méprisée et sans force.

Henri IV aperçut tous les dangers et tous les écueils de sa position. Il comprit qu'il falloit combattre pour conquérir sa couronne comme il avoit combattu pour défendre sa liberté, et que le succès de ses armes devoit prouver qu'il étoit le plus digne du trône dont on prétendoit l'exclure, quoiqu'il en fût l'héritier naturel. Ses droits étoient incontestables; mais il n'avoit qu'une poignée de soldats pour les soutenir. Il manquoit d'argent. Les seigneurs qui suivoient sa fortune, si l'on en excepte un petit nombre, montroient plus d'indécision et de mécontentement que d'affection et de dévouement. Henri, en ménageant les catholiques, devoit éviter leurs piéges, et vaincre la défiance des huguenots. Sa politique éclairée aplanit tant d'obstacles, et le tira d'une situation si périlleuse et si délicate.

Après avoir essayé de ramener à lui l'ambitieux Mayenne, il rabaissa sa présomption au combat d'Arques, et avec trois mille hommes on le vit avec étonnement en battre trente-deux mille. Sa petite armée, accrue par les renforts que lui envoya Elisabeth, obligea bientôt l'ennemi à se replier sous les murs de Paris. Confondant par son activité et sa vigilance la lenteur de Mayenne, Henri investit, prend plusieurs villes, et livre cette fameuse bataille d'Ivry qui montre à la France un héros doué des qualités les plus brillantes et des sentimens les plus généreux. Il assiége Paris, Paris rebelle, et défendu par le fanatisme. Bientôt, touché de sa situation déplorable, il y laisse entrer des vivres. « Je » ressemble, dit-il, à la vraie mère de Salomon. » J'aime mieux n'avoir point de Paris que de » l'avoir déchiré en lambeaux. » Magnanimité sans exemple, faite pour lui gagner tous les cœurs. Elle retarda toutefois la prise de Paris.

« Mais Henri négocioit au dedans et au dehors, » grossissoit son parti de tous les gens de bien qui » avoient tardé à le rejoindre, montroit aux ca- » tholiques le plus grand respect pour leur culte, » ne perdoit rien de sa gaîté, n'oublioit la pru- » dence que pour la gloire ou pour l'amour (1). »

(1) Biographie Universelle, Henri IV, p. 106.

et ne pouvant récompenser tous les services, les payoit par ces mots pleins de bonté et de charme, noble récompense de la fidélité, et qui appaisent les ressentimens les plus profonds.

Cependant l'Espagne alimentoit le feu de nos discordes intestines. Sixte V n'avoit secondé qu'avec hésitation les efforts de la Ligue. Le pontife Grégoire XIV employoit toute sa puissance spirituelle, et prodiguoit tous les trésors laissés par son prédécesseur pour appuyer les vues et les entreprises de Philippe II. Mais les bulles de Rome avoient perdu de leur pouvoir, depuis que Henri avoit fait afficher sa protestation jusque sur les murs du Vatican. L'audacieuse faction des Seize travailloit de son côté à la perte de la Ligue par des excès que Mayenne désavouoit et punissoit. Néanmoins, depuis la mort du vieux cardinal de Bourbon, le duc de Mayenne étoit pressé par le roi d'Espagne, par le pape, par les villes qui suivoient son parti, d'élire un roi. Les Etats-Généraux venoient d'être convoqués à Paris pour s'occuper de cette élection. Henri élude cet embarras en proposant une conférence des seigneurs royalistes avec les Etats. Leurs délibérations, soumises à l'influence des agens espagnols et des partisans de Mayenne, n'eussent pas été moins fatales peut-être sans les pièges qu'ils se tendoient réciproquement;

car Philippe II, trahissant l'orgueil de ses prétentions, offroit l'infante sa fille au roi qui seroit
désigné, des troupes et de l'or pour le faire reconnoître. C'est alors que le parlement de Paris
rendit son mémorable arrêt pour maintenir les
lois fondamentales du royaume, et pour empêcher que la couronne ne tombât en quenouille (1),
et ne passât sur une tête étrangère. Plusieurs
des seigneurs de la Ligue se souvinrent aussi
qu'ils étoient Français. Toutefois le danger étoit
pressant, et « les politiques des deux religions
» sentoient, dit Péréfixe, que de tous les canons
» le canon de la messe étoit le meilleur pour
» réduire les villes de son royaume (2). »

Henri, convaincu des raisons qui nécessitoient
sa conversion, embrassa solennellement le ca-
tholicisme. Il ne tarda pas à se rendre maître
de la capitale, et y fit son entrée avec l'abandon
et la généreuse confiance d'un prince persuadé
qu'on désarme la haine et la perversité aussi facilement qu'on ramène l'erreur. Les négociations de Rosni avec Villars, gouverneur de
Rouen, lui soumirent cette ville et toute la Nor-

____

(1) L'infante Claire-Eugénie étoit née du mariage de Philippe II
avec l'infortunée Isabelle, sœur des trois derniers rois de France,
François II, Charles IX et Henri III, et étoit petite-fille de
François Ier.

(2) Péréfixe, Histoire de Henri-le-Grand. Paris, 1749, t. 1,
p. 216.

mandie. Henri, malgré les ruses de Mayenne et
les efforts des Espagnols, s'empare de Laon,
puis d'Amiens et de toute la Picardie. Il traite
avec le fils du duc de Guise pour la Champagne
qui rentre bientôt d'elle-même sous le devoir,
et il n'en tient pas moins toutes les conditions
du traité. Quelques villes secouent le joug de la
Ligue. Des traités avec divers gouverneurs de
provinces ou de citadelles augmentent la détresse
du trésor, mais recomposent le royaume mor-
celé. Le brillant combat de Fontaine-Française
assure la soumission de la Bourgogne et la conquête d'une partie de la Franche-Comté. Henri
répare promptement les revers et les fautes de
ses lieutenans dans la Picardie, et prend La Fère.
Lyon reconnoît son autorité. Marseille, dernier
rempart de la Ligue, est délivrée de ses oppres-
seurs par le courage et l'habileté du jeune duc
de Guise envers lequel le Roi avoit signalé sa
clémence. Rome reçoit l'abjuration de Henri,
et le duc de Mayenne lui-même se soumet.
La surprise d'Amiens par les Espagnols pensa
mettre de nouveau la fortune de Henri en
péril; mais il recouvre bientôt, par sa valeur
et son activité, la capitale de la Picardie, fond
sur la Bretagne où tenoit encore un des princes de
la maison de Lorraine, le duc de Mercœur, qui
fait néanmoins acheter sa soumission. Enfin, le

traité de Vervins met un terme aux calamités de la guerre, et finit glorieusement une lutte où l'on voit le bon droit triompher.

Henri restoit maître de son royaume ; mais la guerre avoit suspendu le commerce, les villes étoient en ruines, les villages en cendre, le laboureur accablé sous la charge des impôts qu'on lui demandoit pour des fruits qui, souvent, lui avoient été arrachés par le soldat ; ces malheureux n'avoient plus enfin, selon l'expression naïve de l'historien de Henri IV, que *la langue pour se plaindre* (1).

Tandis que le célèbre édit de Nantes assure l'exercice des deux religions, Rosny est placé à la tête des finances, et l'ordre commence à renaître. Henri remet à ses peuples les subsides arriérés, supprime les taxes militaires, substitue, aux usuriers étrangers auxquels jusquelà les branches du revenu du trésor royal avoient été déléguées, des administrateurs actifs, probes et vigilans, fait contribuer la vanité qui se pare de faux titres, réprime le luxe des grands, leur donne, dans sa personne, l'exemple de la modération, favorise l'agriculture et les arts, ouvre des débouchés au commerce, fait dessé-

---

(1) Péréfixe, Histoire de Henri-le-Grand. Paris, 1749, t. 2, p. 269.

cher les marais, exploiter les mines, rebâtir
les ponts, tracer de nouvelles routes, réparer
les anciennes négligées et dévastées pendant
quarante ans de guerres civiles, et les fait plan-
ter d'ormes et d'arbres fruitiers.

« Henri conçoit et bientôt exécute la magni-
fique entreprise du canal de Briare ; il introduit
dans le royaume la culture du mûrier, et prépare ainsi l'établissement de nos grandes soie-
ries. Il crée la manufacture de la Savonnerie (1),
encourage toute espèce d'industrie, et se montre
pourtant ennemi du luxe. Deux colonies françaises s'établissent avec plus de sagesse que
d'éclat, l'une dans le Canada, l'autre dans la
Guiane. Henri achève les travaux du Pont-
Neuf commencés par Catherine de Médicis ;
bâtit le château de Saint-Germain, embellit
celui de Fontainebleau, continue le Louvre,
commence la galerie qui joint ce palais aux
Tuileries, et y loge des artistes en tout genre
qu'il encourage de ses regards et par des récompenses. Il fonde l'hôpital Saint-Louis, le

---

(1) La Biographie universelle, d'où nous avons extrait ce passage, article *Henri IV*, p. 111, porte que ce prince créa la manufacture *des Gobelins*. C'est une erreur. Cette manufacture fut
fondée sous le règne de François Ier, par un teinturier de Rheims,
nommé *Gobelin*. Elle n'est devenue manufacture royale qu'en 1667,
en vertu d'un édit rendu par Louis XIV, sur la proposition de
Colbert.

4.

collége de la Flèche (1), rétablit le collége
de France, augmente de moitié les honoraires
des professeurs (2), et fonde une chaire de ma-

---

(1) Henri IV, voulant tirer la noblesse française de l'ignorance
où elle avoit croupi trop long-temps, donna aux Jésuites, en 1603,
sa maison de La Flèche, la même où le Roi de Navarre son père
avoit été marié, pour en faire un collége. Il y payoit les pensions
de quantité de jeunes gentilshommes, qui y étoient instruits en
toutes sortes d'exercices. En 1609, ces pères obtinrent du Roi
une somme de cent mille écus, pour augmenter leurs bâtimens
et le nombre de leurs élèves. Sully, qui n'aimoit pas les Jésuites,
faisoit difficulté de donner cette somme : le Roi lui dit qu'il vou‑
loit que *son mandement eût lieu.* Le Monarque s'occupa lui-même
des détails qui pouvoient rendre cet établissemen plus utile et
plus conforme à ses vues.

Quand il eut rétabli les Jé suites, on leur reprocha devant lui
qu'*ils attiroient à eux les beaux esprits ;—Et c'est de quoi je les
estime,* répliqua ce Prince.

A la mort de Henri ils avoient trente-cinq colléges dans le
royaume, qu'ils ne tenoient que de sa munificence, et qui ne
subsistoient que par ses libéralités. Il avoit même obtenu pour
eux la permission de bâtir un collége à Constantinople. (Chro-
nologie septenaire, année 1604; Journal de Henri IV, année 1609;
Mercure français, t. 1, p. 484.)

(2) Pendant la Ligue, on avoit fait des écuries du Collége-Royal.
Les gens de lettres amis de la paix et du repos avoient abandonné
la capitale. Un édit de 1588 avoit bien défendu à tous les membres de l'Université de quitter Paris; mais ce n'est pas par des
édits qu'on fait aimer les lettres. On ne commande pas la lecture
d'Homère et de Virgile, comme on ordonne un impôt. Henri IV
ramena la confiance avec la paix, et tous les professeurs accou-
rurent. Le Roi les accueillit avec une bienveillance dont ils furent
enchantés. Non seulement il les réintégra dans leurs places, mais
il voulut qu'ils fussent payés de l'arriéré qui leur étoit dû des
règnes de Charles IX et de Henri III. Il est à remarquer que
plusieurs professeurs, tels que l'Écossais Crilton et d'autres,
avoient été ligueurs. (Voy. les Mémoires sur le Collége-Royal,
p. 71 ; 2ᵉ partie, p. 77 et 105; et 3ᵉ partie, p. 80 ; de l'Amour de
Henri IV pour les lettres, note 9, p. 111.)

thématiques en faveur du Flamand Bertius (1).
Il fait transporter, dans la capitale, la bibliothèque des Rois, confinée auparavant à Fontainebleau, l'enrichit de la fameuse collection
des manuscrits grecs de Médicis, et la rend publique (2). Il attire en France le fameux Casaubon (3), et veut y retenir le jeune Grotius (4).

---

(1) Bertius, professeur à Leyde, persécuté dans son pays,
trouva près de Henri IV un asile honorable. Outre une chaire de
mathématiques, ce Prince créa pour lui la place de cosmographe
du Roi. Sa Géographie de Ptolémée est encore recherchée des
savans. (Voyez Histoire du Collége Royal, in-4°, p. 66; de
l'Amour de Henri IV pour les lettres, note 13, p. 117.)

(2) Pour l'augmenter, il envoya des savans en Espagne et
jusqu'à Maroc rechercher les meilleurs livres des Arabes, dans
les sciences et dans la médecine; précieuse conquête où Louis XIV
reçut encore l'exemple de son aïeul. Enfin, il confia la garde de
ce dépôt à deux savans distingués, le président de Thou et
Casaubon.

(3) A propos de Casaubon, qui n'étoit venu en France que
sur l'invitation de Henri IV, nous ne pouvons résister au plaisir
de rappeler une des anecdotes les moins connues parmi celles qui
concernent Henri. Ce Monarque faisoit une pension à Casaubon;
comme il en réclamoit le paiement près de Sully, celui-ci qui étoit
fort sur la négative, lui répondit avec humeur: « *Vous coûtez trop au
Roi, Monsieur; vous avez plus que deux bons capitaines, et vous ne
servez de rien.* » Casaubon, qui étoit d'un naturel très-doux, ne
répondit rien; mais il alla se plaindre au Roi. « *Monsieur Casaubon,*
lui dit ce bon Prince, *que cela ne vous mette pas en peine. J'ai
partagé avec Monsieur de Sully; il a toutes les mauvaises affaires,
et moi je me suis réservé les bonnes. Quand il faudra aller à lui
pour vos appointemens, venez à moi auparavant, je vous dirai le
mot du guet pour être payé facilement.* »

(4) Grotius, déjà célèbre à l'âge de seize ans, étoit, lors de
la paix de Vervins, à la suite du grand-pensionnaire de Hollande, le fameux Barnewelt, qui venoit cimenter avec Henri IV

Juste Lipse (1) fut étonné de recevoir en Hollande une lettre d'invitation de ce prince, qui lui proposoit une place honorable et 600 écus d'or d'appointemens. Henri IV alla jusqu'à offrir, pour le fixer dans ses Etats, le chapeau de cardinal à saint François de Sales (2), né sujet du duc de Savoie. Il y fit venir, et y retint, en l'élevant à l'épiscopat, son compatriote Pierre

---

la liberté de sa patrie. Ce prince distingua Grotius d'une manière flatteuse, et lui fit présent d'une chaîne d'or, à laquelle étoit attaché son portrait. Le jeune étranger fut si enchanté de cet accueil, qu'il se fit peindre avec cette chaîne et ce portrait sur la poitrine, et fit, sur cette circonstance, des vers qui commencent ainsi :

Contigimus dextram quâ nulla potentior armis,
Etc.

L'intention du Roi étoit de le fixer en France. Il voulut d'abord l'associer à Casaubon, dans la garde de sa bibliothèque. *Vous verrez mes beaux livres*, lui dit gracieusement Henri, *et vous me direz ce qui est dedans.* Mais les négociations entamées à ce sujet n'eurent pas de suite, et Grotius ne crut pas devoir priver sa patrie des talens qu'elle réclamoit pour elle-même. (Voyez sa Vie, en deux volumes, par M. de Burigny.)

(1) Cet écrivain eut une si grande réputation, que plusieurs souverains se disputèrent l'honneur de l'attirer dans leurs Etats. On nommoit Juste-Lipse, Scaliger et Casaubon. les triumvirs de la république des lettres. (Voyez Addition de Tessier aux éloges de de Thou, t. 2, p. 384.)

(2) « Quel dommage, disoit Henri, qu'un homme de ce mérite soit relégué dans les montagnes ! » (Voyez Marsolier, Vie de saint François de Sales.)

La Biographie universelle dit encore, p. 111, qu'il voulut attirer en France Antoine Favre, et lui offrit une charge de premier président ; mais c'est à Louis XIII qu'il faut rapporter l'offre qui fut faite à ce célèbre jurisconsulte de se fixer en France. (Voy. Biogr. univers., *Antoine Favre*, t. 14, p. 228.)

Fenolliet (1), le premier des orateurs français qui firent entendre dans la chaire une éloquence douce et insinuante. » Entraînés par l'exemple de son activité, les particuliers eux-mêmes s'adonnent à toutes les entreprises utiles. « C'é-
» toit une merveille, dit Péréfixe, de voir ce
» royaume qui, cinq ou six ans auparavant, étoit,
» pour ainsi dire, une tanière de serpens et de
» bêtes venimeuses, étant rempli de voleurs,
» de larrons, de vauriens, de gens de sac et de
» corde, si bien purgé de tous ces maux par
» ce grand Roi, et comme changé en une ruche
» d'abeilles innocentes, qui s'efforçoient à l'envi
» de donner des preuves de leur industrie, et
» d'amasser de la cire et du miel (2). »

---

(1) Henri IV l'avoit entendu plusieurs fois avec plaisir. Pour le fixer en France, il le choisit pour son prédicateur ordinaire, et le nomma, en 1608, évêque de Montpellier, quoiqu'il n'eût pas encore trente ans. Le Roi fit ce choix de son propre mouvement; car Sully ayant demandé pour lui l'évêché de Poitiers, il le donna à un autre; et quand il apprit à Fenolliet sa nomination à l'évêché de Montpellier : *Je voulois*, lui dit-il, *que vous n'en eussiez l'obligation qu'à moi seul.*

Les chanoines de Montpellier furent si contens d'avoir ce prélat à leur tête, qu'ils envoyèrent au Roi une députation, pour le remercier du présent qu'il leur avoit fait. On lit ces mots sur son épitaphe :

Regibus nostris
Presertim Henrico IV° unicè carus.

(Voy. l'Histoire de Montpellier, par d'Aigrefeuille.)

(2) Péréfixe, Histoire de Henri-le-Grand. Paris, 1749, t. 2, p. 356.

« Au milieu de tant de soins bienfaisans;
» Henri se rend médiateur entre tous les Etats
» de l'Europe, et recommence, à cet égard,
» le noble rôle de saint Louis. C'est lui qui
» termine la longue guerre entre l'Espagne et
» les Provinces-Unies, et il a le bonheur d'assu-
» rer l'indépendance d'une république qui, dans
» ses malheurs, lui avoit procuré de généreux
» secours. Il reconcilie le Pape avec une autre
» république (celle de Venise), et prévient
» une guerre qui eût pu être aussi fatale au
» Saint-Siége que le schisme de Luther. La paix
» du royaume ne fut un moment troublée que
» par une imprudente attaque du duc de Savoie.
» Ce prince comptoit sur des trahisons que lui-
» même avoit ourdies à la cour de France, et
» dans lesquelles il avoit engagé des seigneurs,
» jusque-là distingués par leur amour pour le
» Roi. Henri, par la vivacité de ses attaques,
» déconcerta les traîtres. Il s'empara de Mont-
» mélian qu'on avoit cruc imprenable, et bientôt
» la Savoie presque toute entière devint sa con-
» quête. Fidèle à sa magnanimité, il parla de
» paix lorsqu'il pouvoit porter sa vengeance
» jusque sur le Piémont; mais il se fit céder,
» par le duc de Savoie, la Bresse, le Bugey et
» le pays de Gex. Peu de temps après, sa con-
» duite fut encore plus généreuse envers le

» duc de Bouillon qui lui devoit tout. Il entra
» dans Sedan plutôt pour humilier ce prince
» que pour le punir, et lui rendit sa princi-
» pauté (1). »

Dans un aperçu aussi rapide du règne de
Henri, il est impossible de rappeler ses haran-
gues animées de cette éloquence du cœur à laquelle l'art ne peut atteindre, et qui le servirent
aussi efficacement que ses exploits les plus écla-
tans ; ses discours laconiques, mais remplis
d'énergie, au parlement de Paris, au clergé, à
différens seigneurs ; ses lettres brillantes d'esprit,
pleines de sentiment et de cette fleur de cheva-
lerie, le seul genre de grâce dont les anciens ne
nous ont laissé aucun modèle ; ces mots nobles
et touchans où se peignoient la vivacité de son
esprit et la sensibilité de son âme ; mais parler
aux Français de Henri, c'est s'exposer à être
prévenu par leurs souvenirs.

Sa franchise aimable inspiroit naturellement
la confiance. Il ne s'enveloppoit pas de cette
gravité dédaigneuse qui écarte la vérité, cache
l'insuffisance, et repousse le talent timide. Un
air ouvert et libre, cette gaîté qui ne l'abandonna
jamais, même dans les plus grands périls, tem-
péroit chez lui la majesté du trône. Jamais

----

(1) Biogr. univers., *Henri IV*, p. 114 et 115.

monarque n'eut un accès plus facile et des manières plus séduisantes.

Ce bon Roi vouloit tenir son empire de l'a-
mour et non de la force : ferme quand le bien
public l'exigeoit, jamais il ne fut enivré du pouvoir absolu qui a tant de charmes pour les
princes ambitieux et les génies médiocres. Des
flatteurs l'exhortant, dans une occasion délicate,
à faire un coup d'autorité, il leur fit cette admirable réponse qui décèle un esprit au-dessus de
son siècle : *Messieurs, la première loi du souverain est de les observer toutes, et il a lui-même
deux souverains*, DIEU *et* LA LOI (1).

Henri avoit vu jusqu'à quel point le pouvoir
se dégrade par l'intrigue et l'imposture. Il rendit
sa parole plus sacrée que les traités faits par ses
prédécesseurs. Sa loyauté contribua autant que
sa valeur à apaiser les troubles qui depuis si long-
temps désoloient la France. « L'armée, dit encore
son biographe, l'appela *le Roi des braves* (2).
L'Europe lui donna le surnom de *grand*. Le
peuple a coutume de le nommer *le bon Henri*.
Le plus grand orgueil qu'il y ait pour des Fran-

---

(1) Mémoires de Sully, et Traité des commissions extraordinaires, p. 47.

(2) C'est le mot admirable de Givri, à la mort d'Henri III,
lorsque les seigneurs royalistes hésitoient à reconnoître Henri IV.
Ah! Sire, lui dit-il, vous êtes le Roi des braves; il n'y a que
les poltrons qui abandonneront Votre Majesté.

çais, c'est d'être du pays de Henri IV. Son nom dit tout ce qu'un Français, tout ce qu'un guerrier, tout ce qu'un administrateur, tout ce qu'un Roi doit être. Il semble qu'on lui sache gré d'avoir eu quelques foiblesses qui le rapprochent de nous. Avec une perfection plus entière, on l'eût peut-être moins aimé. »

Tel étoit le prince qui succomba sous le poignard de Ravaillac. Il faut lire dans les historiens l'effet que produisit la nouvelle de sa mort. « Au premier bruit qui s'en répandit, la France entière, dit l'un d'eux, parut plongée dans le deuil. Le commerce fut suspendu. Les travaux de toute espèce cessèrent. Les gens de la campagne se transportoient par troupes sur les grands chemins, pour avoir des nouvelles, et quand ils ne purent plus douter de leur malheur, ils s'écrièrent en sanglotant : « Nous avons perdu » notre père. » Ils lui rendoient ainsi en regrets la tendresse qu'il avoit toujours montrée pour cette partie précieuse de ses sujets. Les courtisans qui voudroient que toutes les faveurs fussent pour eux, les ministres, qui ont quelquefois trop de raisons pour craindre la curiosité du prince, blâmoient cette popularité, comme incompatible avec la majesté du trône. « *Les Rois mes prédécesseurs*, leur répondoit-il, *tenoient à déshonneur de savoir combien valoit un teston ; mais quant à moi, je voudrois savoir combien vaut une pite, et combien de peine ont les pauvres gens pour l'acquérir, afin qu'ils ne soient chargés que selon leur portée*, sentimens paternels qui lui assurent à jamais l'amour et la vénération des Français (1). »

Henri laissoit le royaume dans l'état le plus florissant, des finances en bon ordre, trente millions, fruit de ses économies, déposés à la Bastille, une armée respectable, un corps d'officiers braves et expérimentés, des places abondamment approvisionnées, un conseil composé des hommes les plus éclairés et les plus sages (2). Si l'on compare cette situation avec l'état du royaume, à la mort de son prédécesseur, l'éloge de Henri sera complet.

Il faut ajouter que les encouragemens de tous genres que Henri avoit accordés aux lettres et aux arts, dès qu'il put gouverner en paix, formèrent, ou du moins préparèrent la plupart des grands hommes du siècle de Louis XIV,

---

(1) Anquetil, Histoire de France, t. 10, p. 18.

(2) Le conseil que Henri avoit formé au moment de laisser la régence à la Reine, étoit composé des cardinaux de Joyeuse, et du Perron ; des ducs de Mayenne, de Montmorency et de Monthason ; des maréchaux de Brissac et de Fervaques, et des sieurs de Châteauneuf, garde-des-sceaux de la régence, de Harlay, de Nicolaï, de Liancourt, de Gesvres, de Villemontée, et de Maupeou.

que la véritable époque de l'aurore du bon goût
en France, et de la renaissance des lettres, date
du règne de Henri.

« MONTAGNE, qu'aucun philosophe n'a encore
surpassé dans l'art de scruter le cœur humain,
dit un écrivain ingénieux (1), imprimoit son
génie à ses immortels Essais. CHARRON (2) se
montroit le digne interprète de la sagesse. DE
THOU (3) composoit cette belle histoire, la seule

---

(1) De l'Amour de Henri IV pour les lettres, par l'abbé Brizard,
in-18. Paris, 1786, p. 97.

(2) Lorsque le Traité de la Sagesse, par Charron, parut, des
cris s'élevèrent de toutes parts contre ce bel ouvrage. On défendit
de le mettre en vente : on tenta de soulever le Parlement, la
Sorbonne, l'Université contre l'auteur. Le président Jeannin
dissipa l'orage. Il fit voir dans le Conseil du Roi, qu'une production de cette nature n'étoit pas faite pour les esprits vulgaires,
et qu'il falloit lui laisser un libre cours; non, dit-il, comme un
livre de dévotion, mais comme *un livre d'État*. La fermeté éclairée de ce magistrat l'emporta sur les clameurs des fanatiques.

(3) Le président de Thou avoit été connu de Henri IV, long-
temps avant que ce prince fût Roi de France. Il raconte dans ses
Mémoires qu'il alla lui faire sa cour à Nérac en 1581, et que Henri
lui fit voir ses jardins, dont il dirigeoit lui-même la culture et
les embellissemens. Témoin des malheurs de sa patrie, ce magistrat
sortit de Paris après la journée des Barricades. Il étoit à Venise
lorsqu'il apprit la mort de Henri III. Il se hâta de se rendre
auprès de son successeur. Henri IV, charmé de son savoir et de
son intégrité, l'employa dans les affaires les plus épineuses. Après
la mort d'Amyot, ce Monarque choisit de Thou pour lui confier
la garde de sa bibliothèque. C'étoit annoncer le prix qu'il mettoit
à ce précieux dépôt, et la protection qu'il accordoit aux lettres.

De Thou continuoit de se livrer aux honorables fonctions de
la magistrature. Il négocia plusieurs fois avec les protestans, et
servit à pacifier les troubles de Bretagne. Il fut l'un de ceux que

peut-être encore dont s'enorgueillisse la nation. Le grand L'HOPITAL, que Henri ne fit qu'entrevoir, promettoit un législateur à la France. BODIN (1) osoit rechercher les droits des peuples, et traçoit le plan de cette république où l'on trouve le germe des idées de Montesquieu. Les ingénieux auteurs de la satire Ménippée (2)

---

le Roi choisit pour travailler à la rédaction de l'édit de Nantes. C'est au milieu de cette multitude d'affaires publiques et privées qu'il trouva le temps d'écrire l'histoire d'un siècle fertile en révolutions et en grands événemens. Dès qu'on sut que cette Histoire étoit prête à paroître, tous ceux qui craignoient la voix de la vérité firent tout ce qu'ils purent pour l'étouffer; mais Henri IV, qui n'avoit aucune raison de la redouter, et qui la cherchoit sincèrement, se déclara le protecteur de l'ouvrage. (Voyez la Lettre de Henri IV à M. de Béthune, son ambassadeur à Rome, du 4 mai 1604. De Thou, in-folio, t. 7, ch. 11, p. 2.)

(1) Bodin, après avoir embrassé le parti de la Ligue, répara en partie sa faute en ramenant la ville de Laon à l'obéissance de Henri IV. Son ouvrage *de la République* eut un succès prodigieux, et parut un des écrits les plus remarquables de ce siècle.

(2) Plusieurs gens de lettres, beaux esprits et bons Français, indignés de l'acharnement des ligueurs et des manœuvres odieuses qu'ils ne cessoient d'employer pour empêcher le peuple de reconnoître Henri IV : Passerat, Pithou, Florent Chrétien, Rapin, Leroi, etc. se réunirent pour composer cette ingénieuse plaisanterie connue sous le nom de *Satyre Ménippée*, la meilleure qu'on ait faite dans notre langue avant les Lettres Provinciales : production originale, où, sous le voile d'une ironie fine et délicate, on démasque avec gaieté les projets ambitieux de l'Espagne, les intrigues secrètes des Guises, le zèle hypocrite des ligueurs ; où la raison est d'autant plus foudroyante qu'elle ne combat qu'avec l'arme du ridicule. Le cadre en est très-heureux, et l'exécution piquante. Cette satire fut publiée au milieu de l'hiver de 1593. Aussitôt qu'elle parut, elle réunit les suffrages de tous les bons esprits de l'un et de l'autre parti. Son succès fut prodigieux. Il

versoient à pleines mains le sel attique dans leurs
écrits et le ridicule sur les ennemis de la patrie.
AMYOT donnoit ces traductions de Plutarque et de
Longus dont l'aimable naïveté plaît encore après
plus de deux siècles. PITHOU (1) et GAUCHER-

---

s'en fit trois éditions en trois semaines. Les yeux de la nation
furent dessillés; et, quelques mois après, Paris ouvrit ses portes
à Henri IV, aux acclamations de tous les citoyens.

La satire *Ménippée* fut ainsi nommée de *Menippus*, philosophe
cynique, qui s'étoit rendu fameux par le sel et l'énergie de ses
satires. Varron, chez les Romains, publia une collection d'écrits
du même genre, auxquels il donna le nom de *Satyræ Menippæ*,
et c'est celui que choisirent les philosophes de ce siècle pour arracher le masque aux ligueurs. (De l'Amour de Henri IV pour
les lettres. Note 63, p. 194 et 195.)

(1) Les travaux de Pithou , ses découvertes et son immense
érudition , lui ont mérité , à juste titre, le surnom de *Varron de
la France;* mais il est encore plus respectable par l'usage qu'il fit
de ses talens et de ses lumières. Forcé de rester dans le foyer de
la révolte, retenu par sa femme, ses enfans et ses livres, objets
chers dont il craignoit de se séparer, son séjour dans Paris ne
fut pas inutile au Roi. Il fit un mémoire pour prouver que les
évêques de France pouvoient absoudre Henri IV sans le concours de Rome; il coopéra, comme nous l'avons dit, à la satire
Menippée. Quand la capitale eut ouvert ses portes à Henri IV,
ce prince choisit Pithou pour procureur-général du parlement
intermédiaire; il le chargea d'arracher des registres de la cour
tout ce que les ligueurs y avoient inséré d'injurieux contre lui et
contre son prédécesseur; d'enlever des églises les tableaux , inscriptions et autres monumens des fureurs de la sainte union.

Le monarque vouloit donner à Pithou d'autres marques de sa
reconnoissance. Cet homme modeste et désintéressé le pria de
réserver ses bontés pour *Troyes*, qu'il appela sa chère patrie,
mais qui étoit encore rebelle. Le Roi lui accorda le pardon des
coupables.

Dans le même temps, ce savant écrivoit son *traité des libertés
de l'Eglise gallicane,* qui fut reçu avec reconnoissance de tous les

DE-SAINTE-MARTHE (1), les Varrons de leur
temps, fouilloient les mines de la docte antiquité
pour en enrichir les modernes. LANOUE (2),

bons Français. L'auteur le dédia à Henri IV par une épître, dit
son historien, digne de l'ouvrage qu'elle annonce, du bon citoyen
qui parle, et du prince auquel elle est adressée. (Voyez sa Vie
écrite par M. Grosley.)

(1) Gaucher de Sainte-Marthe, l'un des hommes les plus savans
de son siècle, fut toujours fidèle à ses Rois, quelle qu'ait été
leur religion, et à son pays, malgré ses injustices. On ne put jamais l'engager dans le parti de la Ligue : il aima mieux s'exiler
pendant cinq ans, lui et toute sa famille, de Poitiers et de Paris,
que de tremper dans les desseins des factieux. Retourné dans ses
foyers, il y fut honoré du titre de père de la patrie, pour avoir
sauvé la ville de Loudun du pillage dont elle étoit menacée par
Joyeuse en 1587. L'année suivante, aux Etats de Blois, il plaida
avec autant de fermeté que d'énergie, la cause des peuples et des
Rois contre les prétentions des étrangers qui menaçoient d'op-
primer la nation. Enfin il contribua, plus que personne, à ramener la ville de Poitiers à l'obéissance de Henri IV, et à lui faire
obtenir de ce monarque des conditions honorables. Lorsque ce
prince fit son entrée dans la ville, il ne voulut pas permettre
qu'on fit aucune dépense, refusa même les présens d'usage, et
répondit *qu'il ne demandoit que le cœur des citoyens.* Henri ré-
compensa le zèle de Sainte-Marthe en le nommant intendant d'une
de ses armées. (De l'Amour de Henri IV pour les lettres, note
44, p. 167.)

(2) Après la mort de Coligny, le sage Lanoue fut le conseil et
le guide du jeune Roi de Navarre : on ne pouvoit mieux choisir.
Il avoit donné une telle idée de sa vertu qu'il étoit également respecté dans les deux partis. Ce héros étant tombé dans les fers des
Espagnols, il s'occupa, pour charmer les ennuis d'une longue
prison, à composer ses *discours politiques et militaires*, qui furent
imprimés en 1587, et dédiés à son auguste élève. Le ton de sagesse, de modération et d'impartialité de ces Mémoires les rendent
très-recommandables. Il y blâme avec tant de courage les fautes du
parti; il y loue avec tant de candeur ce qu'il y a de louable dans
les ennemis, qu'on a peine à reconnoître que c'est un protestant

MORNAY(1) et D'AUBIGNÉ(2) se servoient de leur plume avec autant de succès que de leur épée.

qui parle : mérite rare, et peut-être unique, dans un temps où les esprits agités par des passions violentes permettoient rarement à la raison de se faire entendre.

Une mort précipitée l'enleva trop tôt à la France. Henri fut sensiblement touché de sa perte : *C'étoit un grand homme de guerre,* dit-il, *et un plus grand homme de bien.* (Voyez sa Vie, par Moïse Amirault.)

(1) Mornay prit la place de Lanoue près de Henri IV. Cette suite n'en interrompue de grands hommes qui se succèdent dans la confiance et l'intimité du Roi de Navarre, est une chose bien digne d'être remarquée : Jeanne d'Albret sa mère et ses premiers guides sont remplacés par Coligny, Coligny par Lanoue, Lanoue par Mornay, Mornay par Sully, etc. : succession bien honorable de talens et de vertus qui lui servirent, pour ainsi dire, de cortége depuis son berceau jusqu'à sa mort.

Mornay fut à la fois secrétaire de Henri ; surintendant de ses finances, lieutenant de ses armées, son ambassadeur, son bibliothécaire et son premier ministre, tant qu'il fut Roi de Navarre. Il a été chanté par l'auteur de la Henriade.

> De tous ses favoris, Mornay seul l'accompagne,
> Mornay son confident, mais jamais son flatteur,
> Trop vertueux soutien du parti de l'erreur :
> . . . .
> Censeur des courtisans, mais à la cour aimé ;
> Fier ennemi de Rome, et de Rome estimé.

Duplessis-Mornay, ajoute Voltaire, étoit le plus vertueux et le plus grand homme du parti protestant ; il savoit le grec et le latin parfaitement, et l'hébreu autant qu'on peut le savoir. Il servit sa religion et son maître de sa plume et de son épée... Ses lettres passent pour être écrites avec beaucoup de force et de sagesse... On l'appeloit le pape des Huguenots ; titre que lui ont valu ses livres de controverse. Ses *Mémoires*, seuls connus aujourd'hui, sont remplis de discours, de manifestes, d'instructions aux ambassadeurs, etc. que l'on consulte avec fruit quand on veut approfondir l'histoire de ce temps. (De l'Amour de Henri IV pour les lettres, note 21, p. 224.)

(2) D'Aubigné, gentilhomme ordinaire de la chambre de

Bertaut, Desportes et Passerat (1)
laissoient échapper ces vers dont les grâces

Henri IV, est l'un des hommes qui ont fait le plus d'honneur au règne de ce prince, par son courage et surtout par ses talens. C'est Henri qui l'excita à écrire l'histoire de son temps. Ce monarque lui promit une somme considérable pour faire des voyages aux lieux éloignés, dont il devoit parler, pour visiter les places qui avoient soutenu des siéges, lever des plans, etc. La mort de son maître empêcha l'exécution d'une partie de ce projet : l'auteur fut obligé de s'expatrier, et cette histoire ne parut que six ans après à Genève, devenu l'asile de la liberté. C'est ce que d'Aubigné lui-même nous apprend dans sa préface.

Il faut distinguer dans cet écrivain l'historien du satirique : autant le premier mérite d'éloges, autant le second est condamnable. Sa *confession de Sancy* est un libelle atroce et sans esprit contre un homme qui le valoit au moins par les grands services qu'il a rendus à l'Etat. « Ses mémoires secrets ne sont qu'un tissu de vanteries, de faits controuvés et d'atrocités : on ne peut les lire qu'avec mépris et indignation. » C'est là le jugement de Sainte-Foix, et il n'est malheureusement que trop vrai.

(1) Henri IV fixa *Bertaut* à sa cour, en lui donnant la charge de premier aumônier de la Reine. Il le fit depuis évêque de Séez, et y joignit une abbaye. C'étoit autant la récompense de ses talens que des services qu'il rendit à ce prince, durant les troubles de la Ligue. Esprit doux et modéré, Bertaut ne partagea pas les fureurs de son siecle. Il avoit d'abord sacrifié à la mode, et fait des vers dans la manière de Ronsard ; mais il reconnut bientôt son erreur.

« « Ce poëte orgueilleux, trébuché de si haut,
» Rendit plus retenus Desportes et Bertaut. »

BOILEAU.

Quelques vers d'un tour agréable et facile ont sauvé son nom de l'oubli. Doué d'un cœur tendre et d'une grande sensibilité, il a contribué à donner plus de douceur et de naïveté à la langue. De tous les poëtes français qui l'avoient précédé, Malherbe n'estimoit que le seul Bertaut.

Desportes fut le poëte le plus galant, le plus aimable et le plus heureux de cette époque. On l'appela *le Tibulle français*,

naïves flattent encore les oreilles sensibles et
délicates. REGNIER (1), dont Boileau n'a pas

---

nom qu'on a depuis étrangement prodigué. Il fut comblé de
faveurs par les Valois, et refusa l'archevêché de Bordeaux. Après
la mort de Henri III, il embrassa le parti de la Ligue, et s'en repentit.
Il reconnut bientôt les grandes qualités de Henri IV, et fit tout
ce qu'il put pour ramener à son devoir l'amiral de Villars son
ami, et toute la Normandie. Henri IV l'honora de son estime
et même de son amitié, lui rendit ses riches bénéfices qui avoient
été saisis, et voulut lui donner l'archevêché de Rouen. (Mémoires
de Sully, t. 1, p. 242. Histoire de Henri IV, par Bury, t. 2,
p. 351-354.)

Passerat. Tout le monde connoît son joli conte intitulé : *Métamor-
phose d'un homme en oiseau.* Il est dans tous les recueils. C'est la
manière de La Fontaine, son aimable négligence, sa grâce et sa
naïveté. Si l'on en excepte quelques expressions qui ont vieilli,
une pareille pièce ne dépareroit pas la collection du plus agréable
conteur. On peut dire que depuis on n'a pas approché de La
Fontaine de plus près que Passerat qui l'a devancé d'un siècle.

Il étoit professeur d'éloquence latine au Collége royal. Le
malheur des temps ayant fait fermer ce collége et déserter les
écoles, les loisirs de Passerat ne furent pas inutiles à Henri IV.
Il eut part à la satire Ménippée. Il avoit déjà manifesté son
zèle pour les vrais intérêts de sa patrie et pour son prince légitime.
Après la conversion de Henri IV, et lorsqu'on ne savoit encore
où le sacrer, la ville de Reims étant au pouvoir des ligueurs,
Passerat lui adressa des vers qui commencent et finissent ainsi :

> Prince victorieux, le meilleur des humains,
> . . . .
> Quand tu commanderois sans sceptre et sans couronne,
> Pour cela toutefois, moins Roi tu ne serois ;
> C'est la vertu qui sacre et couronne les Rois.

(1) Regnier est un des poëtes qui eurent part aux bienfaits de
Henri IV, et qui prouvent le mieux combien ce prince aimoit
et protégeoit les lettres. Le Roi lui donna plusieurs bénéfices,
et y ajouta en 1606 la pension de 2,000 qu'avoit Desportes son
oncle, sur l'abbaye de Vauxcernay. Il eut même l'honneur, ainsi
que Malherbe, de prêter quelquefois sa plume à ce prince. On

5.

dédaigné de rajeunir les peintures, imitoit heu-
reusement les anciens. RONSARD, trop vanté
par son siècle, mais aussi trop rabaissé depuis, et
à qui l'on ne peut du moins refuser quelques unes
des qualités qui font le poëte, étoit proclamé le
prince de la poésie française (1). COEFFETEAU
commençoit, dans ses écrits en prose, à donner
à la langue de la politesse, du nombre et de la

---

trouve dans ses œuvres deux élégies où il déploie les grâces et
la douceur de ce genre de poésie. On voit, dans deux discours
en vers que Regnier adressa à Henri, ainsi que dans ses satires,
que ce poëte commençoit à donner un ton plus ferme, plus de
hardiesse et d'élévation à la langue. Le poëte fit au Monarque
l'hommage du recueil de ses œuvres. La reconnoissance, dit-
il, lui mit la plume à la main. Il se compare à la statue de
Memnon, qui rendoit un son harmonieux toutes les fois que
le soleil levant la frappoit de ses regards. Cette idée n'est, ni sans
beauté ni sans noblesse.

(1) Ronsard adressa plusieurs pièces de vers à Jeanne d'Albret,
mère de Henri IV. Il en fit une sur la naissance de ce prince appelé dans son enfance *duc de Beaumont*. Devenu roi de Navarre,
Henri lui donna des preuves de sa libéralité, et, pour le récompenser d'un sonnet, le gratifia d'une partie considérable de la
forêt de Vendôme, ville qui étoit le patrimoine des Bourbons,
et la patrie de ce poëte. Ce qu'il y a de singulier, c'est que Ronsard, dans un temps où il y avoit encore trois princes vivans de la
race des Valois, prédit à Henri IV qu'il parviendroit au trône
de France.

« Mon Prince, illustre sang de la race Bourbonne,
» A qui le Ciel promet de porter la couronne,
» Que ton grand saint Louis porta dessus le front. »

(Voyez Œuvres de Ronsard, édition de 1617, t. 10, p. 173.
Lettres de Pasquier, Tablettes des Rois de France, t. 3, p. 25.
De l'Amour de Henri pour les lettres, note 8, page 3.)

pureté (1). Du Perron, bel esprit et savant profond, étoit le Mécène des lettres qu'il aimoit passionnément (2). L'aimable et spirituel Des

(1) Coeffeteau étoit jacobin; du Perron le fit connoître à Henri IV qui, malgré les préjugés alors répandus contre son ordre, le nomma sur-le-champ son prédicateur, et depuis évêque titulaire de *Dardanie*. Ce prince le choisit pour répondre à Jacques Ier, roi d'Angleterre, qui, par une destinée depuis si fatale aux Stuarts, se mêloit déjà d'écrire sur la controverse. Dans ses discussions polémiques, le dominicain, né doux et modéré, ne se livra pas à ces emportemens qu'on reproche aux théologiens de cette époque : il se contenta d'avoir raison contre l'auteur couronné. Le meilleur ouvrage sorti de sa plume est son *Histoire romaine*, la seule qu'on pût lire dans notre langue avant Rollin et Vertot. (Voyez son éloge par Perrault, in-fol., tom. 2; Essais sur les Honneurs littéraires, de Titon du Tillet, page 366, etc.)

(2) C'est pendant le siége de Rouen que Gabrielle d'Estrées présenta le jeune abbé du Perron à Henri IV. (Voy. d'Aubigné, Histoire universelle, liv. III, chap. xiv, page 405.) Du Perron chanta sa bienfaitrice et son amant dans des stances pleines de verve.

Henri IV goûta la tournure d'esprit de du Perron. Sa conversation vive, spirituelle, galante, ne pouvoit manquer de lui plaire. Il le fixa près de lui, et résolut de l'employer. Il le fit depuis son ambassadeur à Rome, archevêque, cardinal, et enfin grand aumônier de France. Quant à cette dernière place, Amyot avoit ouvert la carrière à ceux qui cultivent les lettres : du Perron la ferma. Cette charge donnoit alors la présidence de la bibliothèque du Roi, et pour ainsi dire le ministère au département de la littérature. C'est lui qui présentoit les auteurs. Il sentit le premier le mérite de Malherbe, et le fit connoître à Henri IV.

Du Perron, en courtisan habile, se rendit très-assidu auprès du monarque. Il assistoit à son lever. Pendant ses repas, il agitoit quelques questions savantes ou curieuses, l'entretenoit familièrement de vers, d'auteurs et de belles-lettres. Le soir, il ne quittoit pas son chevet, et, pour l'endormir, il lui lisoit les romans nouveaux. Un soir, Henri désira qu'il lui lût un roman célèbre dont il venoit de paroître une traduction. Après deux heures de

Yveteaux étoit choisi par Henri pour être le précepteur de ses fils (1). Enfin Malherbe (2)

---

lecture : *Sire*, dit l'évêque d'Evreux en s'interrompant, *je crois qu'on seroit bien étonné à Rome, si l'on savoit que je vous lusse les Amadis.*

Le cardinal avoit une imprimerie dans sa maison de campagne de Bagnolet. Il y faisoit imprimer ses ouvrages, et étoit lui-même son correcteur. Il faisoit toujours deux éditions de ses écrits. La première pour un petit nombre de juges éclairés, dont il recueilloit les avis, et la seconde qu'il livroit au public après avoir profité de leurs lumières.

Du Perron, outre ses poésies amoureuses, a fait des traductions de Virgile et d'Ovide. Il étoit savant quoique bel esprit. Henri prenoit intérêt à ses travaux littéraires, et le pressoit quelquefois de mettre la main à ses ouvrages de controverse, parce qu'il espéroit toujours ramener les protestans par la persuasion, seule arme que ce bon prince permit d'employer contre ceux de ses sujets qui ne pensoient pas comme lui.

Cet homme chargé d'honneurs, lorsqu'il étoit tourmenté de la goutte, demandoit à changer le chapeau de cardinal, son archevêché, ses cordons, toutes ses dignités et sa réputation pour la santé du curé de Bagnolet, village dont il étoit seigneur. (Voyez la Vie de du Perron , par M. de Burigny.)

(1) La faveur de Gabrielle d'Estrées le fit nommer instituteur de César, duc de Vendôme, son fils. Il le fut depuis du dauphin. Le Roi qui avoit goûté son esprit, le choisit malgré les préventions de la Reine, à qui on l'avoit peint comme un homme dangereux, et qui étoit d'autant plus disposée à le croire qu'il avoit été la créature de la belle Gabrielle. Ce fut des Yveteaux qui présenta à Henri IV Malherbe, son parent et son compatriote.

Des Yveteaux n'avoit pas toujours fait des vers galans. Il avoit honoré son âge mûr et justifié le choix de Henri IV par des ouvrages plus solides, et surtout plus utiles. Son traité de l'*Institution d'un Prince*, qu'il fit pour l'instruction de son élève, est écrit avec autant de sagesse que de précision et d'énergie, rempli des meilleures leçons de morale. Elles respirent la sévérité du Portique. On y voit qu'il connoissoit ses devoirs, et qu'il vouloit faire un homme avant que de faire un prince.

(2) Henri IV demandoit un jour au cardinal du Perron pour-

vint; car c'est sous Henri IV que ce père de
l'harmonie française fit entendre les premiers

---

quoi il ne faisoit plus de vers : *Sire*, lui répondit ce prélat, *il
ne faut plus s'en mêler après un gentilhomme de Normandie,
établi en Provence, qui a porté la poésie française à un si haut
point, que personne n'en pourra jamais approcher.* Il lui cita
Malherbe. Henri fut frappé de ce nom, parla souvent de Malherbe
à des Yveteaux son parent, précepteur du duc de Vendôme.
Cependant ce poëte ne vint à la cour que quelques années
après, en 1605. Il avoit alors cinquante ans. Le Roi l'accueillit
très-bien, et lui demanda des vers sur le voyage qu'il alloit faire
en Limousin. Malherbe fit les stances dans lesquelles se trouvent
ces beaux vers :

« Quand un Roi fainéant, la vergogne des princes,
» Laissant à ses flatteurs le soin de ses provinces,
» Entre les voluptés indignement s'endort,
» Quoique l'on dissimule, on en fait peu d'estime,
» Et si la vérité peut se dire sans crime,
» C'est avecque plaisir qu'on survit à sa mort.

» Mais ce Roi, des bons Rois l'éternel exemplaire,
» Qui de notre salut est l'ange tutélaire,
» L'infaillible refuge et l'assuré secours,
» Son extrême douceur ayant dompte l'envie,
» De quels jours assez longs peut-il borner sa vie,
» Que notre affection ne les juge trop courts ? »

Henri fut si content de ces vers, qu'il voulut retenir l'auteur
à son service ; et, en attendant qu'il l'eût fait mettre sur l'état de
ses pensionnaires, il ordonna au grand écuyer Bellegarde de le
prendre en sa maison. Il eut sa table, et mille livres de pension.
Peu de temps après, Henri le gratifia d'une place de gentilhomme
ordinaire de sa chambre, titre qu'ont eu, depuis, Racine et
Voltaire.

Un misérable, nommé *Delisle*, ayant attenté sur les jours du
Roi, Malherbe fut l'interprète de l'indignation de la France dans
cette belle ode qui commence :

« Que direz-vous, races futures, etc. »

Le Roi honoroit souvent d'entretiens particuliers le poëte qui

beaux vers qu'on ait faits dans notre langue ;
tandis que s'élevoient Corneille, le Poussin et
Descartes. »

Ce fut en 1604, six ans avant la mort de
Henri, lorsque le feu des guerres civiles étoit
éteint, et que le royaume se trouvoit dans l'état
le plus prospère, que l'on pensa à élever une
statue équestre à Henri IV (1). Nul prince,

---

chantoit les principaux événemens de son règne. Nous avons
encore les vers que Malherbe fit au nom du grand *Alcandre*.

Malherbe jouoit à la cour de Henri IV le même rôle que
Despréaux remplit depuis à la cour de Louis XIV ; il se montroit
censeur sévère des méchans vers, et blâmoit sans ménagement
des ouvrages qu'on admiroit ; il étoit très-jaloux de l'honneur et
de la pureté de sa langue ; il disoit quelquefois en riant, qu'il
travailloit à *desgasconner la cour ;* il ne passoit rien, même aux
princes : aussi l'appeloit-on *le tyran des mots et des syllabes.*

Le Roi lui montrant un jour la première lettre que le dauphin
(depuis Louis XIII) lui avoit écrite : Comment, dit Malherbe,
est-ce que Mgr le Dauphin s'appelle *Loys?* car sa lettre étoit signée
ainsi. Henri envoya sur-le-champ chercher celui qui enseignoit à
écrire au jeune prince, et lui enjoignit de lui faire mieux ortho-
graphier son nom : c'est ce qui faisoit dire plaisamment à Malherbe,
que c'étoit lui qui étoit cause que le Roi, successeur de Henri IV,
s'appeloit *Louis.*

Malherbe frappé, comme tous les bons Français, du coup
inopiné qui leur enlevoit le meilleur des Rois, exhala sa juste
douleur dans des stances qui commencent ainsi :

Enfin, l'ire du Ciel et la fatale envie, etc.

(1) Théophile, jeune poëte, se trouvant un jour au Louvre au
moment où l'on apportoit à Henri sa statue équestre en petit, il fit
sur-le-champ cet impromptu :

« Petit cheval, joli cheval,
» Doux au montoir, doux au descendre,

sans doute, n'en étoit plus digne que celui qui disoit au président Jeannin, chargé d'écrire son histoire : « *J'entends laisser la vérité en sa fran-* » *chise ; et la liberté de la dire sans fard et* » *sans artifice,* » et celui auquel de Thou, le plus véridique de nos historiens, adressoit ces paroles : « *Si je trahissois la vérité, je ferois* » *tort au rare bonheur de votre règne, qui* » *donne à chacun la liberté de penser ce qu'il* » *veut, et de dire ce qu'il pense.* »

Henri, très-sensible à l'opinion publique, lisoit volontiers ce qu'on imprimoit sur ses opé-rations, et la vérité qu'il cherchoit venoit à son tour le chercher jusque sur le trône. Le plus bel hommage que l'on puisse rendre à ce mo-narque, c'est sans doute de dire qu'il étoit digne de l'entendre (1).

» Bien plus petit que Bucéphal,
» Tu portes plus grand qu'Alexandre. »

La mort seule de Henri déroba à ses bienfaits ce jeune homme qui annonçoit des talens peu communs.

(1) Parmi les mémoires manuscrits qu'on adressoit quelquefois à Henri IV sur les affaires publiques, il en est un intitulé *de la confidence*, de l'an 1596 ; on y rappelle les exemples fameux de ces princes qui, après avoir triomphé, comme lui, des dangers, n'avoient pu résister à la bonne fortune, et s'étoient laissés depuis endormir par les voluptés. On lui citoit ce vers :

« Argus avoit cent yeux, Amour les enchanta. »

On lui faisoit sentir la nécessité d'être secondé dans ses glorieuses

La statue de Henri fut commandée à Jean de Bologne, sculpteur du grand-duc Ferdinand Ier. Cet artiste s'occupoit alors avec Pierre Tacca, un de ses élèves les plus distingués, de la statue équestre du grand-duc, élevée postérieurement sur la place de l'Annonciade à Florence. Jean

---

entreprises. On l'exhortoit à faire choix d'un bon ministre. On lui crayonnoit les traits auxquels il pourroit reconnoître cet homme rare. L'année suivante Sully étoit à la tête de ses finances. (Recueil in-fol. sur Henri IV, pièce cotée Q.)

Un grand nombre de faits, parmi lesquels nous n'en citerons que quelques uns, prouvent que l'on jouissoit sous le règne de Henri d'une grande liberté de parler, d'imprimer et d'écrire. L'Etoile rapporte que Henri, ayant lu le livre de l'*Anti-Soldat*, demanda au secrétaire d'Etat Villeroi s'il avoit vu cet ouvrage ; et sur sa réponse négative : *Il faut*, dit-il, *que vous le voyiez ; car c'est un livre qui parle bien à ma barette, et encore mieux à la vôtre.*

On vouloit exciter Henri à punir l'auteur d'un écrit rempli de traits hardis sur la cour : *Je me ferois conscience,* dit ce bon prince, *de fâcher un honnête homme pour avoir dit la vérité.*

Un jour que Pierre Mathieu, choisi pour écrire son histoire particulière, lui lisoit quelques pages de son ouvrage où il parloit de son penchant pour les femmes : « *A quoi bon,* dit d'abord Henri, *de révéler ces foiblesses ?* L'historien lui fit sentir que cette leçon ne seroit pas moins utile à son fils que celle de ses grandes actions. Le Roi réfléchit un peu, *Oui,* dit-il après un moment de silence, *il faut dire la vérité toute entière. Si on se taisoit sur mes fautes, ou ne croiroit pas le reste. Eh bien, écrivez-les donc afin qu'il les évite.*

L'Etoile raconte encore que, peu après la conversion du Roi, Duhaillan étant venu à Saint-Denis saluer Henri IV, S. M., avec un visage riant, lui demanda s'il continuoit son histoire de France, à quoi ayant répondu que oui : « *J'en suis bien aise,* répartit le Roi; *mais n'oubliez pas d'y mettre bien au long les larcins de mes trésoriers, et les brigandages de mes gouverneurs.* » La guerre n'étoit pas finie, et Sully n'étoit pas encore à la tête des finances.

de Bologne commença le cheval sur lequel devoit être la statue de Henri IV; mais, cet artiste
étant mort en 1608, Pierre Tacca lui succéda
dans la charge de sculpteur de la cour, et eut la
mission d'achever les travaux de son maître. Il
termina le cheval en 1611, et ajourna, pour
s'en occuper, d'autres ouvrages qu'il exécutoit
pour le grand-duc, d'après les ordres mêmes
du prince auquel Concini avoit adressé des sol-
licitations à cet égard. La statue ne fut entièrement achevée qu'en 1613. Le 30 avril, elle
fut encaissée et embarquée à Livourne (1).

Le chevalier Pescholini, et Antoine Guido,
ingénieur, furent chargés par le grand-duc de
l'accompagner, et de la présenter à la Régente.
Le bâtiment qu'ils montoient échoua sur les
côtes de la Sardaigne; mais l'équipage se sauva.
On parvint avec beaucoup de peine à retirer la
statue du sable où elle s'étoit enfoncée, et à la
charger sur un autre navire. Le bruit avoit
couru à Paris que les hommes et le chargement
avoient péri, lorsque le chevalier Pescholini
débarqua au Hâvre.

Il s'empressa de se rendre à Paris pour remplir sa mission près du Roi et de la Régente,

_____

(1) Baldinucci. Notizie de professori del disegno, Firenze, 1702,
p. 356.

qui lui témoignèrent leur satisfaction. Des historiens modernes (1), qui n'ont pas remonté
aux sources, ont avancé que le cheval seulement
avoit été envoyé d'Italie, et que la statue du
Roi avoit été faite à Paris, par un artiste français nommé *Dupré*. Cette assertion est contre-
dite par l'inscription trouvée sous le pied du
cheval (2). Louis Savot dit aussi expressément
que, « pour faire la statue du grand Roi Henri,
le sieur de Franqueville, son architecte et premier sculpteur, en fit un modèle qui fut envoyé
exprès à Florence (3) ». Baldinucci ajoute que le
poids du cheval, avec la figure, étoit de 12,400
livres (4).

La Régente, dès qu'elle eut vu la statue,
écrivit au sculpteur la lettre suivante :

« Monsieur Pierre Tacca,

» En réponse à la lettre qui m'a été remise
» de votre part par Antoine Guido, ingénieur
» de mon cousin le grand-duc de Toscane, je
» vous témoigne le plaisir que le Roi mon fils

---

(1) Germain Brice, Piganiol de la Force.

(2) Voyez l'Appendice.

(3) Discovrs svr le svbiet dv colosse du grand Roi Henri, posé svr le miliev dv Pont-Nevf de Paris, par Lovis Savot, p. 12.

(4) Notizie dé professori del disegno. Baldinucci, Firenze, 1702, p. 356.

» et moi nous avons eu à voir la belle statue de
» bronze que vous nous avez fait parvenir. Elle
» nous a paru digne de *celui qu'elle représente.*
» M. Guido m'a aussi remis le buste de bronze
» que vous m'avez envoyé. Il vous en dira ma
» satisfaction et la somme que j'ai ordonné qui
» vous fût payée ici à cet effet. Sur ce, je prie
» Dieu qu'il vous conserve.

    » 10 octobre 1614.   MARIE. »

Les expressions de cette lettre, extraite et
traduite de l'ouvrage de Baldinucci, dans la
Vie de Pierre Tacca, ne sont pas équivoques ;
elles ne peuvent assurément s'appliquer à un
cheval de bronze tout seul (1).

Le Mercure Français, année 1614, où l'on
rend compte de l'arrivée de la statue à Paris,
et de la pose de la première pierre du piédestal,
ne dit nullement que cette statue équestre ne
fût pas entière (2).

L'inscription, rapportée dans le Mercure,
porte, ainsi que celle dont l'original existe aux
archives du royaume, que « cette statue représentant à cheval S. M. Très-Chrétienne, a été
commencée par Jean de Bologne, et achevée

---

(1) Baldinucci. Notizie dé professori del disegno. Vita di Pietro
Tacca. p. 357.

(2) Mercure Français, 1614. p. 491, 492.

par Pierre Tacca ; » elle ne fait aucune mention de Dupré (1).

Les inscriptions placées vingt et un ans après sur le piédestal et au-dessus de la grille qui fermoit l'entrée du terre-plein, n'en font également aucune mention (2).

Félibien, historien exact et estimé de la ville de Paris, et Henri Sauval, autre historien, qui ont consacré chacun un chapitre à la statue équestre de Henri IV, l'attribuent uniquement à Jean de Bologne et à Pierre Tacca (3).

Enfin, il résulte de l'analyse qui a été faite récemment de deux morceaux de bronze tirés, l'un du bras de la statue, et l'autre d'une jambe du cheval, que ce bronze est parfaitement identique.

Germain Brice, auteur d'une Description de Paris, paroît être le premier qui a supposé, on ne sait sur quel fondement, que la statue de Henri IV étoit d'un nommé Dupré (4). Il faut ajouter que l'ouvrage de cet auteur est rempli d'inexactitudes, dont plusieurs ont été indiquées dans le quatrième volume de la der-

---

(1) Mercure Français, p. 493. Voyez aussi l'Appendice.

(2) Voyez l'Appendice.

(3) Histoire de la ville de Paris, par Félibien. Paris, 1726. Histoire et recherches des antiquités de la ville de Paris, par Henri Sauval.

(4) Germain Brice. Description de Paris, t. IV, p. 182.

nière édition, par l'abbé Perau. L'erreur qu'il
a commise en attribuant à Dupré l'ouvrage de
Taccá, a été copiée et répétée par tous les
compilateurs qui l'ont suivi, et c'est ainsi qu'elle
s'est perpétuée ; mais il paroîtra suffisamment
démontré, nous l'espérons, par les autorités
que nous avons citées, que le cheval et la statue
sont l'ouvrage de Jean de Bologne et de Pierre
Tacca, et ont tous deux été envoyés d'Italie à
Marie de Médicis (1).

En attendant que la statue fût amenée à
Paris, on s'occupa de lui choisir un emplacement. Ce choix excita d'assez longs débats.
Enfin on se détermina pour la pointe de l'île
du Palais, vis-à-vis la place Dauphine, entre
les deux ponts de pierre. Cet endroit étoit
déjà un des points de la capitale le plus fré-
quenté et le plus admirable par sa situation.
On considéra aussi que le monument se
trouveroit là au centre de plusieurs ouvrages
que Henri avoit fait exécuter, le Pont-Neuf,
la rue, la place Dauphine, et la galerie du
Louvre.

Un architecte, nommé Marchand, fut chargé

---

(1) M. A. Castellan a prouvé avant nous, dans quelques articles sur les statues équestres, articles insérés au Moniteur en
1814, et remplis de faits et de citations, que la statue entière de
Henri est venue d'Italie.

de disposer l'emplacement, et de construire le piédestal en marbre. Louis XIII, mineur, en posa la première pierre, le 2 juin 1614, en grande cérémonie. Mais le jeune Roi, ayant été obligé de quitter Paris, pour aller, en Poitou et en Bretagne, apaiser, par sa présence, quelques troubles que le prince de Condé et les autres princes avoient excités, la statue équestre fut mise en place, en son absence, le 23 août. Néanmoins cette solennité ne fut pas sans éclat. Le président de la cour du parlement de Paris, le premier président de la chambre des comptes, le procureur général du Roi, les trésoriers généraux de France y assistèrent en qualité de commissaires, et comme ayant l'intendance de la construction du Pont - Neuf. Ils étoient accompagnés de Pierre Francavilla, premier sculpteur du Roi, et de François Bordone, son sculpteur ordinaire. Le prevôt de Paris, son lieutenant civil, le prevôt des marchands et ses échevins, étoient présens. Le procès-verbal constatant l'objet de la cérémonie, rédigé, à la requête du premier sculpteur, par deux notaires garde-notes, fut copié sur vélin, enfermé dans un cylindre de plomb, avec de la poussière de charbon pour en prolonger la conservation, et placé dans le corps du cheval. Il ne fait pas d'ailleurs connoître en quoi consista la cérémonie. C'étoit en France la première de ce genre, et il est à regretter que les détails n'en aient pas été conservés. La dédicace de cette statue fut l'occasion de plusieurs écrits latins et français. Parmi ces derniers, un des plus remarquables est celui de Jean-Philippe Varin, Bernois (1). Le style hyperbolique de ce discours se ressent du mauvais goût qui régnoit encore à cette époque, mais peut donner une idée de l'admiration que l'on conservoit pour la mémoire de Henri.

Alexandre Fichet, en parlant des Jeux Floraux de Rouen, de Toulouse et de Caen, dit qu'il y en eut de semblables à l'occasion de la dédicace de la statue de Henri IV, et que ce fut un nommé Goujon, de Lyon, qui obtint le prix, en proposant ces deux vers dont l'idée est ingénieuse :

Cæsar, Alexandrum cernens in imagine flevit;
Majorem Henricum, fleret uterque videns (2).

On blâma le sculpteur et l'architecte d'avoir placé le piédestal et la figure, de telle sorte qu'on ne les voyoit presque point de l'intérieur de la place Dauphine, et que le Roi, disoit-on,

---

(1) *Discours de la statue, et représentation de Henri-le-Grand, mise et élevée au milieu du Pont-Neuf : dédié aux généreux et magnanimes Français. Paris, 1614.*

(2) *Arcana studiorum omnium Methodus et Bibliotheca*, etc. ch. XI, p. 21, col. 1re.

en regardoit l'entrée *de travers et de mauvais
œil* (1). Nous verrons dans la suite de cet ouvrage qu'un inconvénient de la même nature
se seroit renouvelé dans la construction du nouveau piédestal, sans la fermeté du comité qui
dirigeoit l'entreprise.

Le Roi étoit représenté la tête ceinte de lauriers, vêtu en habit de combat avec brassards et
cuissards, l'écharpe et le collier des ordres sur la
poitrine, tenant de la main gauche les rênes
du cheval, et un bâton de commandement dans
la droite (2).

« Les gens du métier, dit Sauval, tiennent
» la figure d'Henri IV si accomplie, qu'ils la
» font passer pour un des chefs-d'œuvre de
» Bologne. L'attitude leur en semble martiale
» autant que naturelle ; ils trouvent dans le
» corps beaucoup de grâce et de fermeté. Ils
» remarquent, dans le port, cette majesté et
» cette douceur qui rendoient l'original si ai-
» mable, et qui le faisoient aimer si générale-
» ment de tous les peuples. Le visage en est si
» vivant et si ressemblant, qu'ils disent que la
» vie de ce héros sera aussi longue que cette
» figure, et qu'une représentation si naïve l'im-
» mortalisera mieux dans la mémoire des Fran-

(1) Sauval. Histoire des Antiquités de Paris.
(2) Description de Paris, par Béguillet. Paris, 1779, in-4°.

» çais, que ne font ni l'histoire, ni les édifices.
» Il est bien vrai qu'il n'étoit pas difficile de
» représenter son visage au naturel, puisque
» nous voyons que tous ceux qui s'en sont mêlés
» y ont réussi; mais, cependant, il faut avouer
» que cette figure est une des plus ressemblantes
» que nous ayons de ce grand Prince.

   » Le cheval n'est pas si estimé que la figure;
» à la vérité, c'est un coursier de Naples, fort
» noble et bien conditionné; mais peut-être
» que, s'il avoit un peu moins de flancs, de
» ventre et d'embonpoint, les jambes du Roi
» n'en paroîtroient-elles pas si courtes, et lui-
» même seroit beaucoup mieux proportionné
» à la taille du Prince qu'il porte.

   » Ce gros cheval foule aux pieds les quatre
» parties du Monde, représentées par quatre
» captifs de bronze, grands comme nature,
» et liés aux quatre angles du piédestal, cap-
» tifs qu'on peut appeler des squelettes, tant ils
» sont maigres et décharnés. Aussi ceux qui s'y
» connoissent soutiennent que, s'il n'y en avoit
» pas du tout, cela n'en seroit que mieux (1). »

   Ces esclaves, ouvrages de Francavilla, de
Bordone et de Tremblay, étoient enchaînés sur

---

(1) Histoire et Recherches des Antiquités de la ville de Paris.
Paris, 1724.

6.

le socle, et avoient des armes antiques à leurs
pieds (1). On prétendoit qu'ils étoient trop petits, comparativement à la statue équestre,
et que le piédestal en marbre blanc étoit aussi
trop étroit. Sur les quatre faces du piédestal,
il y avoit des bas-reliefs en bronze avec des
inscriptions que nous donnons dans l'Appendice L'un représentoit le combat d'Arques,
combat célèbre où Mayenne déploya tout ce
que la science militaire peut imaginer d'expé-
dient dans une attaque dangereuse ; Henri tout
ce que le génie et l'intrépidité peuvent fournir de
ressources dans une défense difficile. Un autre,
la bataille d'Ivry, dont le succès affermit pour
toujours la couronne sur la tête de Henri, et
dans laquelle il montra un héroïsme si entraî-
nant pour des Français. Le troisième, la réduc-
tion de Paris, triomphe pacifique d'un prince
dont la bonté se flattoit d'étouffer la haine à
force de bienfaits : scène admirable, reproduite
récemment à nos yeux par le pinceau d'un de
nos plus habiles artistes (2). Le quatrième bas-
relief représentoit la prise d'Amiens, que les
Espagnols avoient surpris en profitant d'un
instant où la vigilance de Henri sembloit s'être

---

(1) Ils ont été recueillis au Musée royal, où on les voit maintenant.
(2) M. F. Gérard, membre de l'Institut.

assoupie, ce qui donna lieu, de sa part, a ce mot, heureuse inspiration du plus noble caractère : « C'est assez faire le Roi de France ; il est » temps de faire le Roi de Navarre. » Un autre, enfin, la prise de Montmélian, où, par la trahison de Biron, Henri courut de si grands dangers, mais qui fut bientôt suivie de la paix avec la Savoie, et du mariage de Henri avec Marie de Médicis.

Quoique la statue équestre eût été élevée en 1614, peu après la pose de la première pierre par Louis XIII, mineur, sous la régence de Catherine de Médicis, les ornemens et les bas-reliefs ne furent achevés que vingt et un ans après, sous le ministère du cardinal de Richelieu. Ce fut aussi par l'ordre de ce ministre que l'on construisit le carré ou massif en maçonnerie, dont les encoignures étoient en bossages rustiques. Richelieu, qui ambitionnoit tous les genres de gloire, voulut attacher son nom au monument de Henri IV. Quoique l'érection de la statue eût eu lieu depuis vingt et un ans, les inscriptions n'en rappellent pas l'époque, et il permit que, dans celle qui étoit placée au-dessus de la grille fermant l'entrée de la place, on le qualifiât de *cir supra titulos* (1).

_____

(1) Description historique de la ville de Paris, par Piganiol de

La statue de Henri subsista cent soixante et dix-huit ans. Elle fut, durant tout ce temps, l'objet de la vénération des Français, qui ne la voyoient jamais sans se rappeler les qualités et les vertus d'un si bon Prince ; mais, de la réforme des abus que la France avoit désirée avec ardeur, et qu'elle entreprit avec plus d'impétuosité que de prévoyance, elle se précipita dans l'abîme des révolutions. Les républicains de 1792 crurent anéantir la monarchie en anéantissant les emblèmes de la royauté. Ils tombèrent sur tous les points de la France sous le fer de la populace chargée d'exécuter le décret de l'Assemblée nationale qui avoit ordonné leur destruction (1). A Paris, dit un historien, une foule immense se porta dans les places publiques, où s'élevoient les statues de Henri IV, de Louis XIII, de Louis XIV et de Louis XV. On détruisit avec fureur ces monumens, et l'on commença la longue guerre que la barbarie a faite parmi nous aux beaux arts. Le bronze fut destiné à faire des canons. La statue de Henri ne put être protégée par l'antique amour du peuple. La hache parricide abattit l'image d'un bon roi, d'un grand homme.

---

1. Force. Paris, 1770, t. II, p. 57. Voyez aussi ces inscriptions dans l'Appendice.

(1) Voyez ce décret dans l'Appendice.

Les attributs de la royauté furent effacés de tous les lieux publics, et proscrits dans toutes les maisons particulières (1).

Un peu avant l'époque de ces destructions la populace obligeoit les passans à s'incliner devant la statue de Henri IV. Quelques mois après, la même populace la renversa et la brisa. Inexplicable contradiction d'amour et de haine, de respect et de fureur !

---

(1) Précis historique de la Révolution française, par Lacretelle jeune. Assemblée législative, p. 340, in-18. Paris, 1809.

AAA

CHAPITRE II.

SOMMAIRE.

PROCLAMATION du conseil municipal de Paris, pour le
retour des Bourbons. — Son vœu est bientôt celui de la
France entière. — Arrivée des Princes à Paris. — Vote
de la garde nationale et du conseil municipal pour le
rétablissement de la statue de Henri IV, sur le terre-
plein du Pont-Neuf. — Statue provisoire en plâtre,
élevée pour l'entrée du Roi. — Célérité de sa confection.
— Formation d'un comité pour l'élévation de la statue
en bronze. — Choix du statuaire. — Progrès des souscriptions. — Les cent-jours. — Dispersion du comité. —
Sa réunion au retour du Roi. — On retrouve aux Archives
du Royaume le procès-verbal de la première statue.

LA France avoit parcouru pendant vingt-cinq
ans un cercle effroyable de vicissitudes ; mais
elle n'avoit pas perdu les nobles descendans de
ses Rois légitimes ; la plus grande partie de la
nation n'avoit jamais été complice ni des crimes
de la révolution, ni des excès de la tyrannie.

Cependant les malheurs de la patrie étoient
à leur comble (en mars 1814). Pour y mettre un
terme, il falloit un prince qui, sans laisser tom-

ber en déshérence la gloire des armes françaises,
pût, en nous reconciliant avec l'Europe, nous
assurer la liberté légale. Les fils de Henri IV en
avoient seuls le pouvoir.

Le conseil municipal de la ville de Paris, dans
sa mémorable proclamation du 1er avril 1814 (1),
récapitule tous les maux que nous avons souf-
ferts, et, prenant alors une initiative qui n'étoit
pas sans honneur parce qu'elle n'étoit pas sans
danger, il vote le retour de cette famille devenue
plus auguste pour nous par ses malheurs.

Dans le même temps, une plume éloquente
retrace avec l'accent de la vérité les calamités
qui ont pesé sur la patrie, et le bonheur dont
la France avoit joui sous ses Rois. Elle réveille
au fond des âmes l'idée de l'autorité associée à
celle de l'ordre, de la paix, de la liberté légale
et monarchique (2). Le vœu du conseil municipal de Paris est entendu de tous les cœurs
français.

Nos Princes paroissent, et toutes les classes
de citoyens se précipitent sur leurs pas, recon-
noissent les héritiers des vertus du Béarnais, et
les bénissent comme des libérateurs. Ils sont ac-

---

(1) Voyez cette proclamation dans l'Appendice.

(2) De Buonaparte, des Bourbons, et de la nécessité de se
rallier à nos Princes légitimes, pour le bonheur de la France et
celui de l'Europe; par F. A. de Chateaubriand. Paris, 1814.

cueillis dans la capitale avec des acclamations et des transports, expression d'une joie sincère et de l'espérance d'un heureux avenir.

Leur arrivée offroit quelque conformité avec l'entrée de Henri IV dans Paris. Comme lui ils avoient été long-temps montrés à la multitude, qui reçoit toutes les impressions, comme des ennemis du repos public. Le Roi, en prenant l'exercice du pouvoir, avoit comme Henri des défiances à vaincre et des préventions à effacer. Mais comme lui, il revenoit avec l'intention d'éteindre toutes les haines, de balancer tous les intérêts, de pardonner et d'oublier tous les torts.

Le nom de Henri IV avoit été prononcé. Son image n'existoit plus, pour ainsi dire, que dans la mémoire et dans le cœur des Français. L'idée de relever la statue équestre de ce prince naquit à la fois de toutes parts. Il seroit difficile de dire quel est le premier qui peut en revendiquer l'honneur. D'après une note imprimée dans le Moniteur et dans tous les journaux, à cette époque, il paroîtroit appartenir à M. le marquis de Marbois, président de la Cour des Comptes, et à M. de Beausset, évêque d'Alais (1).

En France, de la conception d'une bonne

---

(1) Voyez cette note dans l'Appendice.

idée à l'exécution, il faut toujours qu'il y ait peu d'intervalle. On vouloit relever la statue de Henri IV; mais l'exécution en bronze exigeoit plusieurs années. Il falloit s'occuper d'abord de la création du petit modèle, de la confection du grand, de la construction du moule, puis enfin de la fonte. On n'improvise pas des monumens de ce genre. Cependant le Roi étoit attendu ; il alloit arriver, et l'on pensa qu'il seroit touché de revoir sur le Pont-Neuf l'image de Henri, ne fût-elle qu'en plâtre. Le projet avoit été conçu par M. Bellanger, architecte, et approuvé le 18 avril. Le Roi devoit faire son entrée dans la capitale le 3 mai ; plusieurs artistes furent consultés : l'exécution étoit trouvée impraticable dans un si court espace de temps. M. Roguier, sculpteur, présenté le 20 mars à M. le comte Beugnot, remplissant alors les fonctions de ministre de l'intérieur, entendit le projet, promit de l'exécuter dans le terme fixé, et tint parole.

On l'établit dans un atelier aux Menus-Plaisirs. Il se procura sur-le-champ une estampe qui représentoit l'ancien monument, ainsi qu'un buste en bronze très-ressemblant ; il fit une esquisse d'après le petit cheval écorché, et traça les épures en grand sur la muraille pour donner au serrurier les moyens d'établir les armatures en fer. Ces dispositions exigèrent quatre jours.

Le quadrige de Berlin, conduit à Paris par les armes françaises, venoit de nous être repris par les armes réunies de l'Europe. Il étoit emballé, gardé par un piquet de Prussiens, et prêt à partir. On obtint de S. M. le roi de Prusse l'autorisation de laisser décaisser et mouler un des chevaux de ce quadrige. Trois jours furent accordés pour le moulage, au bout desquels le cheval fut replacé dans la caisse, et partit avec les trois autres.

On avoit commencé par couler une partie du cheval. Elle fut élevée sur deux tréteaux, et servit à asseoir le cavalier.

On établit pour selle une espèce de grille en fanton, liée fortement par du fil de fer. On composa le bâtis du cavalier d'une tige de fer, finissant au milieu de la tête par un anneau qui devoit servir à l'enlever avec un mouffle. Une branche transversale, soudée à chaud, suivoit dans ses contours le mouvement du bras et du bâton royal. Elle fut fixée sur la selle.

Une autre branche transversale, aussi soudée à chaud, prit la forme de la selle, s'étendit dans les cuisses, dans les jambes, dans les pieds.

On donna aux fers quinze lignes carrées.

Pour la facilité du travail, les bras et les jambes furent construits de manière à se démonter ; ils furent arrêtés à chaque jonction par deux boulons fortement vissés cachés dans le plâtre. Une carcasse de fanton , liée en fil de fer, fut destinée à soutenir les parties vides du corps , et à l'alléger.

Les mors, les éperons , l'épée, fabriqués en fer, furent recouverts en plâtre ; la bride et les courroies furent faites en plomb.

Les fers, employés pour les jambes du cheval, ont dix-huit lignes carrés, et se réunissent dans le ventre par de forts boulons à vis. Le poids du fer qui est entré dans la carcasse , dans la queue du cheval , dans les autres parties , peut être d'environ trois milliers.

M. Roguier, dirigé par les conseils d'un habile statuaire, M. Houdon, et assisté par un nombre suffisant d'ouvriers sculpteurs , mouleurs, charpentiers et serruriers, se livra , sans désemparer, à un travail qui étoit un véritable impromptu.

Le 30 avril , dans la nuit, le cheval fut transporté aux flambeaux sur le Pont-Neuf , élevé le lendemain , et monté sur ses jambes, dont les fers furent vissés par un fort écrou au-dessous du plateau en bois de chêne qui le supportoit. Dans la nuit du premier mai , le cavalier fut transporté de la même manière , et placé le 2 sur le cheval, au moyen du mouffle.

Cette journée et la nuit du 2 au 3 furent employées à terminer, sur un échafaud volant, les parties imparfaites de la statue. Enfin, le 3 mai, à midi, on fit disparoître l'échafaud, et la statue parut aux yeux étonnés des habitans de la capitale, telle qu'ils l'ont vue pendant quatre ans. On avoit peint sur la face principale du piédestal, ces deux inscriptions :

« Tout périssoit enfin lorsque Bourbon parut. »
HENRIADE.

« *Ludovico reduce, Henricus redivivus.* »

Mais cette statue provisoire devoit faire place à la statue de bronze. Le Roi, néanmoins, a voulu qu'elle fût conservée comme un témoignage des obstacles qui peuvent être surmontés par le zèle d'un peuple empressé de fêter son souverain ; et lorsqu'en mai 1817 on l'a retirée du terre-plein, elle a été transportée dans la salle des Maréchaux, au Louvre.

Cependant, la garde nationale de Paris avoit, dès l'arrivée de MONSIEUR, frère du Roi, exprimé le vœu de voir rétablir sur le Pont-Neuf, la statue équestre en bronze de Henri IV, et le 23 avril 1814, le conseil municipal, qui avoit déjà donné l'exemple d'une noble et courageuse impulsion, avoit délibéré que cette

statue seroit rétablie (1). Cette délibération fut
soumise à l'approbation de S. A. R. MONSIEUR;
pendant ce temps il se formoit un comité composé des personnages les plus recommandables
par leurs lumières, par leur caractère et par
leur dignité. Une adresse aux Français, rédigée par l'un des membres du comité (2), fut
imprimée et répandue avec profusion, insérée
dans toutes les feuilles publiques de la capitale
et des départemens (3). On y proposoit une
souscription dont les fonds devoient être employés à replacer la statue de Henri IV, en
bronze, dans le même lieu où elle avoit été
pendant près de deux siècles. « Il est à désirer
» disoit-on, qu'elle soit assez ressemblante à
» celle qu'on y a vue si long-temps, pour qu'une
» douce illusion fasse demander si des mains
» vertueuses ne l'auroient pas soustraite à tous
» les regards, dans ces jours de malheurs, pour la
» faire reparoître avec un nouvel éclat dans des
» jours de paix, de bonheur. » Nous verrons
que si ce vœu patriotique n'a pu littéralement
se réaliser, puisque la nouvelle statue devoit
offrir tous les perfectionnemens résultant du
progrès des arts et du goût, la composition du

---

(1) Voyez cette délibération dans l'Appendice.
(2) M. le marquis de Marbois.
(3) Voyez cette adresse dans l'Appendice.

statuaire n'en offre pas moins l'exacte ressemblance du héros.

Après avoir tracé le cercle dans lequel devoient
se restreindre ses fonctions et les formes de sa
comptabilité (1), les premiers soins du comité
furent de s'occuper du choix d'un artiste. Plusieurs projets avoient été adressés au gouvernement ; projets inspirés en général par un zèle
plus ardent qu'éclairé. L'un vouloit que la statue
fût refaite entièrement sur le dessin de l'ancienne ;
un autre, que plusieurs statues symboliques,
élevées sur un vaste piédestal, formassent divers
groupes surmontés de l'image de Henri ; le troisième, que le monument fût élevé sur la place
Louis XV qui auroit été nommée place Bourbon ;
là on proposoit de faire porter Henri IV sur
le pavois par ses successeurs, Louis XIII,
Louis XIV, Louis XV et Louis XVI.

Dans un autre projet, enfin, on trouvoit
qu'une statue équestre ordinaire ne disoit
rien à l'imagination. Selon l'auteur, il falloit
élever le terre-plein de vingt pieds au-dessus du
sol, et y placer la statue équestre de Henri IV
fondue dans un moule de cinquante pieds. Il
ajoutoit qu'une statue de cette dimension seroit
encore trois fois moins grande que le colosse du

_____

(1) Voyez le réglement dans l'Appendice.

petit peuple de Rhodes, colosse qui étoit pédestre (1 . Le comité, satisfaisant à la fois au goût
et aux convenances, décida que la nouvelle
statue rappelleroit, autant que possible, celle
qui avoit été détruite, sans que néamoins l'artiste fût astreint à une imitation trop servile,
dont la gêne pourroit nuire à l'exécution de son
ouvrage.

Il recueilloit dans le même moment des
notions de l'Institut sur les fontes les plus
récentes, et il recevoit la conviction que ces
fontes avoient manqué ou n'avoient pas eu tout
le succès désirable, soit parce qu'on avoit imprudemment confié ces opérations à des hommes
qui n'offroient aucune garantie par leur talent
d'artiste ou leurs connoissances en métallurgie,
soit parce qu'en voulant unir une trop grande
célérité à trop d'économie, on s'étoit confié à
des entrepreneurs inhabiles. Le comité puisoit
ainsi dans ces documens, le moyen de reconnoître les écueils, et de les éviter.

A l'égard du choix d'un statuaire, il étoit naturel
que la vue se portât sur les artistes formant la
quatrième classe de l'Institut. Des ouvertures
furent faites à M. Lemot, connu par un beau

_____

(1) Voyez un Opuscule sur la Statue équestre de Henri IV,
imprimé à Tours, chez Mame, par Balzac.

talent, et par plusieurs compositions monu-
mentales (1). Ce statuaire présenta un devis
détaillé, que le comité transmit à l'Institut par
l'intermédiare de M. Suard, un de ses membres. « Le premier soin du comité, » dit
M. Suard, « a été de choisir un artiste en état
» de remplir ses vues d'une manière digne de
» l'importance du monument, et de l'intérêt
» qu'y ajoutent les circonstances. On ne pouvoit
» choisir cet artiste que dans la classe des beaux
» arts de l'Institut et parmi les habiles sta-
» tuaires qu'elle renferme dans son sein. Le

(1) M. Lemot (François-Frédéric) chevalier de l'Ordre de
Saint-Michel et de la Légion-d'Honneur, membre de l'Institut,
et professeur à l'école royale des Beaux-Arts, né à Lyon, remporta le grand prix de sculpture, à l'âge de dix sept ans, sur un bas-
relief dont le sujet étoit le Jugement de Salomon. Ses principaux
ouvrages sont le bas-relief en marbre qui décore la tribune de la
Chambre des Députés, représentant la Renommée et la Muse
de l'Histoire; une statue de Lycurgue méditant sur les lois de
Sparte; celle de Léonidas aux Thermopyles, placée dans la salle
des Délibérations de la Chambre des Pairs; une autre représentant Cicéron découvrant la conjuration de Catilina. Elle étoit
placée dans l'ancienne salle du Tribunat; plusieurs bas-reliefs au
palais du Luxembourg et à l'Ecole royale de Musique; le buste
colossal de Jean-Bart, élevé sur la place publique de Dunkerque;
le grand fronton de la colonnade du Louvre, ouvrage désigné par
le jury comme méritant le grand prix décennal: le char et les
figures de victoires qui faisoient partie du quadrige de l'arc de
triomphe du Carrousel; toutes les sculptures de l'arc de triomphe
élevé sur le pont de Châlons; cet arc a été détruit dans la dernière
guerre; une Hébé présentant le nectar à Jupiter transformé en
aigle; une figure de femme couchée; une statue en marbre
d'Apollon lycéen.

» comité ne pouvoit être embarrassé que du
» choix entre des artistes, auxquels de grands
» et beaux ouvrages ont acquis une réputation
» non contestée. Il a jugé que l'exécution d'une
» statue équestre demandoit à la fois la vigueur
» de l'âge et la supériorité du talent, et, en
» jetant les yeux sur M. Lemot pour ce grand
» travail, il n'a pas prétendu se constituer juge
» du mérite respectif des talens supérieurs qui
» ont balancé les suffrages ; mais il n'a pas
» douté que ce choix n'obtînt l'approbation de
» la classe des beaux arts. » Il termine en de-
mandant, au nom du comité et en vertu d'une
de ses délibérations, l'avis de la quatrième classe
sur le devis des différens travaux qu'exige le
monument, et des dépenses présumées qu'occasionnera l'exécution.

La classe des beaux arts de l'Institut se fit
faire un rapport par une commission choisie
dans son sein. « Votre commission a pensé
» unanimement, dit le rapporteur, et la classe
» pensera sûrement de même, que le comité, en
» choisissant M. Lemot pour l'érection de ce
» monument, a fait un excellent choix ; que le
» même comité a encore montré des lumières
» et du goût en abandonnant au statuaire l'en-
» tière direction de la fonte, de la ciselure,
» des réparages et montures, enfin, de tous

7.

» les travaux qui concourent à l'érection du
» monument, y compris les bas-reliefs et orne-
» mens, et les dimensions du piédestal qui
» doivent être en harmonie avec les propor-
» tions de la statue équestre. De fâcheux résul-
» tats attesteroient, si la simple raison ne
» suffisoit pas pour le persuader, que le sta-
» tuaire qui a conçu et créé des modèles en
» terre, qui les a transmis en plâtre ou en cire,
» n'a fait que le type d'un monument; et que si
» des fondeurs, quelque habiles qu'ils puissent
» être, sont privés du sentiment de l'auteur
» original, sentiment qui ne peut ni s'emprunter
» ni se transmettre; s'ils sont indépendans de
» son autorité, au lieu de monumens de l'art,
» on élève des monumens honteux qu'il faut
» détruire, quelque dispendieux qu'ils aient
» été.

» Le comité qui veille au rétablissement de
» la statue de Henri IV a un zèle trop pur et
» trop éclairé, pour avoir confondu ce qui ap-
» partient à la régularité administrative avec ce
» qui ne peut appartenir qu'aux arts. La classe
» lui en doit des félicitations et des remer-
» cîmens.

» Les devis du statuaire sont détaillés article
» par article; nous vous les représentons avec
» tous les calculs. Votre commission les a

» trouvés très-modérés et a pris plaisir à attri-
» buer cette modération à un noble désinté-
» ressement de l'artiste. Sans doute M. Lemot
» est aussi inspiré de l'amour national que ré-
» clame le monument du bon Henri qui fut en
» même temps un grand Roi. »

Ce rapport ayant été transmis au comité, il
se détermina à traiter définitivement avec
M. Lemot, et il fut convenu que les conditions
du marché seroient rédigées et signées.

Le comité acheva de se constituer en nommant M. de Marbois président, et M. de la
Salle secrétaire. Il désigna aussi trois commissaires, MM. Quatremère de Quincy, Perignon,
et Dufourny, dont la mission seroit de constater
les progrès des travaux, et d'autoriser par leurs
certificats, le président et le secrétaire, à or-
donnancer le paiement des sommes dues.

Les progrès de la souscription surpassoient
l'espérance du comité. Les Français, de toutes
les classes, s'empressoient, par leurs dons, de
concourir à l'érection du monument. Les fonctionnaires, les autorités départementales, les
corps judiciaires, les régimens, les administrations, les sociétés savantes et littéraires, se
hâtoient à l'envi d'envoyer leur offrande. Les
listes devenoient si étendues et si nombreuses,
qu'à peine elles pouvoient être répétées par les

journaux. Les princes eux-mêmes se présentèrent comme souscripteurs ; mais le comité, par
un sentiment délicat des convenances, ne crut
pas pouvoir accepter leurs dons : « Enfans du
» monarque dont on relève la statue, se dit-il,
» c'est à eux que cet hommage est offert ; ils
» ne doivent pas y contribuer. » Les régimens
suisses demandèrent aussi à être comptés parmi
les souscripteurs. Le comité hésitoit ; ils rappe-
lèrent que leurs ancêtres étoient les amis et les
bons alliés de Henri, des Rois ses prédécesseurs,
et de ses descendans. Le comité dut céder à de
telles considérations. D'autres étrangers bri-
guèrent l'honneur de participer à la souscription ;
mais le comité leur représenta, par l'organe de
son président, et avec cette urbanité qui sait
adoucir la rigueur d'un refus, que cette entreprise étoit toute française.

Si l'on se retrace quel étoit l'état de la France
à cette époque, tout ce qu'elle avoit souffert
par les armées étrangères et par ses propres
armées, par les inondations et par le manque
des récoltes, on trouvera sans doute que ces
circonstances ajoutoient au mérite des dons qui
arrivoient de toutes parts. Il étoit beau de voir
la reconnoissance nationale pour le meilleur des
Rois, s'exprimer aussi universellement. Cet hommage rendu après deux siècles à des vertus

royales si éclatantes, est sans doute un des plus sincères et des plus désintéressés qui aient jamais été offerts.

Jusqu'ici le comité avoit agi de son propre mouvement, excité seulement par le zèle que devoit faire naître une si noble entreprise. Il crut devoir néanmoins instruire le gouvernement de ce qu'il avoit fait, et solliciter son autorisation. Il ne tarda pas à l'obtenir. Les fonctions du comité se réduisoient à entretenir une correspondance avec les principaux fonctionnaires des départemens, pour l'envoi, la réception des fonds, et l'insertion des listes dans les feuilles publiques. Le gouvernement n'intervint que pour permettre la souscription.

Mais, le 20 mars 1815 approchoit, et de tristes pressentimens paralysoient le zèle du comité, et la bonne volonté des souscripteurs. Les journalistes négligeoient l'insertion des articles qui leur étoient envoyés, ou ne les mettoient au jour qu'avec une sorte de répugnance, et après des instances ou des injonctions réitérées. Le ciel de la France se couvroit encore une fois de nuages précurseurs de la tempête, et tout annonçoit une nouvelle catastrophe.

Au moment où l'orage éclata, quelques uns des membres du comité avoient déjà quitté

Paris. De ce nombre étoit M. le duc d'Avaray, un de ces anciens et loyaux serviteurs du trône, dont la place dans le malheur, comme dans la prospérité, est toujours marquée à côté du prince; M. Pérignon, défenseur du général Moreau, et signataire de la proclamation du conseil municipal, du 1er avril 1814. Ceux des membres du comité que les événemens surprirent dans la capitale, reçurent l'ordre de s'en éloigner de quarante lieues. M. de Marbois, au moment de son départ, n'oublia pas toutefois la responsabilité qui pesoit particulièrement sur lui en sa qualité de promoteur de l'entreprise et de président du comité. Il écrivit donc circulairement aux préfets du royaume (1), que la plus grande fidélité avoit été apportée dans l'emploi des fonds de la souscription; mais que le notaire qui les avoit reçus, ayant désiré de n'avoir pas en dépôt chez lui une somme aussi considérable, une décision du comité, en date du 3 février, l'avoit autorisé à les employer en effets du trésor public. Du reste, il les avertissoit que, l'absence de plusieurs membres du comité laissant de l'incertitude dans les mesures qui pourroient être prises ultérieurement, il croyoit ne rien faire que de conforme à l'in-

_____

(1) Voyez cette circulaire dans l'Appendice.

tention de tous, en les priant de remettre l'état des sommes versées et employées jusqu'à ce jour aux archives de leur administration, afin qu'il pût en être donné communication aux souscripteurs, et même à ceux qui jugeroient à propos de le demander.

Les deniers affectés à l'entreprise furent préservés de toute soustraction pendant les cent-jours, soit par l'effet de cette sage mesure, soit parce qu'on eût craint peut-être dans la circonstance de les détourner de leur destination.

M. Lemot reçut l'ordre de ne donner aucune suite à ses travaux ; mais nous verrons, dans le chapitre suivant, qu'il ne les continua pas avec moins d'ardeur.

Quelques personnes se sont étonnées que la statue provisoire de Henri IV, qui avoit été, ainsi qu'on l'a vu, élevée sur le Pont-Neuf, pour fêter l'arrivée du Roi à Paris, au mois de mai 1814, fût demeurée debout pendant l'usurpation ; il étoit, cependant, tout simple que Napoléon, dès son arrivée, et lorsqu'il avoit à lutter contre toutes les puissances de l'Europe, ménageât toutes les opinions, et parût respecter un vœu dont il pouvoit connoître l'unanimité ; on a prétendu que le 14 mai 1815, jour où il passa en revue, dans la cour du palais des Tuileries, les fédérés des faubourgs Saint-Antoine

et Saint-Marceau, les agens qui conduisoient
ces derniers, les dirigèrent à dessein, à leur
retour des Tuileries, sur le Pont-Neuf ; qu'on
avoit conçu le projet, par excès de zèle, de
faire renverser la statue de Henri IV, aux cris
de vive l'empereur ; mais que ce projet échoua,
et que le tout se réduisit à quelques démonstra-
tions menaçantes. Il est peu probable qu'à cette
époque le zèle ait été inconsidéré. Il faut se dé-
fier de toute anecdote qui ne porte pas avec
elle un caractère suffisant de vraisemblance.

Mais il est un fait plus authentique. Le ministre Carnot soumit un rapport à Napoléon,
dont l'objet étoit de savoir si l'on continueroit
l'obélisque qui devoit être construit sur le terre-
plein du Pont-Neuf, ou si l'on suivroit l'exécution de la statue de Henri IV.

La décision fut conçue en ces termes : *Ajourner quant à présent.* Napoléon pensoit donc
qu'il n'étoit pas plus convenable, dans les circonstances où il se trouvoit, de s'occuper de
l'exécution du premier projet, que de celle du
second. Néanmoins M. Carnot, sur la propo-
position de M. le comte de Bondi, alors préfet
du département de la Seine, fit payer à M. Lemot
une somme de 21,870 fr. qui lui étoit due pour
la confection en plâtre du petit et du grand
modèle du cheval.

Aussitôt que la rentrée du Roi à Paris (8 juillet) eut permis aux membres du comité de se réunir de nouveau, ils se rassemblèrent et reprirent leurs séances habituelles. M. de la Salle, secrétaire du comité, ayant été appelé par Sa Majesté aux fonctions de préfet du département de la Haute-Marne, M. Pierret, référendaire à la Cour des Comptes, fut nommé pour le remplacer. On s'occupa de faire approuver par le ministre de l'intérieur le marché passé avec M. Lemot, marché qui n'avoit pas encore été ratifié (1). On reprit avec les préfets des départemens et les receveurs-généraux la correspondance qui avoit été interrompue. Les événemens qui venoient de se passer n'avoient pas affoibli le zèle du comité ; il désiroit aussi vivement qu'aux premiers momens de sa formation, conduire à son terme l'honorable entreprise, et satisfaire au vœu des souscripteurs ; mais les plaies de la France, déjà si profondes en 1814, l'étoient bien davantage au mois de juillet 1815. Le tableau que plusieurs préfets faisoient de leurs départemens, appauvris ou ruinés par des fléaux de toutes espèces, n'étoient pas de nature à faire espérer un résultat prompt et satisfaisant. Le comité s'étoit abstenu jusque là de tout appel de fonds ; il s'étoit contenté de

(1) Voyez ce marché dans l'Appendice.

rendre fidèlement compte aux souscripteurs de la situation des versemens, par la voie des journaux; les fonds étoient, pour ainsi dire, arrivés d'eux-mêmes. Le comité crut pouvoir, à cette époque, se montrer un peu davantage, faire connoître les dépenses auxquelles il falloit satisfaire, recourir à la médiation de MM. les préfets et de MM. les receveurs-généraux, pour qu'une entreprise aussi éminemment nationale, et déjà si avancée, ne fût pas arrêtée. Sa persévérance, secondée par tous les magistrats du Royaume, a triomphé de tous les obstacles.

Au mois de novembre 1815, une note sans signature parvint au comité; elle annonçoit qu'à l'époque de la destruction du monument du Pont-Neuf en 1792, un procès-verbal avoit été trouvé sous un des pieds du cheval, et qu'il avoit été déposé aux Archives nationales. Le président se hâta de faire prendre des renseignemens. Ce procès-verbal fut effectivement retrouvé; il étoit, comme l'annonce le Mercure Français de 1614, copié sur vélin, et renfermé dans un cylindre de plomb, parfaitement conservé, et d'une assez grande capacité. Cette pièce offrant quelque différence avec le procès-verbal rapporté par le Mercure, on les trouvera en regard dans l'Appendice.

CHAPITRE III.

SOMMAIRE.

Esquisse. — Comment elle s'exécute. — Petit modèle. — Rapport de la commission du comité sur sa confection. — Grand modèle. — Son armature. — Circonstances qui arrêtent le statuaire dans son travail. — Dangers que court son modèle, à l'arrivée des armées étrangères à Paris. — Il est continué et achevé. — Rapport de la commission du comité à ce sujet. — Les Princes se rendent à l'atelier du statuaire. — Description de cette visite.

On sait que l'esquisse est le premier travail du statuaire chargé de l'exécution d'un ouvrage en plâtre, en pierre, en marbre ou en bronze. Elle s'exécute avec de la terre glaise pétrie, amollie et tenue dans un degré d'humidité qui la rende flexible et maniable, après qu'on a disposé, pour la soutenir, une petite armature en fer, selon la pose et le mouvement que l'artiste veut donner à sa figure. Cette armature est, pour ainsi dire, au modèle ce que le squelette est au corps vivant. Elle représente, en quelque sorte, le système

osseux. Néanmoins, l'armature n'exige point
que cette imitation soit parfaite ; il est essentiel
seulement que toutes les pièces soient au centre
des parties qu'elles doivent fortifier ; l'artiste les
recouvre ensuite avec la terre qui prend sous
ses doigts et sous l'ébauchoir la forme convenable. L'esquisse n'est que le premier jet de la
composition ; on n'y cherche que les grandes
masses, les principaux effets. C'est, si nous
pouvons nous exprimer ainsi, l'émanation brute
de la pensée, à laquelle il faut donner le tour
nécessaire, et qu'il faut revêtir des expressions
qui la peignent à l'esprit. Ce premier travail,
lorsque le statuaire l'a bien médité, retouché et
arrêté, conduit à un second, le petit modèle,
qui s'exécute par les mêmes procédés ; mais,
dans ce petit modèle, les effets sont plus étu-
diés, et les formes reproduites avec plus d'exactitude et de vérité.

M. Lemot avoit achevé son petit modèle en
terre, et l'avoit fait mouler en plâtre, au mois
de janvier 1815. MM. Quatremère de Quincy,
Dufourny et Pérignon, commissaires chargés
de suivre les travaux, et d'en constater l'avancement, furent invités à voir le travail de l'artiste, et à en rendre compte au comité.

« Nous avons reconnu, » disent-ils dans leur
rapport, « que le modèle en petit de la statue

» équestre se trouve dans ce moment ajusté,
» réparé et entièrement terminé. Sa proportion
» est de trois pieds sept pouces de hauteur
» environ ; ce qui forme le quart de la grandeur
» que le tout doit avoir dans l'exécution.

» Le statuaire nous a paru avoir conservé,
» avec une exactitude scrupuleuse, l'ensemble
» de l'ancien monument, quant à l'allure du
» cheval, à l'attitude du cavalier, et à son
» costume.

» Mais nous avons remarqué avec plaisir que
» le mouvement du cheval a plus de grâce,
» d'action et de vie, et que les formes en sont
» généralement d'un plus beau choix.

» L'attitude du cavalier a aussi plus d'aisance
» et plus de noblesse. En restant fidèle à la vérité
» du costume qui exigeoit que le Prince fût
» revêtu de son armure, l'artiste a su en rompre
» l'uniformité, et en corriger la dureté, pour
» ainsi dire, en donnant à l'écharpe jetée par
» dessus, plus de légèreté qu'elle n'en avoit.

» Le mouvement de la tête du cavalier est
» combiné de manière à contraster heureuse-
» ment avec celui de la tête du cheval.

» La physionomie de Henri est parfaitement
» saisie. On retrouve dans ses traits ce mélange
» de grâce, de bonté et de noblesse qui le
» caractérise.

» En un mot, l'ensemble de ce modèle nous
» a paru digne des talens de l'artiste auquel le
» comité en a confié l'exécution, et propre à
» répondre aux intentions des souscripteurs et
» aux vœux de la France. »

M. Lemot eut à peine terminé ce premier
travail qu'il s'occupa sans relâche de la confection du grand modèle qui devoit servir à la
fonte du monument. On commença par l'armature qui devient plus importante à proportion de la grandeur du modèle. La principale
pièce pour l'armature d'une statue équestre
consiste en un gros barreau de fer posé hori-
zontalement au cœur du modèle, et prolongé
le long de l'encolure jusqu'à la place que doit
occuper la tête du cavalier. On y ajoute une
barre de fer, destinée à maintenir la figure du
cavalier, et à lui servir de noyau. D'autres
branches descendent dans les quatre jambes et
dans la queue de l'animal. Le tout est posé sur
deux pointals de fer placés au centre du modèle et sous le ventre du cheval. Ils sont forti-
fiés dans le bas par quatre morceaux de fer,
qui font l'office d'arcs-boutans. Le tout est
scellé ainsi que les branches qui soutiennent les
jambes et la queue du cheval dans un fort châssis de charpente, posé sur un massif de pierres
de taille construit d'avance pour servir de base

au modèle. Ce châssis a la même dimension que le piédestal.

Pour faciliter la construction de l'armature, et en rendre l'imitation plus précise, le statuaire dessine un trait de la figure dans sa juste proportion, et suivant ses trois principaux aspects. Par ce moyen, on fait prendre aux fers de l'armature les coudes qu'ils doivent décrire suivant l'attitude du modèle. Ce dessin se fait sur les murs de l'atelier (1).

M. Lemot avoit déjà fait terminer la charpente du socle qui devoit supporter le grand modèle. Les pointals de fer destinés à supporter l'armature étoient posés, et une grande partie de l'armature elle-même étoit forgée. Le zèle de l'artiste faisoit marcher ces opérations avec toute la célérité dont elles étoient susceptibles, lorsque les événemens des cent-jours et l'arrivée des armées étrangères à Paris, après la bataille de Waterloo, vinrent non pas arrêter, mais ralentir ses laborieuses dispositions. En effet le statuaire avoit suivi avec persévérance, pendant l'usurpation, l'exécution en grand du modèle du cheval. Il en avoit même, comme on l'a vu dans le chapitre précédent, obtenu en partie le paiement du ministre de l'intérieur de Napo-

_____

(1) Encyclopédie, Beaux-Arts, p. 567.

8

léon. A l'arrivée des troupes étrangères l'effroi
saisit les habitans des bourgs et villages de Paris.
Ils rentrèrent avec précipitation dans l'intérieur
de la capitale avec leurs bestiaux et tout ce qu'ils
avoient de plus précieux, se réfugièrent dans les
places publiques, dans les jardins, dans les cours
des maisons, sous les hangars ou les remises,
partout où ils purent trouver un abri.

L'atelier où travailloit M. Lemot étoit situé
dans l'enceinte de la foire Saint-Laurent, qui
est entre les faubourgs Saint-Denis et Saint-
Martin. Les habitans des villages de la Chapelle
et de la Villette, qui en sont peu éloignés,
cherchèrent, comme les autres, leur sûreté
dans les murs de Paris. L'enclos de la foire
Saint-Laurent parut à ces malheureux un lieu
propre à leur servir d'asile. Ils y vinrent par
bandes nombreuses; hommes, femmes, enfans,
chevaux, troupeaux de toute espèce, envahirent
jusqu'au moindre espace. Pour les garantir des
injures de l'air, l'humanité leur ouvrit les
ateliers qui étoient vides; les autres furent
escaladés. On eut mille peines à défendre l'entrée de celui de M. Lemot, qui craignoit avec
raison pour son modèle, dont l'avancement,
déjà sensible, avoit été l'objet de tant de dépenses et de soins.

C'étoit au milieu de ce désordre, au bruit du

canon, et, pour ainsi dire, sur la brèche, que se continuoit le modèle de la statue de Henri.

Enfin, le Roi étant rentré dans sa capitale, cette situation fâcheuse cessa ; toutes les craintes s'évanouirent, le bon ordre se rétablit partout, et l'artiste put se livrer à son travail avec sécurité.

A la fin de décembre 1815, le modèle en grand du cheval étoit moulé, coulé et monté en plâtre ; les armatures et les autres prépara-tifs nécessaires pour exécuter le modèle du cavalier, étoient faits ; le travail du statuaire marchoit vers son terme ; il étoit probable qu'il seroit terminé sous peu de mois, ce qui met-troit bientôt le fondeur à portée de commencer les opérations du moulage.

Il n'est pas inutile de faire remarquer ici que la petitesse de l'atelier où fut exécuté le mo-dèle en grand, augmenta les obstacles à vaincre. La tête du cavalier touchoit au comble ; la sta-tue se trouvoit éclairée en-dessous, de sorte que privé d'une lumière convenable et de reculée, un artiste qui auroit eu moins d'expérience que M. Lemot, pouvoit se tromper sur l'effet visuel et l'ensemble d'un ouvrage de cette dimension.

Au mois d'avril 1816, un rapport de M. Qua-tremère de Quincy, fait au nom de la commis-sion chargée de suivre les travaux, instruisit le

8.

comité que l'œuvre de l'artiste étoit achevée.

« M. Lemot, dit le rapporteur, a compléte-
» ment terminé le modèle en plâtre du cheval et
» du cavalier : or, comme ce modèle en plâtre
» est celui sur lequel on va exécuter le moule
» destiné à la fonte, nous pouvons dire que
» l'ouvrage de la sculpture est tout-à-fait achevé ;
» car le statuaire ne peut plus avoir à revenir
» sur son ouvrage que par de légères retouches
» que l'opération des cires, qui fait partie du
» moulage, pourra encore lui permettre.

» Il faut donc regarder l'ouvrage de l'artiste
» comme terminé, et faire des vœux pour que
» le métal soit fidèle à rendre l'ensemble et
» chacun de ses détails.

» C'est vous dire assez, Messieurs, qu'il ne
» manque rien à l'ouvrage pour être jugé dans
» toutes ses parties, en ayant égard toutefois
» à la différence d'aspect et de position du mo-
» nument qu'on a maintenant sous les yeux, et
» qu'on touche de la main dans l'atelier, mais
» qui a dû être fait en vue et en considération
» de toute autre distance.

» En examinant d'abord l'ouvrage sous le
» rapport de ce changement de position, il
» nous a paru que l'artiste l'a tenu dans des
» proportions qui doivent devenir extrêmement
» heureuses ; que le monument, quoique de

» quelque chose plus fort que l'ancien, paroîtra
» plus élégant; que le travail des parties a toute
» la mesure de fini qui contente l'œil de près, et
» promet un bel effet de loin.

   » Pour ce qui regarde la figure de Henri IV,
» M. Lemot a consulté, autant qu'il lui a été
» permis de le faire, d'après quelques gra-
» vures, le costume et la manière d'être du
» Roi dans l'ancienne statue. Il y a un type de
» Henri IV, aujourd'hui si connu, qu'il seroit
» difficile, et, il faut le dire, maladroit de s'en
» écarter. M. Lemot a mis tous ses soins à
» restituer fidèlement dans tous les accessoires
» l'image du Roi, non pas cependant en co-
» piste, mais avec cette indépendance de goût
» qui constitue l'originalité. Les Français y re-
» trouveront, avec tous les détails des armures
» et de l'habillement du temps, jusqu'à la selle
» et jusqu'aux étriers de l'ancienne figure. La
» tête du Roi nous a paru très-belle, très-res-
» semblante, et exprime cette noble et franche
» bonté qui caractérise le chef de la famille des
» Bourbons, et qui est devenue héréditaire
» dans ses descendans. M. Lemot avoit orné,
» dans son petit modèle, la tête de Henri IV
» d'une couronne de laurier, comme la lui
» donnent presque tous les portraits du temps.
» Il l'a supprimée dans son grand modèle,

» et nous avons rejeté cette suppression, ne
» fût-ce que sous le rapport de l'art et de l'effet
» agréable qu'elle pourroit faire. Nous avons
» cru vous devoir cette légère observation à la-
» quelle l'artiste pourra faire droit, ainsi qu'à
» quelques autres, sur une augmentation d'or-
» nemens et de gravures, soit en creux, soit en
» relief, appliqués à certaines parties de l'ar-
» mure. L'artiste se réserve ces détails dans le
» réparage des cires.

» Quant au mérite intrinsèque de l'art, de
» l'étude et de l'imitation du vrai, nous savons,
» Messieurs, qu'il est périlleux de prévenir sur
» ce point le jugement des artistes et celui du
» public ; mais nous ne craindrons pas d'être dé-
» mentis en vous assurant que le cheval offre
» un mouvement tout à la fois simple, juste et
» plein de vivacité ; que la tête est remplie d'es-
» prit et de feu ; que toutes les parties de la
» musculature sont correctes et toutefois étu-
» diées d'une manière large et moelleuse, et avec
» ce sentiment des détails de la peau, qui donne
» la vie ; qu'enfin, si la fonte réussit, l'ouvrage
» nouveau sera très-supérieur à l'ancien. »

Avant de le livrer au mouleur, le comité
désiroit que les Princes vissent le modèle. Il
sollicita cette faveur, et fut informé que le
5 septembre, à une heure après midi, cette visite

auroit lieu. L'atelier fut décoré à la hâte, autant que les localités pouvoient le permettre. LL. AA. RR. MADAME, duchesse d'Angoulême, MONSIEUR, frère du Roi, et Mgr le duc d'Angoulême arrivèrent à l'heure indiquée avec plusieurs personnes de leur suite. Elles furent reçues par MM. les membres du comité, par MM. les préfets du département de la Seine et de police. En entrant, elles demandèrent à connoître l'artiste chargé de cet important ouvrage. M. Lemot leur fut présenté par M. le marquis de Marbois, président du comité. LL. AA. RR. examinèrent le monument avec la plus grande attention. MONSIEUR s'entretint avec le statuaire et avec plusieurs membres du comité, sur l'état de l'ancienne statue, dont il connoissoit toutes les particularités. Il s'informa des détails relatifs aux opérations de la fonte, à la forme et à la construction du piédestal et de ses ornemens, aux inscriptions qui y seroient placées. Le registre des souscripteurs avoit été apporté dans l'atelier. MADAME, après avoir long-temps considéré l'ouvrage, parcourut cette liste nombreuse de dons, où le denier de la veuve, enregistré à côté du tribut de l'opulence, offre un touchant hommage de la piété nationale des Français envers leurs Rois. M. Lemot reçut des félicitations flatteuses sur la beauté de son modèle. Enfin, cette visite des Princes, qui avoit attiré un nombreux concours de peuple sur la route qu'ils devoient parcourir, fut, en quelque sorte, un jour de fête pour ce quartier éloigné du centre de la capitale.

~~~~~~

CHAPITRE IV.

—

SOMMAIRE.

MAL FAÇON des monumens coulés en bronze depuis vingt-
cinq ans. — On adopte pour la statue de Henri l'alliage
des Keller. — Erreurs commises dans la première fonte
préparatoire. — Réussite de la seconde fonte d'alliage. —
Résultat de tous les essais du métal. — Fonte de la tête
et du torse de la statue, à la fonderie Saint-Laurent.

Tous les monumens coulés en bronze, depuis
vingt-cinq ans, ne donnent qu'une idée incom-
plète du haut point de perfection où les arts
sont parvenus (1). Une circonstance se présentoit d'en jeter en fonte un nouveau. C'étoit une
statue équestre, un monument vraiment national, élevé à la mémoire de ce soüverain

« Qui fut de ses sujets le vainqueur et le père. »

On devoit désirer qu'il fût digne à la fois de
son importance et de son objet.

---

(1) Voyez dans l'Appendice la note sur les fontes les plus
récentes.

M. d'Arcet, vérificateur à l'administration
générale des monnoies, fut invité par S. Ex. le
ministre-secrétaire d'Etat de l'intérieur à donner
toutes les directions nécessaires dans les opérations métallurgiques.

Il conseilla d'adopter l'alliage employé par les
Keller, célèbres fondeurs du siècle de Louis XIV,
parce que l'expérience d'un demi-siècle avoit
démontré que le bronze qui en étoit résulté
prenoit à l'air une belle *patine*, et parce que,
d'après l'examen des statues coulées par ces
fondeurs, il étoit reconnu que cet alliage avoit
la fluidité nécessaire pour parcourir les sinuosités du moule, et en prendre les formes les plus
délicates. M. d'Arcet exposa enfin que, pour
retrouver cet alliage, il falloit extraire un morceau de bronze des plus belles statues de Ver-
sailles, et le soumettre à l'analyse. Ce travail,
fait au laboratoire des essais à la Monnoie,
fournit toutes les données dont on avoit besoin.
L'analyse prouva que les bronzes des Keller ne
ressembloient en rien au bronze des canons
employé depuis vingt-cinq ans à la fonte des
monumens de cette nature.

En effet le bronze des canons se compose de
90 grammes de cuivre et de 10 grammes d'étain,
tandis que le bronze des Keller, d'après l'analyse qui en a été faite, est formé de :

Cuivre......................	90
Etain......................	2
Plomb......................	1
Zinc......................	7
	100

Ce résultat une fois trouvé, il ne s'agissoit plus que de faire analyser les bronzes destinés à la fonte de la statue de Henri IV, et de les amener, sans de trop fortes dépenses, au titre de l'alliage des Keller. M. Lemot se chargea de ce soin.

Le ministre secrétaire-d'Etat de l'intérieur avoit fait mettre successivement à sa disposition les bronzes de plusieurs monumens qui existoient dans les magasins (1). Les essais qui en furent faits démontrèrent que le bronze de l'un étoit trop chargé de plomb pour être avantageusement employé; que celui de l'autre contenoit trop d'étain, mais pouvoit servir en y ajoutant du zinc; qu'enfin celui du troisième n'étoit pas non plus au titre convenable.

Des échanges et des achats de métaux furent, en conséquence, autorisés par le ministre.

---

(1) Ces monumens étoient : la statue pédestre de Napoléon, qui devoit être placée sur la colonne de Boulogne; les bas-reliefs du même monument; la statue de Napoléon qui étoit sur le faîte de la colonne de la place Vendôme, et la statue du général Desaix.

Soixante milliers de matière étoient néces-saires pour jeter en fonte la statue de Henri IV, non que cette quantité dût être employée pour la statue, mais parce qu'il en falloit pour remplir, lors de la fonte, les bassins, les jets et les évents, autant que pour remplir le moule.

Une première fonte, dite fonte de mélange, eut lieu le 9 juillet 1816, en présence de M. Le-mot et de plusieurs membres du comité des souscripteurs, à la fonderie, rue du faubourg du Roule.

Le fourneau avoit été chargé le 1er juillet des quantités suivantes :

Bronze de la statue Desaix (1).	3520 kil.
Cuivre rouge (2)............	4488
Cuivre jaune (3)..........	2361
	10369 kil.

---

(1) L'analyse de ce bronze a donné les résultats suivans :

Cuivre.....................	89. 69.
Etain.....................	5. 71.
Zinc.....................	2. 90.
Plomb.....................	1. 70.
	100 »

(2) L'analyse a donné :

Cuivre.....................	99. 65.
Etain.....................	». 35.
	100. »

(3) L'analyse a donné :

Cuivre.....................	75. 20.
Zinc.....................	24. 80.
	100. »

Le feu ayant été mis dans la chauffe à minuit, la liquéfaction commença à six heures du matin. On jeta successivement dans le fourneau les matières qui avoient été réservées à cet effet, savoir :

Bronze de la statue Desaix.......	530	kil.
Cuivre rouge	2854	»
Cuivre jaune	1250	».
	4634	kil.

Cette quantité, ajoutée à la précédente, forma un total de 15,003 kilogrammes, ou 30,006 livres.

La porte du fourneau fut enfoncée à quatre heures après midi, et le métal en fusion se répandit dans les lingotières qui avoient été disposées pour le recevoir ; mais à la lenteur avec laquelle il coula, malgré les efforts des ouvriers pour l'attirer avec des bâtons ferrés, on reconnut que la matière étoit trop grasse, et que si elle étoit de même nature lors de la fonte définitive, elle en compromettroit le succès, parce qu'elle ne pourroit pénétrer dans toutes les sinuosités du moule (1). Le déchet sur les matières em-

---

(1) L'analyse qui a été faite de ce bronze, a donné les résultats suivans :

Cuivre........................	95.	30.
Etain........................	1.	60.
Zinc.........................	3.	10.
Plomb.......................	une trace.	

ployées pour cette fonte, fut de 2342 kilogrammes, ou de 5684 livres.

On communiqua ce résultat au chimiste qui
avoit été consulté sur l'alliage, mais qui d'ailleurs,
sur la demande de M. Lemot, et d'après l'autorisation du ministre, étoit demeuré absolument étranger à la préparation et à la direction
de la fonte. Il fit connoître qu'on devoit l'attri-
buer, 1° à ce que le tirage du fourneau étoit trop
foible ; 2° à ce qu'on avoit sans doute outrepassé
le degré de chaleur nécessaire pour la fusion des
métaux qui entroient dans l'alliage des Keller,
degré qu'il eût fallu chercher et déterminer
d'avance ; 3° à ce qu'on avoit placé en même
temps dans le fourneau le bronze, le cuivre rouge
et le *cuivre jaune*, faute essentielle.

M. Lemot fit, en conséquence, donner plus
d'élévation aux cheminées, et rétrécir l'ouverture des portes du fourneau, et l'on s'attacha à
prévenir dans la fonte suivante les erreurs qui
avoient été commises dans celle-ci.

Une seconde fonte d'alliage eut lieu le 7 août.
Le fourneau avoit été chargé le 2 des quantités
suivantes :

Bronze de la statue Desaix.... 4080 kil.
Cuivre rouge................ 6000
                            _____
                            10080 kil.

Le feu fut mis dans la chauffe à minuit. Il fut continué sans interruption jusqu'au lendemain neuf heures du matin, heure à laquelle, les matières s'étant trouvées en parfaite fusion, on y ajouta

Cuivre jaune . . . .   6000 kil.
Etain anglais (1)   325
                                        ——————
                                        6325 kil.

De sorte qu'avec les métaux qui étoient déjà dans le fourneau, il y avoit 16,405 kilogrammes ou 32,810 livres de métal.

On chassa le tampon à deux heures après midi, et, cette fois, la matière en fusion parfaitement liquide se répandit sur-le-champ et avec facilité dans toutes les lingotières. Lorsqu'elle fut suffisamment refroidie, elle donna un bronze qui ne laissoit rien à désirer pour la beauté et la finesse du grain, et qui offroit, à l'œil, la plus grande conformité avec celui du bronze des Keller. Son analyse donna les résultats suivans :

Cuivre 87. 80
Etain 5. 10
Zinc 6. 52
Plomb 0. 58
                                        ——————
                                        100. 00

———————————————————————————

(1) L'analyse qui en fut faite prouva qu'il étoit parfaitement pur.

Bien que la quantité de métal fût de quatre milliers environ plus considérable que pour la première fonte d'alliage, on n'avoit cependant employé que dix heures pour l'amener à un point parfait de fusion, et le déchet ne fut que de 2317 kilogrammes ou de 4634 livres.

Après l'expérience des deux fontes préparatoires, et des essais qu'il fit faire successivement, M. Lemot crut pouvoir établir que le mélange des matières à employer pour la fonte de la statue équestre de Henri IV devoit être composé, pour 12,000 kilogrammes de matières, par exemple :

1°. De 6,000 kilogrammes de cuivre jaune au titre de 75, et renfermant 25 de zinc, ci   6,000

2°. De quatre douzièmes et demi de cuivre à canon, au titre de 90, ci   4,500

3°. D'un douzième et demi de cuivre rouge pur, ci   1,500
_____
12,000 kil.

Dans l'intervalle des deux fontes préparatoires, les moules de la tête et du torse de la statue avoient été confectionnés par MM. Honoré Gonon et Tarlot sur le modèle en plâtre de M. Lemot. On verra dans le chapitre suivant, lorsque nous parlerons du cheval, quels furent les procédés du moulage.

M. Honoré Gonon fut chargé de la fonte, et l'exécuta à la fonderie Saint-Laurent, rue du faubourg Saint-Martin. On chargea le fourneau le 18 mars 1817 des métaux suivans :

Bronze de la statue Desaix....... 782 kil.
Bronze de la 1re fonte d'alliage... 254
Bronze de la 2e fonte d'alliage ... 1037
_____
2073 kil.

Le 23 mars le feu fut mis dans la chauffe à dix heures du matin. La bouche du fourneau fut ouverte à trois heures après midi en présence du statuaire, de M. Quatremère de Quincy, secrétaire perpétuel de l'Académie des Beaux-Arts, et de M. Lafolie, conservateur des monumens publics. La matière en fusion se répandit dans l'écheno aussitôt le déplacement du tampon, et de là dans le moule, dont les ouvertures furent successivement ouvertes. Mais le moule étoit resté pendant quelques jours dans la fosse. Il avoit contracté quelque humidité malgré les précautions qui avoient été prises pour l'en garantir. Lorsque le métal liquéfié y pénétra, on en fut averti par des bouillonnemens et des jets de matières. Quand on brisa le moule on vit qu'il n'avoit néanmoins éprouvé

9

aucun dérangement ; seulement on trouva quelques soufflures dans la partie inférieure, légères défectuosités, très-faciles à réparer par les moyens indiqués en pareil cas. Ces inconvéniens n'eurent d'ailleurs d'autre résultat que de mettre en garde contre de pareils accidens dans la fonte beaucoup plus importante qui se préparoit à la fonderie rue du faubourg du Roule.

CHAPITRE V.

SOMMAIRE.

Partie technique de l'art. — Des ateliers, et en particulier
de la fonderie. — Du moule, et comment les cires y
ont été appliquées. — Comment le moule de plâtre
garni de cire a été remonté, et de l'armature. — Du
noyau. — Du réparage des cires. — Pose des jets et des
évents. — Du moule de potée. — De l'écoulement des
cires, et du recuit du moule de potée. — De l'enterrage
du moule, et de la construction de l'écheno.

Si l'on eût exactement suivi, pour la fonte de
la statue de Henri IV, les procédés qui ont été
employés pour celle de Louis XV, notre tâche
seroit bientôt remplie, et nous renverrions le
lecteur au grand ouvrage de M. Mariette, relatif
à la fonte de cette dernière statue, puisque cette
description contient les détails les plus circon-
stanciés concernant la partie pratique, et
qu'elle offre aussi toutes les gravures, planches,
profils et plans qui peuvent en faciliter l'intelligence ; mais on s'est écarté en divers points de la
route qui étoit tracée. On a abrégé plusieurs des

9.

moyens indiqués; et on en a amélioré quelques
autres. C'est en aplanissant plusieurs obstacles
autrefois insurmontables que M. Lemot a pu
terminer en quatre ans, malgré une suspension
forcée en 1815, une entreprise qui a coûté à
Bouchardon et à Falconnet quinze ans de peines
et de soins.

Il est donc nécessaire de suivre ici toutes les
opérations dans leurs détails, en indiquant les
modifications qui y ont été apportées; sans
doute ce chapitre ne sera pas le plus intéres-
sant pour un grand nombre des lecteurs, mais
peut-être ne sera-t-il pas sans utilité pour les
personnes qui auront à s'occuper à l'avenir de
grandes opérations de fonte.

Nous aurions voulu nous dispenser de retracer les procédés déjà décrits dans quelques ouvrages (1), pour ne nous arrêter que sur ceux qui
ont subi des modifications. Nous avions même
d'abord suivi cette marche; mais nous nous
sommes bientôt aperçus que dans une matière
qui n'est familière qu'à peu de lecteurs, ce cha-

---

(1) Description de la fonte de la statue équestre de Louis XIV,
élevée à Paris, rédigée par Boffrand, architecte. Petit in-folio,
avec gravures. Paris, 1743.

Description de la fonte de la statue équestre de Louis XV.
Grand in-folio, avec gravures. Paris, 1773.

Encyclopédie. Beaux-Arts. Voyez Fonte des statues en bronze,
page 562.

pitre y perdroit nécessairement de sa clarté;
qu'ensuite il seroit incommode pour ceux qui
veulent connoître l'ensemble des opérations de
la fonte d'une statue équestre, de recourir à des
livres qui ne se trouvent guère que dans les
grandes bibliothèques.

Nous nous sommes décidés par ces motifs à
rappeler tous les détails pratiques d'une fonte,
en mettant à profit les relations qui ont précédé
celle-ci, toutes les fois qu'en dernier lieu, on a
opéré de la même manière.

Dans l'intérêt de l'art et de l'administration,
il est désirable que les statuaires se chargent de
la direction et de la surveillance de toutes les
opérations du moulage, de la fonte et de la
ciselure.

Chez les anciens, où l'art de fondre les statues étoit si fréquemment mis en pratique, un
artiste ne considéroit la création du modèle que
comme une partie de son travail. Il falloit qu'il
en assurât la fidèle reproduction, et là seulement
se terminoit son œuvre. Ainsi le célèbre Lysippe ne dédaignoit pas de diriger lui-même la
fonte de ses ouvrages. A la renaissance de l'art
en Italie, Benvenuto Cellini, Jean de Bologne,
Tacca, donnèrent le même exemple. Desjardins
surveilla la fonte du beau monument qui avoit
été érigé à Louis XIV sur la place des Victoires,

et de ceux qui furent consacrés au même Monarque à Lyon et à Montpellier. Les fontes que
les statuaires n'ont pas dirigées, ont rarement
été suivies d'un plein succès, et il en est le plus
souvent résulté des monumens qui n'étoient que
des copies informes du modèle. On sait que Falconnet fut obligé de recommencer la fonte de sa
statue de Pierre-le-Grand à Saint-Pétersbourg,
depuis les genoux du cavalier et le poitrail du cheval jusqu'au haut de la statue (1), parce qu'il
n'avoit pas d'abord voulu se charger d'en diriger
la fonte ; que la fonte de la statue équestre de
Louis XV pour la ville de Bordeaux, faite par Varin, d'après le modèle de Lemoine, manqua par
la même raison (2) ; que Bouchardon, chargé de
l'exécution de la statue de Louis XV, quoique
plus heureux dans le choix du fondeur, fut, cependant, obligé de faire rétablir à la lime les
formes délicates de son modèle qui avoient été
altérées dans les parties inférieures du cheval (3) ; enfin, nous avons vu plus récemment
combien la statue du général Desaix ressembloit

---

(1) Sur les fontes en bronze. Œuvres de Falconnet, tome 6,
p. 778.

(2) Monumens élevés à la gloire de Louis XV; par Patte,
architecte, p. 140.

(3) Description de la fonte de la statue de Louis XV, par
M. Mariette, p. 112.

peu, en sortant du moule, au modèle **créé** par M. Dejoux.

Chez les Grecs, chez les Romains, chez les Italiens, il y avoit, sans doute, comme chez nous, des fondeurs de profession, et on les employoit dans les grandes fontes ; mais on ne leur en abandonnoit pas la conduite, et ils étoient subordonnés au statuaire. Il y a pour revenir à cet usage des raisons assez sensibles.

Si chaque opération s'exécute isolément, celui qui en est chargé, ne voit que l'objet qui lui est confié, et perd de vue le but auquel il doit concourir.

Le mouleur en plâtre, en confectionnant le moule, oublie que ce moule est fait pour l'estampage des cires.

Le fondeur, pour qui les armatures de scellement sont une gêne dans la fonte, s'inquiétera peu de leur confection, quoique ces armatures soient extrêmement essentielles pour la pose et pour la durée de l'ouvrage ; il ne considérera pas davantage la qualité plus ou moins bonne de l'alliage, chose fort importante, non pas seulement pour obtenir une belle *patine*, mais aussi pour empêcher la partie la plus légère du métal en fusion de *s'abreuver* avec la potée, matière employée pour faire le moule. Enfin, le même fondeur aimera mieux donner à sa fonte beaucoup d'épaisseur, parce qu'il sera certain que le métal pénétrera plus aisément dans toutes les parties du moule, et il ne songera pas aux inconvéniens qui doivent en résulter pour le ciseleur.

De son côté, le ciseleur qui ne seroit pas guidé par l'artiste, pourroit altérer les formes les plus délicates du modèle, faute de les sentir, ou pour abréger son travail.

Il faut donc que les différentes opérations qui constituent l'œuvre d'une statue équestre en bronze soient combinées et dirigées par le statuaire. Sans doute on n'entend point, par là, que le statuaire doive réunir en soi toutes les connoissances du mouleur, du fondeur et du ciseleur, ni substituer ses propres plans dans l'exécution à leur expérience ; mais il est essentiel qu'il ait acquis d'avance une idée exacte et générale des diverses opérations, qu'il puisse en comprendre l'ensemble, et en suivre les détails, afin de prévenir toute aberration nuisible à la reproduction de son modèle.

M. Lemot, qui s'étoit particulièrement livré à l'étude de l'art de la fonte, en avoit reconnu tous les écueils. Aussi, lorsqu'on lui offrit de se charger de l'exécution de la statue équestre de Henri IV, il ne consentit à l'entreprendre qu'à condition qu'il demeureroit entièrement maître

de diriger et de surveiller le moulage, la fonte
et la ciselure, et qu'il ne se verroit pas dans
la nécessité d'abandonner son modèle aux caprices et aux malfaçons des ouvriers dont le
secours lui étoit indispensable.

§. Ier. *Des Ateliers, et en particulier de la Fonderie.*

La statue de Henri IV a été fondue dans le
même fourneau où fut coulée en bronze, le 5
mai 1758, la statue de Louis XV. Ainsi, nous
n'avons rien à dire sur la construction des
ateliers, sur la manière d'établir la fonderie,
sur le choix du sol et de l'emplacement, sur la
grandeur de l'atelier et son exhaussement, sur
la forme et la profondeur de la fosse, sur la solidité à donner au fond et à ses parties latérales,
sur la profondeur et les fondemens de la
chauffe, sur la construction du fourneau, du
cendrier, des galeries souterraines et tour-
nantes; l'atelier et la fonderie du Roule montrent
en réalité ce qui doit être fait par ceux qui voudroient fonder des établissemens du même
genre. Il y auroit tout au plus quelques modifications à apporter dans la construction du
fourneau qu'il faudroit construire à réverbère,
et les moyens en sont connus.

L'ouvrage de M. Mariette et l'Encyclopédie
ne laissent rien d'ailleurs à désirer sur l'objet de
ce chapitre.

§. II. *Du Modèle.*

Nous avons dit dans le chapitre **IV** de cet
ouvrage tout ce qui se rapporte au petit et au
grand modèle de la statue équestre de Henri,
ainsi qu'à l'établissement de l'armature intérieure. Ce que nous ajouterions relativement au
modèle en général, n'apprendroit rien de plus
au lecteur.

§. III. *Du Moule de plâtre, et comment les cires y ont été appliquées.*

Lorsque le grand modèle est achevé, il faut
s'occuper de le mouler pour en avoir un creux
dans les pièces duquel on puisse appliquer des
cires qui reproduisent en relief toutes les formes
du modèle ; mais il est nécessaire de déterminer
et de fixer préalablement sur le modèle même,
les places par où doivent passer, lorsque le
moule est établi dans la fosse, les pointals et
autres fers, sans le secours desquels le noyau ne
pourroit se soutenir, ni se maintenir dans un
équilibre invariable.

On fit un relevé de ceux dont il importoit de

connoître la proportion et la grosseur, et l'on marqua sur le grand modèle en plâtre les points que l'on devoit avoir. A tous les endroits où tomboient ces points, on traça au crayon des carrés dans une proportion convenable à la grosseur des fers, auxquels il s'agissoit de ménager un passage.

On établit ensuite, dans l'atelier et au pied du modèle, un châssis de grosses pièces de bois de chêne, retenues ensemble, à leurs extrémités, par des boulons de fer qui entroient à vis dans des écrous.

Ce châssis étoit destiné à recevoir la première assise des pièces du moule, et à servir de base à toutes les autres assises. On détermina sa longueur et sa largeur par des aplombs tirés d'après le nu extérieur des parties les plus saillantes de la statue, parce qu'aucune, lorsqu'elle seroit moulée, ne pouvoit déborder ce châssis ; mais on ajouta, pour servir d'appui à la tête du cheval, une pièce de bois cintrée qui fut soutenue par des moellons maçonnés. On maçonna de même l'espace qui est entre le dessous du châssis et l'aire du plancher.

Quand le châssis fut en place, on y ajouta, dans tout le pourtour et sur la surface qui se trouve d'arrasement avec celle du massif de pierre, des morceaux de bois en saillie d'un pouce d'épaisseur, et de deux ou trois pouces carrés, pour former des repaires dans les premières assises du moule, et pour que celles-ci devinssent, sans pouvoir s'écarter de leur place, un fondement sûr et invariable pour les assises qui suivroient.

Avant d'entreprendre le moulage, on posa transversalement et à plat, sur le châssis de charpente, six barres de fer carrées qui, par leur distribution à des distances convenables et parallèles, formoient une grille nécessaire pour la suite des opérations.

Pour consolider davantage ces barres transversales qui devoient soutenir tout le poids du moule sous le ventre du cheval, on ajouta deux traverses de charpente de huit pouces carrés, fixées sur les bords du châssis avec des boulons.

On construisit ensuite autour du moule, et à quelques pieds de distance, un échafaud à plusieurs étages. Lorsque cet échafaud fut dressé, M. Piggiani mit la main à l'œuvre.

Il commença par enduire entièrement le cheval d'une couche d'huile grasse et chaude. On appelle huile grasse de l'huile de lin cuite avec de la litharge.

Le moule de plâtre se compose, comme on sait, de différentes parties séparées et détachées l'une de l'autre.

M. Lemot ayant résolu de ne faire porter son cheval que sur deux pieds, projet hardi et qui présentoit de nombreuses difficultés, il fit mouler d'abord les deux jambes du cheval qui devoient poser sur le piédestal. Ces moules furent faits dans deux *coquilles*, et remis au serrurier (1) pour donner aux fers de scellement la courbure nécessaire.

M. Piggiani fit ensuite, aux places qu'il avoit marquées au crayon sur le grand modèle, ainsi que nous l'avons dit plus haut, des entailles de deux pouces et demi de profondeur. Elles furent destinées à loger des tringles de bois qui représentoient les pointes de traverse et des pointals. Il fit traverser à ces tringles la pièce du moule pour ménager un passage à ces fers, lorsqu'on rétabliroit le moule dans la fosse. Ces morceaux de bois carrés avoient la même grosseur que les fers devoient avoir pour soutenir le noyau. Il y en avoit deux sous le ventre, trois sur chaque flanc, et un qui traversoit le cheval dans sa longueur, depuis le poitrail jusques y compris la queue.

La construction et la distribution des différentes pièces qui doivent composer le moule,

_____

(1) M. Bataille, serrurier à Paris, a été chargé de tout le travail de l'armature.

exigent beaucoup d'adresse et d'intelligence.
Le mouleur doit se rendre compte d'avance des
motifs qui lui font préférer une certaine distribution à une distribution différente. S'il négli-
geoit cette précaution, il pourroit arriver que
plus tard une pièce nuisît à la pièce voisine, et
qu'il éprouvât de grandes difficultés lorsqu'il
s'agiroit de les enlever l'une après l'autre de
dessus le modèle, et de les rassembler ensuite
après les avoir garnies de leurs cires. Chaque
pièce doit avoir des coupes différentes. Les
joints doivent tomber sur des endroits peu
chargés d'ouvrage. M. Piggiani moula d'une
seule pièce les parties qui offroient une superficie large. Il dut multiplier les pièces du moule
pour les parties qui offroient des surfaces iné-
gales, fouillées ou excavées.

Pour assujétir les petites pièces du moule,
M. Piggiani mit, au dos de celles qui ont besoin
d'appui, un petit anneau de fil d'archal tortillé.
On scelle cet anneau dans l'instant même où on
les forme. Il reçoit une double ficelle qui, passant
à travers un trou pratiqué dans la chape, va se
joindre à une cheville autour de laquelle on la
fait rouler jusqu'à ce que la pièce à laquelle elle
est attachée soit fixée à sa place.

Il y a des parties si délicates, qu'il seroit
impossible de les mouler en place. On les dé-

tache du modèle, et on les moule séparément
pour les remettre à leur place au moment de la
réparation des cires.

M. Piggiani donna, comme il est d'usage, à
peu près deux pouces d'épaisseur aux pièces les
plus minces du moule; il y employa du plâtre
très-fin, broyé à la pierre et passé au tamis de
soie. Il se servit de plâtre plus ordinaire et passé
seulement au tamis de crin pour la confection
des blocs tenant lieu de chapes aux pièces qui
formoient le moule du cheval. Ces blocs avoient
6, 8, 10, et même 12 pouces d'épaisseur sur
1 ou 2 pieds de largeur, et 2 ou 3 pieds de
longueur. M. Piggiani avoit été obligé, pour
assurer la solidité du moule, et afin de pouvoir
opérer son replacement exact, lorsqu'il seroit
revêtu de ses cires, de prendre, pour la construction de ce moule, l'aplomb de la plus grande
saillie.

Le plâtre frais dont on se sert, pour mouler,
s'attacheroit au plâtre du modèle, et ne pourroit
en être séparé, si l'on ne commençoit par
prendre une précaution nécessaire : c'est d'enduire d'huile d'œillet, avec une brosse ou un
pinceau, les parties qu'on va mouler. Cette huile
empêche le nouveau plâtre de s'incorporer à
l'ancien, et les parties du moule s'enlèvent sans
résistance, et sans laisser aucune parcelle sur la

surface à laquelle elles ont été appliquées. On enduit de même tous les joints du moule et des chapes ou blocs, pour qu'ils ne se collent pas les uns aux autres.

Le travail qu'éprouve le plâtre en se séchant dérangeroit les pièces du moule, si, de distance en distance, on ne mettoit pas entre les joints latéraux de chaque bloc des languettes de terre glaise d'une à deux lignes d'épaisseur. Cette terre, par sa mollesse, se prête aux efforts du plâtre, qui, en se gonflant, la repousse au dehors, et il ne se fait plus d'écartement.

Dans la construction du moule, on eut soin, pour faciliter le placement des armatures du noyau des quatre jambes et de la queue, de commencer à mouler l'intérieur de ces parties avec le dessous du ventre du cheval, ce qui donnoit une ouverture depuis le sabot jusqu'à la moitié du ventre. L'extérieur des mêmes parties moulé ensuite, ne devoit être replacé couvert des cires qu'après la mise en place de tout l'intérieur du moule et des armatures.

On employa le même procédé pour les jambes du cavalier, afin de faciliter le placement de leur armature.

Le moule étant entièrement terminé, on s'occupa de le démonter et d'en préparer le transport.

On étiqueta par des numéros chaque bloc du

moule à sa surface extérieure, ainsi que les pièces, afin de pouvoir rassembler ces pièces, après qu'elles auroient été déplacées.

M. Piggiani traça aussi en tous sens des lignes, en forme de repaires, qui parcouroient toute la superficie du moule. Lorsqu'il voulut réunir les pièces, après leur séparation, il fut bien sûr de ne pas s'être trompé en retrouvant la suite continue de ces lignes.

On scella des anneaux de fer à tous les blocs du moule, lors de leur confection. Ces anneaux font l'office de mains, et permettent ainsi de remuer ces pièces plus commodément.

Au moulage succéda l'application des cires. Le moule avoit été confectionné dans l'atelier de M. Lemot, enclos de la Foire Saint-Laurent. Toutes les pièces en furent successivement transportées dans le grand atelier de la fonderie du Roule.

M. Piggiani enduisit d'abord au pinceau toutes les parties du moule avec de l'huile grasse, comme il avoit fait au modèle du cheval. Il laissa sécher cet enduit pendant quelques jours ; puis, avant d'y imprimer la cire, il passa sur ces pièces de l'huile commune, pour empêcher les cires de s'attacher au plâtre. Ensuite, avec des pinceaux trempés dans de la cire fondue, il donna plusieurs couches dans le creux de ces pièces, jus-

10

qu'à ce que l'épaisseur de la cire fût d'environ
une ligne et demie, et la laissa refroidir.

Pendant ce temps on avoit préparé des gâteaux, ou plutôt des tablettes de cire bien unies,
et de diverses épaisseurs, suivant celle qu'on
vouloit donner au métal dans les différentes
parties. Ces tablettes avoient été faites dans des
moules de plâtre. On donna 6 à 8 lignes aux
parties les plus minces, et qui, étant portées,
devoient avoir une grande légèreté, afin d'alléger, autant que possible, le fardeau de celles qui
les soutenoient.

Les deux jambes servant d'appui furent coulées massives jusqu'au genou. De ce point jusqu'au ventre, la cire fut diminuée jusqu'à
l'épaisseur d'un pouce.

Après avoir enduit intérieurement, comme
on vient de le dire, les pièces du moule, M. Piggiani prit des tablettes de cire de l'épaisseur
convenable à la partie qu'il vouloit en garnir.
Il les fit amollir dans l'eau chaude, en *brettela*
le côté qui devoit s'appliquer à la couche déjà
brettelée elle-même, afin qu'elles devinssent
inséparables par l'action réciproque des dents
qui avoient été ménagées. Il chauffa modéré-
ment ce côté, introduisit la tablette dans le
creux du moule, et l'y enfonça avec les doigts,
en la pétrissant de manière qu'elle fît un même

corps avec la cire appliquée au pinceau, et qu'elle suivît les mêmes formes.

§. IV. *Comment le moule de plâtre garni de cire a été remonté, et de l'Armature du noyau.*

On avoit commencé par établir au fond de la fosse un massif en moellons maçonnés. Il étoit destiné à recevoir les pointals et les fers des deux jambes qui portoient, ainsi qu'à supporter le châssis qui avoit servi à faire le moule de plâtre. Les pièces de ce châssis furent donc rassemblées et bien affermies. Après qu'on en eut parfaitement établi l'aplomb, les six barreaux de fer sur lesquels avoient été érigées les premières assises du moule furent remis aux mêmes places et aux mêmes distances qu'ils avoient occupées; et, le rétablissement d'une partie du moule étant effectué ainsi que le placement des pointals et des fers dont on vient de parler, le massif fut élevé à deux pieds quatre pouces environ au-dessous des sabots du cheval.

Il étoit nécessaire que les cires du moule demeurassent molles, mais ne devinssent pas fluides. On entretint une chaleur douce qui n'étoit pas capable de les trop amollir, au moyen de deux poëles que l'on avoit établis dans la fosse. On garantit

10.

les cires de la poussière et des effets du froid, par le moyen d'un châssis vitré, qui recouvroit entièrement la fosse, mais dont chaque partie s'ouvroit à volonté, afin de donner plus ou moins d'air, selon le besoin.

L'armature qui doit embrasser toutes les parties du noyau doit être disposée comme celle du grand modèle, mais avec plus de solidité. Elle est aussi plus composée, et doit rendre le noyau d'une consistance inébranlable, et mettre ce noyau en état de soutenir le poids énorme de la matière en fusion, et de résister à l'impétuosité de son mouvement. Il faut que les fers aient assez de force pour ne pas fléchir dans le temps du recuit, et qu'ils soient rangés avec assez d'art pour être démontés et retirés pièce à pièce, après la fonte.

Chaque artiste doit raisonner et arrêter lui-même son armature. Il n'y a pas à cet égard de règles invariables. Bouchardon et Falconnet ont adopté chacun une armature différente. M. Lemot n'a suivi exactement celle de l'un ni de l'autre, quoique en général il ait conservé les mêmes bases.

L'armature de la statue de Louis XV reposoit sur trois pointals. M. Lemot les réduisit à deux. Des deux traverses horizontales dont on avoit fait usage en 1758, il en supprima une. Cette simplification dans les pièces principales en nécessita plusieurs dans les pièces accessoires. Voici comme on procéda.

Deux pointals perpendiculaires de trois pouces et demi de grosseur arrivoient à la hauteur de la moitié du corps du cheval; ils furent établis pour soutenir et lier un fer de même grosseur qui traversoit le cheval dans toute sa longueur, en passant par le poitrail et par la queue. Ce fer fut scellé par les deux bouts dans les murs de la fosse, ainsi que trois autres traverses qui divisoient le cheval dans sa largeur. Toutes ces traverses furent appuyées sur des embases qui couronnoient les pointals, lesquels étoient terminés par des vis retenues et fixées par des écrous. Les vis avoient 20 pouces de long sur 2 de grosseur.

Les traverses qui passoient dans toute la longueur du cheval, étoient séparées en deux parties. On s'étoit ainsi ménagé le moyen de retirer plus facilement cette armature, après l'opération de la fonte et l'extraction du noyau.

Les fers, employés pour les deux jambes levées du cheval et pour celles du cavalier, avoient quinze lignes d'épaisseur.

Les pointals furent scellés dans le massif

et y furent enfoncés de la profondeur d'un pied. Leurs extrémités inférieures reposoient sur des plaques de fer fondu de 18 lignes d'épaisseur, pour empêcher que les pointals n'entrassent dans la pierre.

Ces pointals étoient d'ailleurs en tout semblables à ceux qui avoient été employés pour l'armature de la statue de Louis XV, et furent affermis de la même manière.

L'armature se trouvoit presqu'entièrement formée. Il s'agissoit de mettre en place les pointals, les fers des jambes et de la queue. Pour agir avec plus de facilité dans le placement des fers, on laissa l'intérieur des jambes du cheval à découvert, en ne montant que la moitié des pièces du moule de chaque jambe. On avoit eu soin précédemment, ainsi que nous l'avons dit plus haut, de faire mouler à part chaque moitié de jambes. Ce fut conformément au creux qu'on avoit obtenu que le serrurier forgea les fers.

Les fers qui, après la fonte, devoient rester en place et servir au scellement et au support de la figure, furent tenus de quatre pouces carrés. Un moyen simple fut employé pour qu'ils restassent intimement adhérens au bronze. Ce fut d'en arrondir la tige depuis le sabot jusqu'au genou, partie qui devoit être fondue

massive, et de les forger carrément, au-dessus
et au-dessous.

Ces fers furent forgés pour avoir 4 pieds
6 pouces de scellement. Ils ne remontoient
guère dans la partie supérieure de la cuisse qu'à
3 pieds au-dessus du genou. Là chaque fer,
ajusté en forme d'étui et retenu par des clavettes, se lioit avec un autre fer, qui, par le
haut, alloit s'accrocher à la grande pièce transversale qu'il rencontroit. On en usa de même
à l'égard des fers des deux jambes qui ne portoient pas, et de ceux de la queue. Ils étoient
moins forts.

Ceux-ci, remontant en contre-haut, depuis
l'endroit où le scellement en fut fait dans la
pierre, parcouroient l'intérieur de la queue
dans toute sa longueur, arrivoient à son sommet, et y trouvoient une pièce de fer courbe, à
laquelle ils se lioient. Cette dernière, de carrée
qu'elle étoit à l'endroit de la jonction, s'arron-
dissoit insensiblement à son sommet, où une
forte vis, entrant dans un écrou, la tenoit assujé-
tie à un barreau de fer montant, qui étoit établi
à l'extrémité de la grande traverse longitudinale.
Un troisième fer, lié avec les deux précédens,
se prolongeoit en dehors au-dessus de la queue,
et étoit terminé par un anneau destiné à recevoir une traverse, qui devoit être enterrée dans

le moule de potée, lorsqu'il seroit entièrement formé. Son but étoit d'affermir encore davantage les fers de la queue, que deux petites traverses posées en sens contraire achevoient de maintenir. Un fer semblable, et portant en tête un anneau pour le même usage, fut ajusté aux pièces de fer qui, avec les deux confortations, devoient servir au soutien du noyau du cou et de la tête du cheval.

Les fers des jambes furent suspendus aux deux bouts d'une barre de fer posée en travers sur les fers qui s'étendoient le long des flancs dans le ventre du cheval. Aucune pièce de l'armature n'étoit rivée. Toutes étoient seulement retenues par des vis, des écrous et des clavettes, pour qu'on pût les démonter facilement.

M. Piggiani continuoit dans le même temps de remonter chaque pièce du moule à sa véritable place. A mesure qu'il avançoit, on introduisoit dans l'intérieur du moule une infinité de petits fers. Ces différentes pièces, pliées, coupées, contournées selon les longueurs et les sinuosités qu'indiquoient les places où elles devoient être appliquées, formèrent, par leur jonction avec les principales pièces de l'armature, une carcasse qui pouvoit avoir quelque ressemblance avec le squelette d'un animal, à l'endroit des côtes. Elles furent attachées aux barres de fer les plus voisines, et toutes les pièces réunies contribuèrent, par la combinaison et l'ensemble de leurs forces, au soutien du noyau.

Pour que les cires ne pussent pas se séparer du noyau quand on démonteroit le moule de plâtre qui les contenoit, on employa de petites attaches de laiton de 4 à 6 pouces de long, se terminant en petits crochets recourbés et portant une tête ronde et plate. On en mit dans tous les endroits qui pouvoient offrir quelque danger. La tête en étoit logée dans l'épaisseur des cires, le crochet les outrepassoit et se trouvoit engagé dans le noyau, à mesure de sa confection.

§. V. *Du Noyau.*

Le noyau doit occuper toute la capacité intérieure du moule ; mais, lorsque les cires sont fondues, le noyau doit rester isolé de toutes parts. Il faut que l'armature qui le soutient soit assez bien combinée et assez forte pour que l'action du feu, lors de la recuite du moule, ne puisse faire fléchir ce noyau ; car alors il seroit adhérent aux parois du moule, et prendroit la place que doit occuper le bronze.

Le métal en fusion doit s'appliquer sur le noyau comme sur une forme. La substance doit en être liquide : mais il n'est pas moins nécessaire qu'elle soit facile à se condenser, et qu'elle puisse acquérir une grande solidité. Il faut qu'elle ne craigne pas la plus grande ardeur du feu; qu'elle ait la force de supporter tout le poids du bronze, et qu'en même temps elle soit facile à briser quand on voudra la retirer des parties qui l'enveloppent, et dans lesquelles elle ne doit rester que pour un temps. Le plâtre et la brique pilés, tamisés et gâchés ensemble, remplissent toutes ces conditions. La proportion pour la statue de Louis XV avoit été de trois quarts de plâtre pour un quart de brique. On jugea qu'il convenoit d'employer pour la statue de Henri IV moitié brique et moitié plâtre.

Le noyau de la statue de Louis XV n'avoit été coulé que lorsque le moule fut entièrement remonté dans la fosse avec l'application des cires, et lorsque l'armature destinée à soutenir le noyau fut achevée. On confectionna le noyau pour la statue de Henri à mesure que les assises du moule s'élevoient, afin d'en pouvoir fortifier et consolider toutes les parties par des fers que l'on courboit et ajustoit à volonté.

On soutint également par des fers et par quelques grillages les parties isolées, telles que les jambes du cheval et celles du cavalier.

On pratiqua au milieu du noyau une *cheminée* dont l'ouverture étoit sous le ventre du cheval;

et sortoit par la partie supérieure. Deux autres *cheminées* faites avec des tuyaux de poële, partant, l'une de l'ouverture pratiquée sous le ventre du cheval, se dirigeoit dans le cou, et sortoit entre les deux oreilles ; l'autre, partant du même point, alloit aboutir au milieu de la croupe. Ces *cheminées* avoient pour but, en faisant pénétrer le feu dans le centre même du noyau, d'en assurer la recuité parfaite, recuite que l'on avoit coutume d'opérer par la chaleur du moule de potée ; mais on avoit remarqué que ce mode avoit eu l'inconvénient, pour la statue de Louis XV, d'altérer le moule de potée et de compromettre le succès de la fonte. Pour peu que l'on connoisse les opérations dont il est ici question, on sentira qu'un noyau coulé renferme nécessairement plus d'humidité que celui que l'on confectionne à mesure, et que l'évaporation, d'après ce dernier mode, est évidemment plus facile. Un autre inconvénient encore plus grave, lorsque l'on coule le noyau sans y construire de cheminées, c'est que, pour parvenir à en rougir l'intérieur, à travers l'épaisseur du moule, il faut presque réduire ce moule en cendre, en raison du degré extraordinaire de chaleur auquel il est nécessaire de l'amener ; et il s'ensuit que les parois du moule n'ont plus alors la consistance nécessaire pour recevoir le métal en fusion.

Quand la matière a pris une consistance solide, on démonte le moule. Les cires se montrent à découvert, et l'on voit la statue formée en cire, telle qu'elle est sortie en plâtre sur le modèle du statuaire.

§. VI. *Réparage des cires.*

Il n'est guère possible qu'il n'y ait dans les pièces de cire quelque dérangement ou affaissement. Il faut d'ailleurs supprimer et nettoyer les balèvres que les joints des différentes pièces du moule ont imprimées sur les cires, et sonder tous les joints pour reconnoître s'ils sont suffisamment garnis de cire, et si le plâtre, lorsqu'on formoit le noyau, ne s'y est pas insinué en trop grande quantité. Il faut donc réparer les cires. Ce réparage est fait par le sculpteur, et ne diffère en rien de l'art de modeler. Il peut encore sur les cires rechercher des finesses, tenter des perfectionnemens de détails qu'il avoit négligés sur le modèle, changer et corriger quelques formes, donner des touches d'expression. Si la fonte est heureuse, tout ce qu'il fait sur ces cires reparoîtra sur le bronze.

Le réparage des cires pour la statue de Henri IV fut plus long et plus difficile qu'on ne s'y étoit attendu, parce que quelques pièces du moule, dérangées par le travail du plâtre, se trouvèrent enfoncées. C'est un inconvénient que l'on n'a pu prévenir jusqu'à ce moment, et qui est inévitable, souvent même dans le moulage des objets de petite dimension.

M. Lemot profita du réparage des cires pour faire au modèle du cavalier plusieurs modifications importantes.

§. VII. *Des Jets et des Events.*

Pendant que le statuaire s'occupoit de ce travail, le mouleur préparoit des cires de différens calibres pour la formation des jets et des évents. Les jets sont des canaux, qui, renfermés dans le moule de potée, portent par différens rameaux le métal liquéfié dans toutes les parties du moule. Les évents, formés de la même manière, fournissent à l'air un moyen de s'échapper en cédant la place au métal. On tint massifs les cylindres de cire.

Les jets qui reçoivent le métal, à la sortie du fourneau, doivent avoir un orifice proportionné à leur destination. Les jets avoient un pouce de diamètre dans toute leur étendue; les canaux de communication dix lignes.

Les tuyaux des évents avoient deux pouces de diamètre. Les conduits pour l'écoulement des cires étoient de la même grosseur que les principaux évents.

Il est à remarquer que les évents ne furent placés que dans la partie supérieure du cheval, tandis que, pour la statue de Louis XV, ils partoient du bas.

Tous furent placés dans un éloignement de quatre à cinq pouces de l'ouvrage, et soutenus de distance en distance par des liens de cire, qui, après avoir été moulés, devinrent eux-mêmes les canaux nécessaires non seulement pour l'introduction du métal dans le creux du moule, mais pour l'échappement de l'air par ces mêmes tuyaux.

Toutes les principales branches des tuyaux aboutissent à diverses ouvertures ménagées pour donner l'écoulement aux cires, quand il faut les fondre et en dégager le moule de potée.

Les liens qui unissent les tuyaux au travail, et qui doivent eux-mêmes former des tuyaux qui portent le bronze dans tous les vides, furent posés en contre-haut, c'est-à-dire qu'ils alloient en montant. Par ce moyen, le bronze liquide, après avoir descendu précipitamment au fond des jets, remonte avec lenteur, et perd un poids qui pourroit occasionner intérieurement quelques désordres.

Pour la statue de Louis XV, il n'y avoit que quatre principaux jets et huit évents; on employa pour celle de Henri dix jets et autant d'évents.

Tous les jets devant être renfermés dans l'écheno, pour l'introduction de la matière dans le moule, on les coupa carrément à leur sommité, et on les mit tous de niveau avec le fond de l'écheno. Les évents furent placés, autant que leur position le permettoit, soit dans l'épaisseur du mur de l'écheno, soit au dehors.

On fit aussi des tranchées de six lignes de largeur, autour de tous les gros fers qui traversent le corps du cheval, et l'outrepassent en dehors, afin que ces parties fussent couvertes par le moule de potée, et que le bronze ne s'attachât pas au fer, ce qui en auroit rendu l'extraction difficile.

Enfin, pour l'écoulement d'une partie de la cire, on plaça dans les parties les plus basses, telles que les sabots, des tuyaux de la grosseur des évents, qui devoient servir de tire-cires, et qui communiquoient à d'autres tuyaux de même calibre, lesquels devoient passer sous l'âtre du four pour la recuite du moule, et se vider dans des baquets disposés en conséquence. D'autres tire-cires, de la dimension des jets, avoient été placés dans la partie la plus basse du ventre du cheval. On en mit de semblables à chacune des jambes du cavalier, et au poitrail du cheval, pour recevoir la cire de ces parties, à cette hauteur, et éviter ainsi de leur faire traverser la hauteur du cheval ; car il arrive souvent que, lorsque faute de précaution la cire sort trop précipitamment, elle entraîne avec elle une partie de la première couche de potée, dégrade le moule, et détruit les finesses de l'ouvrage du statuaire.

§. VII. *Du Moule de potée.*

La fonte qui doit produire une statue de bronze ne pouvant s'exécuter que dans un creux, il faut qu'une substance embrasse parfaitement les cires qui formeront ce creux par leur fusion. Cette enveloppe doit avoir assez de force pour résister à la chaleur et à la masse du bronze liquéfié. Il faut aussi qu'elle soit d'une matière assez fine pour prendre, avec la plus grande précision, les formes les plus délicates des cires.

Cette matière fut composée de terre et de fiente de cheval ; la terre doit être scrupuleusement choisie : il faut qu'elle soit douce au toucher, liante, sans gravier, et qu'elle contienne

très-peu de matière hétérogène et vitrifiable.
On se servit de celle de Fontenai-aux-Roses,
ordinairement employée par les fondeurs ; on
incorpore ensemble les substances que l'on vient
d'indiquer, et on les laisse fermenter long-temps ;
puis on fait sécher cette composition, on la pile
au mortier, on la passe au tamis, et on l'abreuve
d'eau ; alors on y ajoute de la bourre de veau
passée aux baguettes pour la bien diviser ; on
remue cette mixtion pour qu'elle ne fasse qu'un
seul corps, et l'on en forme une pâte. Cette
potée se prépare de deux manières : la première en pains dont la substance est pétrissable
comme la terre glaise dont on se sert pour modeler ; la seconde, tenue plus liquide, est destinée aux premières couches qui se donnent avec
le pinceau sur les cires. Cette pâte est mise en
réserve dans des tonneaux, et entretenue fraîche
et liquide.

Plusieurs essais furent faits par M. Piggiani,
sous les yeux de M. Lemot, pour parvenir à
une composition de potée convenable. Le résultat des deux premiers essais ne fut pas satisfaisant. La potée n'étoit pas assez grasse. On fit,
en conséquence, entrer dans la mixtion une
plus grande quantité de fiente de cheval ; ce
nouvel essai ayant été plus heureux, on s'y
arrêta.

11

M. Piggiani commença le 6 juin 1817 à
étendre sur toute la surface des cires une couche
de la potée, avec un pinceau de poil doux. La
première couche, une fois sèche, fut suivie
d'une seconde, puis ainsi jusqu'à trente couches
successives, qui donnèrent une épaisseur d'un
pouce, épaisseur qui fut jugée suffisante.

On éleva toutes les pièces du moule de potée
sur le bord du massif où étoient scellés les pieds
du cheval. On y plaça d'abord la première
assise, consistant en un lit de gâteaux, auxquels
on avoit fait prendre la forme de briques. Ils
étoient composés de la potée en pains dont
nous avons parlé plus haut. On les saupoudroit
successivement, et à mesure qu'on leur faisoit
prendre la forme convenable. Par ce moyen, ils
ne s'attachoient pas ensemble. Après en avoir
fait une certaine quantité, on les retira l'un
après l'autre, dans l'ordre où ces gâteaux
avoient été faits, en commencant par les derniers. On numérota chacun de ces morceaux,
ainsi que la place qu'ils occupoient; on les dé-
posa sur des carreaux de terre, et on les fit
sécher au four à un feu modéré, pour les replacer ensuite dans l'ordre de leurs numéros, et
les sceller à leur place avec de la potée liquide,
de manière qu'ils ne fissent plus qu'un même
corps avec les premières couches de potée.

On parviendroit au même résultat en multipliant les couches de potée liquide mise au pinceau, comme il a déjà été dit; mais cette opération seroit beaucoup plus longue.

Mais des gâteaux uniformes ne peuvent embrasser les divers contours de la figure, et, cependant, il faut qu'il ne reste aucun vide dans ce qui doit faire l'enveloppe du moule. On remplit donc tous les interstices avec de la potée molle, aussi maniable que la terre glaise à modeler. On saupoudra préalablement les cavités avec un peu de potée réduite en poudre, ce qui donna ensuite la facilité d'ôter de place ces pièces qui étoient figurées et moulées suivant la forme des interstices où elles avoient été encastrées. On les fit sécher au fourneau comme on avoit fait sécher les gâteaux, en forme de briques, et on les remit aux endroits d'où elles avoient été tirées, et dont elles avoient pris la forme. Alors on les maçonna comme les gâteaux avec de la potée liquide. On donna au mur de gâteaux une forte épaisseur par le bas, parce que c'est là qu'agit toute la force du métal en fusion. Dans le haut une enveloppe de cinq à six pouces parut suffisante. Le moule de potée fait une masse entière, qui enveloppe le cheval.

On fit un seul bloc des deux jambes postérieures et de la queue du cheval, et un autre bloc des deux jambes de devant et de la tête. On fortifia encore l'interstice de ces deux masses, déjà si solides, par des bandes de fer.

Enfin, quand le moule fut terminé, on y appliqua, en différens sens, et à six pouces de distance les uns des autres, des bandages de fer plat de deux pouces de large sur trois lignes d'épaisseur, qui l'embrassèrent étroitement de toutes parts. Dans tous les endroits où les fers ne touchoient pas exactement le moule, on remplit le vide avec de la potée molle.

Lorsque le moule de potée fut fini et ferré, on revêtit encore les parties de ce moule qui devoient être les plus exposées à l'ardeur du feu, de carreaux scellés avec de la potée.

§. VIII. *De l'Écoulement des cires et du Recuit du Moule de potée.*

On établit sur le sol de la fosse et à environ deux pieds au-dessous de la base du moule, et dans tout son pourtour, une aire ou massif de briques, formant par son plan un carré de vingt pieds et demi de longueur sur dix et demi de largeur, et débordant seulement de quinze à seize pouces l'enveloppe extérieure du moule, dans les parties où il présentoit la plus grande saillie.

C'est sur cette aire qu'on plaça les tuyaux de tôle pour l'écoulement des cires. On recouvrit ensuite cette aire et ces tuyaux de carreaux de terre cuite, d'un pouce d'épaisseur, lesquels étoient destinés à former l'âtre du four pour la recuite du moule.

Autour et au-dessous du moule on éleva sur cet âtre une aire en briques, d'environ dix-huit à vingt pouces de hauteur.

Une semblable aire de briques, de pareille hauteur, interrompue par des coupures pour chacune des six issues qui débouchoient dans la fosse, et à dix-huit pouces de distance du parement extérieur de l'aire dont nous venons de parler; ce qui laissa entre l'une et l'autre aire un vide pour une galerie qui côtoyoit le moule dans son pourtour.

C'est dans cette galerie que devoit être allumé le feu nécessaire au recuit du moule et à l'écoulement des cires. On couvrit dans toute son éten-due le vide que les deux aires laissoient entre elles, de grilles de fer qui ne laissoient entre chacun de leurs barreaux que l'espace de un pouce et demi. Pour que ces barreaux ne vinssent pas à plier, on les traversa dans leur milieu par une forte barre qui leur servoit de soutien.

Cette galerie étoit soutenue, dans quelques endroits, par le mur de la fosse, et dans les parties les plus larges de cette fosse, par un contre-mur de renfort, bâti en moellons et en plâtre. Ce contre-mur s'élevoit jusqu'au cou du cheval, et l'enveloppant dans son entier, ne laissoit entre le moule et lui qu'un espace de dix-huit pouces, espace nécessaire pour la construction du four destiné à la recuite du moule.

Quand les grilles furent mises en place, et soutenues sur les deux aires de briques, on éleva le long du mur de renfort, et pour le garantir de l'ardeur du feu, d'autres murs en briques et terre franche.

Les galeries, au moyen de ces grilles, ne furent pas voûtées comme l'avoient été celles qui avoient été construites pour la fonte de la statue de Louis XV.

On plaça ensuite les conduits qui, saillant au dehors, devoient servir à conduire les cires fondues des jambes du cavalier et du poitrail du cheval dans les baquets destinés à les recevoir. Ces tuyaux étoient de tôle, et, pour qu'ils ne se brûlassent pas, on les enveloppa de briques.

Pour que les principaux fers qui soutenoient le moule et le noyau ne fléchissent pas lorsqu'ils seroient pénétrés par le feu, ce qui leur auroit ôté leur aplomb, on établit autour de ces fers un nombre suffisant de murs de traverse de quatre pouces d'épaisseur, construits en briques,

soutenus par le four de recuit et contre le parement intérieur du contre-mur de renfort. Ces
murs étoient disposés de manière à servir d'enveloppe aux fers de traverse qui portoient le
noyau du moule, et étoient placés aux endroits
où ces fers étoient apparens.

Un mur de briques, qui fut élevé plein depuis
le sol de la fosse jusque sous le poitrail du
cheval, y remplissoit le vide qu'on y avoit laissé
en formant le moule ; il y trouvoit le premier
pointal qu'il embrassoit et mettoit à l'abri du
feu. Ce mur suivoit exactement le contour extérieur du moule auquel il étoit appliqué par un
bout, et s'appuyoit pareillement de l'autre sur
le contre-mur ; il étoit plein, parce qu'on en
avoit voulu faire un rempart capable d'arrêter
le cours de la flamme. Il étoit essentiel que la
flamme, agitée et poussée par l'air qui venoit
du dehors le long des descentes souterraines,
ne se portât pas avec trop de rapidité d'un bout
de la fosse à l'autre ; car cette flamme, ne sortant pas de la ligne horizontale, ne se seroit pas
élevée assez haut dans ce trop long chemin
qu'elle auroit parcouru, et auroit laissé en plusieurs endroits les parties supérieures presque
sans chaleur ; mais, arrêtée au milieu de sa
course, et obligée de se replier sur elle-même,
elle étoit forcée de se répandre partout avec

plus de promptitude et d'égalité, et assuroit
l'opération du recuit.

Tous les murs et contre-murs étant finis, on
procéda à l'arrangement des briques destinées
à la recuite du moule. La flamme, les traver-
sant au sortir des galeries, devoit se porter dans
tous les endroits où il étoit nécessaire qu'elle
pénétrât. Les briques qui y furent employées
avoient huit pouces de long sur quatre pouces
de large. Aucune ne fut maçonnée, toutes
furent placées sur leur champ, à quatre pouces
l'une de l'autre. Le second rang fut placé sur le
premier, dans un sens contraire à celui de la
première couche, et toujours à une même distance; les couches furent ainsi élevées à la
hauteur du contre-mur. L'arrangement qu'on
avoit observé dans les briques, fournissoit des
issues sans nombre, par lesquelles la flamme
pouvoit aisément se porter de tous les côtés.

Les vides que laissoient entre eux le moule et
le mur de recuit, furent remplis de bricaillons
ou morceaux de briques cassées de différentes
grosseurs. Pénétrés par le feu, ils rendent plus
de chaleur que la flamme même, conservent
cette chaleur très-long-temps, et la répandent
avec plus de douceur et d'égalité. On choisit les
plus petits bricaillons pour les arranger à la main,
aussi près qu'il est possible, du moule, parce

que laissant entre eux moins d'intervalle, ils empêchent la flamme de brûler le moule de potée.

A la moitié de la hauteur du cheval, on établit une seconde grille destinée à soutenir le
poids des bricaillons. Sur la croupe du cheval
et sur son cou, on établit aussi des barres de fer
peu distantes les unes des autres, afin de prévenir tout affaissement par le poids des briques.

On rendit cette masse aussi égale qu'il fut
possible; et on y assit et y maçonna, avec de la
terre à four, quatorze à quinze rangées de doubles
briques posées sur leur plat. Elles parcouroient
en longueur l'espace qu'elles avoient à remplir,
et y formèrent un compartiment de bandes distantes l'une de l'autre d'environ six pouces. Elles
offroient la disposition de solives qui portent
un plancher. Elles servirent de support à une
aire composée d'un second double rang de
briques qui furent de même maçonnées avec de
la terre à four.

Cette plate-forme couvrit tout l'espace renfermé par le mur de recuit. On ne laissa à découvert que les places où les jets et les évents
avoient leurs issues, et quelques petites ouvertures
de six pouces en carré, qui furent ménagées
dans la plate-forme pour faciliter l'échappement de l'air et de la fumée, lors du recuit.

Le 28 juillet, à six heures du soir, quand tout

fut ainsi exactement clos, M. Piggiani donna le feu. On eut d'abord la plus grande attention de le ménager. Plus on avança, plus on le rendit ardent.

Le lendemain, à six heures du matin, la cire commença à couler. Il n'en restoit plus dans le moule trente-six heures après ; notable différence avec la fonte de la statue de Louis XV, dont l'entier écoulement des cires dura dix à douze jours.

On tira alors les tuyaux qui avoient servi à l'écoulement des cires. On boucha les orifices dans lesquels ils avoient été logés avec de la potée cuite et du plâtre. Dans la nuit du 2 au 3 septembre l'odeur de cire s'étoit totalement évaporée. On continua néanmoins le feu, et on l'entretint avec modération. Le 6 septembre, à minuit, M. Piggiani, s'apercevant qu'il ne sortoit plus de fumée par les bouches des jets et des évents, jugea que toute l'humidité étoit évaporée. Il vit aussi que les fers des galeries et du four commençoient à rougir. Il poussa alors le feu avec toute la vivacité possible, pour opérer le recuit du moule. Quand enfin, en regardant dans l'intérieur des jets et des évents, M. Piggiani vit que le moule avoit pris une couleur étincelante, il jugea qu'il avoit atteint le degré convenable de cuisson. Alors on cessa le feu, qui, continué plus long-temps, n'auroit pu manquer de brûler le moule, et l'on mura toutes les issues par lesquelles l'air auroit pu s'insinuer. Il fallut neuf jours pour donner au moule le temps de se refroidir. Au bout de ce terme même, on eut la précaution de ne déboucher qu'une seule ouverture, pour éviter le désordre qu'auroit pu causer la trop subite impression de l'air; et, pour éviter qu'aucune ordure ne s'introduisît dans le moule, on boucha tous les jets et tous les évents avec de l'étoupe, et, par dessus ce bouchon d'étoupe, on plaça un second bouchon de fer en forme de boulon, de deux à trois pouces de long. Sur la tête de ces boulons il y avoit deux entailles qui servoient à les retirer avec des pinces, parce qu'ils devoient servir pendant la construction de l'écheno et son recuit, jusqu'à l'instant de la fonte. On supprima ensuite la plate-forme, on enleva les bricaillons, et l'on détruisit les galeries.

§. IX. *De l'Enterrage du moule.*

Lorsque le moule fut découvert, on le trouva d'une très-belle couleur de brique cuite, ce qui annonçoit que le recuit étoit parfait. Cependant il offroit un grand nombre de crevasses; mais, après un examen attentif, on resta convaincu que ces crevasses avoient été occasionnées par

les carreaux que l'on avoit appliqués sur le
moule avec de la terre franche, pour le garantir
des premiers effets du feu. Après le recuit du
moule, on l'enduisit d'une couche de goudron,
pour le préserver de toute humidité. Quand cet
enduit fut sec, on enveloppa le moule d'un petit
mur de briques maçonné avec du plâtre mêlé
de terre franche; puis on procéda à l'enterrage
du moule, dernière précaution pour l'empêcher
d'être ébranlé par les efforts du métal en fusion.

Les terres qu'on emploie à cet enterrage se
passent à la claie. On les répand également dans
la fosse. Quand elles sont parvenues à l'épaisseur d'un pied, on foule cette couche, pour
l'entasser. On multiplie ainsi les couches jusqu'à
ce que la fosse soit entièrement comblée. Il ne
reste plus d'apparent que les embouchures des
jets et celles des évents, que l'on élève à la hauteur de la partie supérieure du cheval par des
tuyaux de même calibre qui avoient été disposés
et recuits d'avance.

On s'occupa ensuite de l'écheno. C'est un
bassin en forme de cuvette, dans lequel se ras-
semble le bronze liquide, en sortant du fourneau,
pour être porté dans les bouches des jets. Ces
bouches en déterminent le plan, et on est obligé
de l'assujétir aux places qu'elles occupent, pour
disposer les rigoes de l'écheno. Il fut assis sur

la dernière couche des terres de l'enterrage du moule, mises exactement de niveau. On le borda de tous côtés par un parapet de dix-huit pouces d'épaisseur. Le fond fut tapissé de maçonnerie dans toute son étendue. On lui donna un pied de profondeur, et à chaque rigole environ vingt pouces de largeur.

Le fond, les parapets furent construits en briques maçonnées avec de la terre à four. On répandit des terres au pourtour, et on les battit comme on avoit fait pour l'enterrage, de peur que l'impétuosité du métal ne fît écarter les parapets (1).

(1) Tous les détails techniques de ce chapitre ont été revus avec le plus grand soin par M. Jacquet, mouleur intelligent, qui a secondé M. Piggiani dans toutes ses opérations, et lui a succédé dans la place de mouleur du Musée royal.

ww

CHAPITRE VI.

SOMMAIRE.

PRÉPARATIFS de la fonte du cheval et de la partie
inférieure du cavalier. — Précautions prises pour éviter
tout danger. — Construction de tribunes autour du grand
atelier de la fonderie. — LL. AA. RR. Madame la
duchesse d'Angoulême et Madame la duchesse de Berry
viennent pour être témoins de la fonte. — Retard de
l'opération. — Quelles en étoient les causes. — La fonte
a lieu le 6 octobre 1817, à cinq heures un quart. — Son
succès. — Félicitations que reçoit le statuaire. — Fondeurs
qui ont conduit l'opération sous sa direction. — Le
comité des souscripteurs porte au Roi la nouvelle de la
réussite de la fonte.

ON n'avoit procédé à l'alliage des matières
pour la statue équestre de Louis XV, qu'au
moment de la fonte ; mais cette manière d'opérer
a quelques inconvéniens : d'abord, lorsqu'il
s'agit d'une fonte considérable, il est difficile
d'amalgamer parfaitement les matières en les
brassant avec des perches et des rateaux. Il est
à craindre aussi qu'en ouvrant trop fréquem-

ment les portes du fourneau pour remuer le métal lorsqu'il est en fusion, un courant d'air n'en fasse congeler la surface, et ne produisît ce que les fondeurs appellent le *gâteau*.

On s'étoit déterminé, par ces raisons, à préparer l'alliage au moyen de deux fontes préparatoires que nous avons décrites dans le chapitre IV. Ces deux fontes furent faites aussi pour donner plus d'assurance aux fondeurs qui ont rarement l'occasion de s'occuper d'opérations aussi vastes, et pour obtenir ainsi une garantie plus rassurante de la fonte définitive.

Dès le 16 septembre, le fourneau avoit été chargé des quantité suivantes :

Bronze de la Iʳᵉ fusion préparatoire.	1597 kil.
Bronze de la IIᵉ fusion préparatoire.	6159
Cuivre à canon.................	4518
	12274 kil.

Après quoi la porte du fourneau fut fermée et scellée en présence de M. Lemot, de M. Lafolie, conservateur des Monumens publics, et de M. Piggiani, mouleur.

L'opération de la fonte avoit été fixée au 6 octobre 1817. Lorsque les princes avoient visité le grand modèle en plâtre de la statue, dans l'atelier de M. Lemot, enclos de la foire Saint-Laurent, LL. AA. avoient témoigné le désir d'y assister. Le comité se fit un devoir de les

informer du jour et du moment où cette fonte
devoit avoir lieu. Le local étoit très-circonscrit.
Beaucoup de personnes désiroient néanmoins
être témoins d'une opération dont le spectacle
est assez rare. D'un autre côté, il pouvoit n'être
pas sans danger; il falloit donc procéder avec
discernement au placement tant des fonctionnaires que des curieux qui seroient admis dans
l'atelier.

M. le comte de Chabrol, conseiller d'Etat,
préfet du département de la Seine, chargea
M. Molinos, architecte en chef de la ville, de
faire les dispositions convenables pour la distribution intérieure du local. Huit loges ou tribunes, destinées à recevoir environ quatre cents
personnes, furent construites et décorées avec
élégance.

Une loge de plein-pied, située en face de
l'ouverture du fourneau, étoit réservée aux
princes. Deux loges latérales étoient destinées,
l'une aux membres du comité, l'autre à M. le
préfet du département. Enfin, cinq autres tribunes, placées extérieurement sur divers points,
devoient recevoir les personnes invitées particulièrement soit par le comité, soit par M. le
préfet, soit par le statuaire.

De son côté M. le comte Anglès, ministre
d'Etat, préfet de police, avoit pris toutes les

mesures convenables pour prévenir tout accident dans l'intérieur, et pour que les avenues de l'atelier ne fussent pas encombrées par les voitures ou par les piétons.

Toutes les invitations furent faites au nom du comité des souscripteurs qui avoit chargé plusieurs maîtres de cérémonies de présider au placement des personnes invitées, afin que le bon ordre ne fût pas troublé. En un mot, aucune des mesures réclamées par la convenance et la régularité, ou conseillées par la prudence, n'avoit été négligée. La réunion étoit indiquée pour midi. On n'espéroit pas cependant que la fonte pût avoir lieu avant deux heures.

Mais une circonstance dont nous devons rendre compte, dérangea toutes les combinaisons.

Il avoit fallu vingt-huit heures pour la fonte de la statue de Louis XV; quoique le fourneau fût le même, plusieurs améliorations, comme on l'a vu, y avoient été apportées. D'ailleurs, comme deux fontes avoient précédé de peu de temps la fonte définitive, on étoit certain qu'il n'étoit resté aucune humidité dans le fourneau.

On avoit donc calculé que douze heures suffiroient pour la fusion parfaite du métal; le feu devoit être allumé dans la chauffe à deux heures du matin. M. Piggiani, obligé par la fatigue des veilles précédentes à prendre quelque repos,

avoit recommandé qu'on le réveillât pour ce moment. Il y avoit en effet des précautions à prendre
avant de placer le feu dans la chauffe. Les ouvriers oublièrent la recommandation de leur
chef. A deux heures précises ils allumèrent le
feu. M. Piggiani ne fut éveillé que quelque temps
après, et fut étonné de voir le feu allumé et
d'apprendre qu'il l'étoit depuis une heure. Il
demande si l'on a visité le fourneau, et si l'on
s'est assuré que le tampon qui en bouche l'ouverture la fermoit hermétiquement et d'une manière solide. Il fait sentir à quel danger on seroit
exposé si le métal entroit en fusion, et parve-
noit, par son impétuosité, à se frayer une ouverture. Les ouvriers avouent que cette précaution a été négligée. Il fallut dès lors laisser
éteindre le feu. M. Piggiani vouloit pénétrer dans
le fourneau, pour aller vérifier lui-même l'état
du tampon; mais les briques en étoient déjà
rouges, il ne le pouvoit qu'en courant le risque
d'être suffoqué par la chaleur. On attendit un
peu. On dégagea toutes les ouvertures qui pouvoient laisser pénétrer l'air dans le fourneau et
hâter son refroidissement. Le temps pressoit.
Un ciseleur nommé Mesnel eut le courage d'entrer dans le fourneau encore ardent, après avoir
eu la précaution de se faire envelopper de toiles
mouillées; il y resta quelques instans, s'assura

que le tampon étoit scellé avec assez de soin pour qu'on n'eût pas à craindre son déplacement par la violence du feu et l'impétuosité de la matière en fusion. Néanmoins, par surcroît de précaution, il ajouta à l'endroit du scellement quelques poignées de cendre humectée.

Lorsque cette vérification fut terminée, on ralluma le feu, et on le poussa avec la plus grande vivacité, pour réparer le temps perdu. Le vent du nord qui souffloit, ne secondoit que trop son activité. La fonte avoit été annoncée pour deux heures ; les fondeurs ne virent pas sans en être alarmés qu'à six heures du matin les saumons étoient rouges, prêts à entrer en fusion, et qu'on alloit se trouver obligé, peut-être, de couler cinq ou six heures avant celle qui étoit indiquée. Ils résolurent donc de suspendre le feu en bouchant les évents qui augmentoient son action, et en cessant de jeter du bois dans la chauffe.

Mais le ralentissement du feu pensa avoir les résultats les plus funestes ; en effet, dès qu'il fut modéré, la liquéfaction s'arrêta. Les saumons, placés au milieu du fourneau, mais isolés entre eux, ainsi que cela se pratique, pour que la flamme puisse les envelopper plus facilement, cessèrent de se dissoudre. Ils s'agglomérèrent et ne formèrent plus qu'une masse qui menaçoit de se calciner. Si ce malheur fût arrivé, tout

étoit perdu ; car il eût été impossible, au moyen
même du feu le plus vif et le plus prolongé, de
les liquéfier de nouveau. Il eût fallu attendre
leur refroidissement total, et ensuite détruire
le fourneau pour les retirer, puis le reconstruire
et recommencer la fusion avec de nouvelles
matières.

Quand M. Lemot arriva, et qu'on lui rendit
compte de l'état des choses, il en fut cons-
terné. Il se hâta de faire rouvrir les évents et
rallumer le feu.

Déjà un grand nombre de fonctionnaires et
de personnages distingués étoient rassemblés et
occupoient les places qui leur avoient été assi-
gnées, lorsque LL. AA. RR. Madame la duchesse d'Angoulême et Madame la duchesse de
Berry arrivèrent avec leur suite. Elles prirent
place dans la loge du centre.

Cependant l'agglomération des métaux dont
le fourneau étoit chargé, continuoit. Le feu le
plus vif et le plus soutenu ne pouvoit les mettre
en fusion. Les fondeurs désespéroient d'y réussir,
et ne savoient plus à quel parti s'arrêter. M. Piggiani s'approcha de leurs Altesses Royales, et
les informa qu'il étoit à craindre que le moment
de couler ne fût encore éloigné. Elles se déci-
dèrent alors à retourner au palais de l'Elysée-
Bourbon, promettant toutefois de revenir dès

qu'elles seroient averties, et si l'heure à laquelle la fonte s'opéreroit pouvoit le leur permettre.

Le public étoit dans une impatience augmentée par une longue attente, par une situation peu commode, dans une atmosphère que toute la chaleur intérieure du fourneau n'avoit pas réchauffée, et par le désir de connoître les résultats d'une opération si difficile. M. Lemot étoit accablé de questions sur les causes du retard. Il y répondoit avec calme, et sans laisser percer ses inquiétudes. Enfin on prit le parti de faire remettre dans le fourneau une assez grande quantité de métal, dans la crainte que la portion déjà liquéfiée ne suffît pas pour remplir le moule, indépendamment des matières agglomérées. On redoutoit cependant, tout en recourant à ce moyen, que ces matières, poussées par le mouvement de la partie liquide, ne vinssent à fermer l'ouverture par où devoit s'opérer l'écoulement; mais cette augmentation de métal produisit l'effet le plus heureux. On s'aperçut bientôt avec une joie extrême que non seulement ces nouvelles matières entroient en fusion, mais qu'en affaissant les parties qu'on craignoit de voir calciner, elles les avoient fait fondre.

A quatre heures et demie la flamme qui sortoit du fourneau étoit d'un rouge clair et plus vif qu'elle n'étoit auparavant. Les scories que re-

jetoit le métal se rangeoient d'elles-mêmes autour du bassin, et laissoient le milieu uni comme
une glace. Enfin le feu prenoit sur-le-champ aux
perches de bois de sapin dont on se servoit pour
brasser les matières, et la flamme qui s'y atta-
choit étoit d'un éclat éblouissant, signes certains
que le métal avoit atteint un degré parfait de
fusion.

Il n'y avoit plus de temps à perdre ; l'écheno
avoit été chauffé d'avance. On se hâta de le nettoyer ainsi que les conduits par où devoit passer
le métal ; car il est de la plus grande importance
que le métal fondu ne rencontre rien de froid
ni d'humide sur son passage. On mit en place le
périer (1) ; on posa en même temps les *quenouil-*

---

(1) Il consiste en une longue barre de fer qui, poussée avec
vigueur contre un tampon de fer dont est bouché le trou du
fourneau pendant la fonte, doit le chasser au fond du bassin, et
procurer au métal une libre issue. Cette barre de fer a dix-huit
à vingt pieds de long sur trois pouces de grosseur. Du côté dont
elle doit frapper, elle prend à peu près la même courbure qu'une
pelle ; elle a, en cet endroit, cinq pouces de diamètre, et elle se
termine en pointe arrondie. A son autre extrémité, elle est
emmanchée invariablement dans une pièce de bois armée de liens
de fer, taillée de manière à se laisser embrasser par le fondeur
qu'elle met en état d'ajuster à son gré le coup de périer. Pour
donner à la machine la force du levier, le périer, mis en équilibre,
est suspendu à deux chaînes de fer terminées par des mains qui,
en deux endroits, saisissent la barre de fer, et ces deux chaînes
vont s'unir ensuite à une double chaîne plus longue, qui descend
d'en haut, et dont les deux bouts sont arrêtés sur deux pièces
de bois transversales, qui reçoivent les poutres voisines servant
de tirans à la charpente du comble.

lettes dans les endroits qu'elles devoient occuper (1).

Lors de la fonte de la statue de Louis XV les tiges des quenouillettes étoient attachées à des tringles qui avoient le jeu d'une bascule, afin qu'on pût lever et baisser les quenouillettes sans être obligé d'en approcher de trop près. Pour la fonte de la statue de Henri IV, les bascules furent supprimées. Les quenouillettes furent posées et tenues par des ouvriers à qui on avoit donné des numéros pour se reconnoître et pour obéir successivement à l'ordre de les lever, afin d'ouvrir des issues à la matière pour son intromission dans le moule, lorsqu'elle seroit arrivée à une hauteur convenable dans l'écheno. On adopta ce moyen, parce qu'on jugea que dans un mouvement qui doit s'opérer avec la plus grande précision, et sans le moindre retard, au signal donné, un ouvrier agissant directement sur l'objet qui doit être mû, étoit toujours beaucoup plus maître de son action. Mais il importoit que les ouvriers ne fussent exposés à aucun

---

(1) Leur destination est de boucher les entrées des *jets*, jusqu'au moment où il est à propos d'introduire dans le moule le métal fondu, déjà entré dans l'écheno. Elles empêchent aussi que pendant qu'on chauffe l'écheno, il ne puisse entrer dans les conduits des jets, ni charbon, ni aucun corps étranger. Elles se terminent, par le bas, en une olive d'un calibre égal à l'ouverture des jets qui doivent les recevoir.

danger par le voisinage de la matière en fusion ; ainsi que par les éclats dont ils pourroient être atteints, s'il se rencontroit la moindre humidité dans le moule ; et, pour les en préserver, on avoit eu la précaution de les faire envelopper de toiles mouillées, et de diriger les bouches des évents du côté du fourneau.

Lorsque toutes ces dispositions eurent été faites, on ferma toutes les portes de l'atelier, et le public fut averti que le moment de la fonte étoit arrivé. Aussitôt un silence profond s'établit, silence occasionné autant par l'attente d'un spectacle imposant que par l'anxiété qui agitoit tous les esprits vivement intéressés par les difficultés et les chances d'une opération si importante et si hasardeuse.

A cinq heures treize minutes, M. Piggiani, s'armant du périer, chassa à coups redoublés le tampon qui bouchoit l'ouverture du fourneau. Au cinquième coup le tampon ayant été déplacé, le métal ardent s'élança dans l'écheno comme un torrent de lave enflammée, et pénétra, avec un léger pétillement, dans les issues du moule, lesquelles furent successivement ouvertes par la levée des quenouillettes.

Toutes les apparences pronostiquoient le succès complet de la fonte. Les évents fumoient sans aucune scintillation, ce qui annonçoit qu' n'étoit resté aucune humidité dans l'intérieur, et que le métal, en pénétrant dans toutes les parties du moule, en déplaçoit l'air.

L'écoulement dura quatre minutes, au bout desquelles l'écheno se trouva rempli de l'excédant de matières qu'il devoit contenir. Ce résultat prouvoit qu'il n'y avoit eu aucune issue intérieure par où la matière auroit pu fuir, et que toutes les parties du moule avoient reçu le métal nécessaire.

La preuve de la réussite de l'opération étoit donc complète. L'inquiétude dont tous les esprits avoient été saisis se changea dès lors en transports d'allégresse. Des acclamations et des applaudissemens s'élevèrent de toutes parts. Le chef fondeur, M. Piggiani, se précipita dans les bras de M. Lemot. Les ouvriers s'embrassèrent en se félicitant. Les assistans témoignoient la part qu'ils prenoient à ce touchant spectacle par des cris de VIVE LE ROI! tandis que M. Lemot recevoit, dans les étreintes de l'amitié et dans les félicitations des dignitaires et des fonctionnaires, la plus douce et la plus honorable récompense de ses pénibles soins.

Pendant ce temps, la musique de la légion du département du Pas-de-Calais exécutoit l'air chéri de VIVE HENRI IV, et des boîtes d'artifice, tirées dans l'enceinte extérieure, portoient au

dehors la nouvelle de la fin et du succès de l'opération.

M. Getti, connu par son expérience dans les
grandes opérations de fonte, avoit dirigé celle-
ci par ses conseils. M. Piggiani, son gendre,
l'avoit exécutée avec une rare habileté, secondé
par M. Honoré Gonon, fondeur.

MM. les membres du comité, ayant à leur
tête M. le marquis de Marbois, leur président,
se hâtèrent de se rendre au palais des Tuileries,
pour informer le Roi que la réussite de la fonte
étoit conforme à tous les vœux, et Sa Majesté
leur en témoigna sa vive satisfaction.

CHAPITRE VII.

SOMMAIRE.

VÉRIFICATION de l'état des travaux du soubassement et du piédestal. — Craintes du comité à cet égard. — Représentations au ministre de l'intérieur. — Autres difficultés relativement au soubassement et à la place du piédestal. — Réclamation du comité. — Le ministre en renvoie l'examen à l'Académie des Beaux-Arts. — Elle est d'avis que ce qui a été fait doit être réformé. — On propose de faire le dé du piédestal d'un seul bloc évidé. — Ce projet n'est pas adopté. — Le Roi décide qu'il posera la première pierre du piédestal, et que la légende de la médaille frappée à cette occasion sera composée par l'Académie des Inscriptions. — Réclamations de cette Académie, au sujet de la gravure. — Description de la cérémonie de la pose de la première pierre. — Discours de M. le préfet. — Réponse du Roi.

L'ACTIVITÉ que l'on avoit mise dans les opérations métallurgiques imposoit l'obligation de faire marcher de front la construction du soubassement, et du piédestal qui devoit recevoir la statue équestre de Henri IV. M. Lepère, architecte, étoit chargé, sous la surveillance de

M. Bruyère, directeur des travaux de Paris, de cette construction. Le comité envoya ses commissaires pour examiner l'état des travaux, et pour en presser l'achèvement. Ils conçurent quelques craintes sur le mode de construction du soubassement, et sur l'intention que l'on paroissoit avoir de revêtir le piédestal en pierre (1). Le comité, accueillant leurs observations, s'empressa d'adresser ses représentations au ministre secrétaire d'État de l'intérieur. Le ministre écrivit au directeur des travaux, qu'il n'y avoit pas une statue dans nos jardins publics qui n'eût un piédestal en marbre ; que toutes les statues de nos Rois avoient des piédestaux de cette nature, et que quand même la convenance n'en eût pas introduit l'usage depuis long-temps, elle en imposeroit la nécessité pour la statue de Henri, monument relevé avec tant d'éclat ; que si on avoit eu réellement l'intention de revêtir le piédestal en pierre, il falloit qu'on en abandonnât l'idée.

D'autres difficultés s'élevèrent encore, et elles ne furent pas aussi aisément surmontées.

On sait que le soubassement avoit été primitivement disposé pour recevoir un obélisque, masse immense, et qui, à raison de sa hauteur,

_____

(1) Voyez le rapport dans l'Appendice.

avoit exigé un emmarchement de quarante pieds
carrés, et une hauteur proportionnée. Soit
qu'on regrettât de détruire ce qui étoit déjà fait,
soit qu'on espérât approprier les mêmes cons-
tructions à la statue de Henri, on continuoit
les travaux sur le plan primitif, sans considérer
qu'un massif de douze pieds sur six, tel que
devoit être le piédestal, n'exigeoit plus un
emmarchement de quarante pieds ; que cet emmarchement nécessitoit une élévation qui alloit
faire perdre au statuaire une partie de l'effet
visuel de son ouvrage, et qu'enfin, par la situation du piédestal, le spectateur se trouveroit
sous la statue, et n'auroit aucune reculée. Le
comité crut encore devoir appeler l'attention
du ministre sur ces inconvéniens. Ses observations furent communiquées au directeur des
travaux, qui les combattit. Enfin, le ministre
ayant renvoyé l'examen de la contestation à
l'Académie des Beaux-Arts, un rapport de cette
Académie rendit palpables les inconvéniens dont
on a parlé, et démontra la nécessité de réformer
ce qui avoit été fait, en recommençant sur un
nouveau plan (1).

C'est ainsi que le comité, investi de la confiance des souscripteurs, la justifioit par une

---

(1) Voyez ce rapport dans l'Appendice.

persévérance éclairée et le désir d'élever un monument digne du Monarque auquel il étoit consacré.

Un marbrier intelligent (1) avoit proposé de faire le dé du piédestal d'un seul bloc de marbre évidé, entreprise hardie, nouvelle, et qu'il eût été à-désirer de pouvoir appliquer à un monument unique peut-être par les circonstances de son érection; mais on craignit qu'il ne fallût plus de temps qu'il n'en restoit, pour extraire des carrières de Carrare un bloc d'une aussi forte dimension que celui dont on avoit besoin, pour l'épanneler, pour l'évider sur les lieux, et le transporter à Paris. On résolut donc de suivre, pour la construction du piédestal, les procédés ordinaires, et d'employer à ses revêtemens, des marbres qui existoient déjà dans les magasins, ou qui étoient sur le point d'arriver à Paris.

Les choses en étoient à ce point lorsqu'on représenta au ministre que la première pierre du piédestal de la statue de Henri IV, qui étoit autrefois sur le Pont-Neuf, avoit été posée en 1614, par Louis XIII mineur, sous la régence de Marie de Medicis, sa mère.

Le ministre prit les ordres du Roi au sujet

---

(1) M. Henraux.

de la pose de la première pierre du nouveau
piédestal, et Sa Majesté décida qu'elle la place-
roit elle-même, qu'une médaille seroit frappée
à l'occasion de cette solennité, et que l'Académie des Inscriptions en proposeroit la légende.
Toutes les dispositions furent faites en conséquence, et la cérémonie fut fixée au 28 octobre.

Le Roi ayant décidé que la légende de la médaille seroit composée par l'Académie des Inscriptions, il sembloit que le choix du graveur
et la surveillance de l'exécution dussent appartenir à l'Académie des Beaux-Arts, qui avoit
les artistes dans son sein. Le ministre avoit
donc écrit aux deux Académies. Celle des
Inscriptions réclama. Le secrétaire perpétuel
s'attacha à démontrer dans une première lettre (1), qu'il étoit contraire aux usages anciens
que le choix du graveur et la surveillance de
l'exécution fussent confiés à l'Académie des
Beaux-Arts, que Louis XIV avoit adjoint à son
Académie des Inscriptions, un artiste chargé de
dessiner les types des médailles qu'elle composoit, et qu'à l'égard du graveur, le ministre ou
le choisissoit lui-même, ou en laissoit le choix
à l'Académie. Dans une seconde lettre (2) le

(1) Voyez cette lettre dans l'Appendice.
(2) Idem.

secrétaire perpétuel appuya sa reclamation sur les réglemens et les usages modernes. Le ministre élut M. Andrieu, graveur.

Le terre-plein du Pont-Neuf n'offroit qu'un endroit très-circonscrit pour la cérémonie de la pose de la première pierre. Il falloit rendre ce lieu aussi convenable que possible. D'après l'ordre de M. le préfet, M. Molinos, architecte en chef de la ville, rendit l'accès du terre-plein plus facile par un remblais, décora avec des draperies le hangar qui étoit adossé à la rivière, y disposa une salle pour la réception de Sa Majesté, et des loges latérales pour un petit nombre de spectateurs.

Le cérémonial, proposé par M. le préfet, fut envoyé par le ministre à M. le marquis de Brézé, grand maître des cérémonies, pour l'arrêter définitivement après avoir pris les ordres de Sa Majesté. Ce cérémonial, tel que nous le donnons dans l'Appendice (1), parut dans le Moniteur du 27 octobre.

Le 28, à midi et demi, Sa Majesté partit, avec tout son cortége, du château des Tuileries ; elle avoit dans sa voiture LL. AA. RR. MADAME, MONSIEUR, Mgr le duc et Mme la duchesse de Berry. Elle arriva sur le terre-plein du Pont-Neuf à une heure.

_____

(1) Voyez ce cérémonial dans l'Appendice.

Le corps municipal attendoit Sa Majesté en avant du salon qui avoit été préparé pour la recevoir à l'extrémité occidentale du terre-plein.

Le Roi étant descendu de voiture, le grand-maître et les deux maîtres de cérémonies lui présentèrent le préfet de la Seine accompagné du préfet de police, des deux secrétaires généraux de préfecture et du corps municipal.

M. le comte de Chabrol, conseiller d'Etat, préfet de la Seine, présenta pareillement à Sa Majesté les membres du corps municipal.

Le Roi entra ensuite dans son salon, et s'assit au milieu des Princes et Princesses de la Famille Royale et du sang, des grands officiers, des ministres, et de MM. les membres du corps diplomatique.

M. le comte de Chabrol, portant alors la parole au nom du corps de ville, harangua Sa Majesté en ces termes :

« SIRE,

» Il est des souvenirs qui ne s'effacent pas, et
» l'image d'un bon Roi se grave à jamais dans
» la mémoire des peuples. Le nom de Henri-
» le-Grand, votre auguste aïeul, est un des
» premiers noms qui frappent l'oreille de nos
» enfans ; il est invoqué dans les besoins de
» l'Etat, dans ses inquiétudes, dans ses crises ;

13

» dans ses malheurs même, comme si tout pou-
» voit être réparé par lui, comme si seul il
» pouvoit servir de modèle aux Rois, et de
» garantie aux peuples. Vainement la fureur
» des révolutions renversa son image chérie ; la
» France opprimée ne cessa de l'avoir présente
» à sa vénération et à son amour. La France
» délivrée la relève aussitôt qu'elle a brisé le
» joug, et l'usurpateur lui-même est forcé de
» respecter ce simulacre fragile d'un monument
» immortel qu'il tardoit à notre impatience de
» consacrer une seconde fois d'une manière
» durable.

» Il va se réaliser enfin ce vœu si cher à tous
» les Français. Ce monument unique, fruit de
» leurs offrandes, va s'élever de nouveau, digne
» du peuple qui l'attend, digne du siècle
» qui doit le réclamer un jour avec orgueil,
» dans la postérité la plus reculée, digne en-
» fin de la main auguste qui daigne en poser
» la première pierre. Il n'est pas une province,
» Sire, il n'est pas un village, un hameau qui
» ne compte ses souscripteurs. Le pauvre
» comme le riche, le citoyen comme le fonc-
» tionnaire et le magistrat, le soldat comme ses
» officiers et ses généraux, tous se sont em-
» pressés de porter leurs tributs, et comme s'il
» pouvoit manquer un trait à ce tableau de la

» France entière unie dans les mêmes senti-
» mens, c'est le Roi de France lui-même qui
» vient ici le consacrer. Auguste monument,
» qui retracez à jamais et la royale bonté du
» souverain et la tendre reconnoissance des
» Français pour leurs Rois, puissiez-vous avoir
» une éternelle durée! puissiez-vous servir à
» jamais de leçon et de modèle à nos derniers
» neveux!

» Votre présence, Sire, à la plus auguste
» cérémonie dont la ville de Paris puisse avoir
» jamais à s'enorgueillir, rappelle avec atten-
» drissement à ses magistrats ces paroles mémo-
» rables que Votre Majesté daigna leur adresser
» lorsqu'elle reçut avec tant de bonté, à l'Hô-
» tel-de-Ville, leurs hommages et leurs vœux :
» *Je m'estimerois heureux*, disoit-elle, *que mon*
» *peuple connût bien tout le prix que j'attache*
» *à rappeler la mémoire du règne de ce bon Roi.*

» Soyez donc satisfait, Sire ; votre peuple
» unit votre nom à celui de votre auguste aïeul.
» Comme lui, père tendre de tous vos sujets,
» vous leur avez rendu le repos et le bonheur
» sous la protection des lois. Votre sagesse se
» plaît à calmer toutes les passions, à concilier
» tous les intérêts qu'elles avoient divisés ; votre
» bienfaisance éclairée prévient et soulage le
» malheureux dans son infortune : aussi il n'est

13.

» pas d'esprit chagrin qui ne soit forcé de vous
» louer, comme il n'est pas de pauvre qui ne
» vous bénisse. Votre nom, Sire, est dans le
» cœur de votre peuple à côté de celui du bon
» Henri.

» Un jour ce monument que nous érigeons
» aura son émule et son rival dans celui qui sera
» consacré au souvenir de vos vertus; et tous
» deux, également impérissables, attesteront
» aux générations à venir et la reconnoissance
» des Français et le bonheur de vivre sous une
» dynastie qui sut toujours allier à la majesté
» souveraine la justice et la bonté, précieux
» apanage des Rois de votre auguste famille. »

Le Roi répondit :

« Je suis bien touché de l'expression de vos
» sentimens. Ce jour est à jamais mémorable.
» Le premier monument fut élevé à mon aïeul
» par sa veuve et par son fils, peu d'années après
» lui. Celui-ci, plus heureux, deux siècles après,
» est relevé par l'amour de tous ses enfans. Je
» m'en félicite comme Roi, j'en jouis comme
» fils, je m'en enorgueillis comme Français. »

Lorsque Sa Majesté eut cessé de parler,
M. Lainé, ministre secrétaire d'État de l'inté-
rieur, lui présenta M. le marquis de Barbé-
Marbois, président du comité des souscripteurs

pour la réédification de la statue de Henri IV, les membres du comité, et M. Lemot, statuaire, chargé de l'exécution du monument.

Le Roi dit au président, avec l'expression de la bonté : « Je remercie, en vous, tous les Fran- » çais qui ont concouru au monument. » Il s'approcha ensuite du lieu où devoit être érigé le piédestal, accompagné des Princes et Princesses.

Le préfet de la Seine reçut des mains de M. Lepère, architecte, l'équerre et les instrumens, avec une boîte contenant sept pièces de monnaie, dont deux d'or et cinq d'argent au type de 1817, le portrait en cristal de Sa Majesté Louis XVIII, et une plaque en bronze doré, sur laquelle étoit gravée l'inscription suivante :

QUOD: BONUM. FELIX. FAUSTUMQUE. SIT.

QUUM. ANNO. SALUTIS $\overline{\text{MDCCCXVII}}$
MIRO. CIVIUM. CONSENSU. ATQUE AERE. CONLATO
HENRICI. MAGNI. EQUESTRIS. STATUA
ILI. TUMULTU. EVERSA. RESTITUERETUR,
LUDOVICUS. XVIII. FRANCIAE. ET NAVARRAE. REX
HENRICI. ADNEPOTIS. NEPOS
STIPIBUS. AURI. ARGENTI. OMNIGENIQUE. METALLI
IN. BASIS. FUNDAMENTA. CONJECTIS
AUSPICALEM. OPERIS. LAPIDEM. STATUIT
DIE. $\overline{XXVIII}$ *OCTOBRIS REGNI. ANNO.* $\overline{XXIII.}$

STATUENDO. ADFUERUNT.

C. L. LAINÉ. V. C. (1) *REGIS AB. INTERIORIBUS. REGNI.*
IN. NEGOTIIS. ADMINISTER.

Chabrol. de Volvic. V. I. (2) *comes. præfectus. urbis.*

Anglès. V. I. comes. minister. Regius. præfectus. vigilum.

Walckenaer. EQ. (3) *præfecturæ. urbanæ.* } *ab. actis.*
Fortis. EQ. præfecturæ. vigilum. }

E. Municipii. consilio. Decuriones. Q. N. J. S. S. (4)

Badenier. Bellart. Barthelemy. Bascheron. Breton.

Delarue. d'Aligre. Delamoignon. Dutremblay. Delaitre.

Gauthier. d'Harcourt. Lebeau. Molé. Montamant. Mallet.

Ollivier. Pérignon. Quatremère-de-Quincy. Tourolle.

Thibon. Ternaux. Vial.

XII. REGIONUM. URBIS. AEDILES. EORUMQUE. ADSESSORES. XXIV.

Lecordier. Delaroquette. Cretté. Lebrun. Hutteau

d'Origny. Legrand Devaux. Lepelletier-d'Aulnay. Leprieur.

Boulard. Piault. Camet. Cochin. XII. AEDIL. Grillon

Deschapelles. Paulmier. Boilleau. Bequet. Demautort.

Fournier. Petit. Champion. Leroux. Lamaille.

Jousselin. Tiron. Hémar. Chauchat. Moufle. Monot.

Denise. Pantin. Delaborne. Trutat. Lebrun. Hua.

Hardy. Roger. XXIV. ADS. :

NEC NON

BARBÉ-MARBOIS. V. C. GOMES. E. SUPREMO.
PARIUM FRANCIAE SENATU. MINISTER. REGIUS.
E. CONLATORIBUS. AERIS. AD. STATUAM. CURAM
AGENTIUM. PRAESES

Lemot. Eq. artifex statuarius

Bruyères. Eq. operum. urbanorum. Curator.

Lepère. architectus.

Piggiani. fusor. statuarius.

---

(1) *Vir clarissimus.*
(2) *Vir illustris.*
(3) *Eques.*
(4) *Quorum nomina infra scripta sunt.*

Le préfet présenta la boîte ouverte au Roi.

Les tailleurs de pierre, employés à la construction du piédestal, étoient rangés en haie devant Sa Majesté. Le Roi, après avoir examiné le contenu de la boîte et lu l'inscription de la plaque, ferma la boîte, et la plaça dans une cavité pratiquée dans la pierre pour la recevoir. Les ouvriers ramenèrent par dessus une très-forte pierre, disposée à cet effet. Le Roi prit alors un peu de plâtre, qui lui fut présenté dans une truelle, en plaça autour de cette pierre pour la sceller. Dans ce moment, et au signal qui fut donné par le moyen d'une fusée, une salve d'artillerie fut tirée de l'esplanade des Invalides.

Le Roi se porta alors en avant du piédestal, pour se montrer à la multitude des spectateurs répandue sur le pont et sur la place Dauphine, et qui faisoit retentir les airs de ses acclamations.

Il rentra ensuite dans le salon, avec les Princes et Princesses. Il s'entretint pendant quelque temps avec les ministres, les membres du comité des souscripteurs, le préfet de la Seine, et le sculpteur. « On parlera de cette cé-
» rémonie, dit-il; mais ce qu'il y a de plus
» touchant et de plus vrai, c'est que le monu-
» ment provisoire que nous allons remplacer, a

» été protégé par l'amour des Français. » En
parlant des inscriptions, il a surtout loué
l'exergue de la médaille : « *Civium pietas restituit.* »

Sa Majesté remonta en voiture à deux heures.
Elle fut reconduite par le corps municipal
jusqu'au dehors du terre-plein.

Le plus beau ciel avoit favorisé cette journée,
et toutes les classes de citoyens avoient pris part
à l'alégresse d'une fête dont le bon Henri étoit
l'objet.

CHAPITRE VIII.

SOMMAIRE.

Déterrage de la statue. — Calcul du métal qui est entré dans la composition. — Sciage des jets et des évents. — Extraction du noyau. — Placement du torse sur le cheval. — Exposition de la statue dans la fosse.

La statue avoit été jetée en fonte le 6 octobre. Au bout de huit jours on jugea que le métal étoit suffisamment refroidi. On commença à enlever la masselotte, ou le métal superflu, qui étoit demeuré dans l'écheno, et celui qui étoit resté au fond du fourneau. On put alors établir exactement la quantité de bronze qui avoit été employée.

Pour la partie supérieure, le fourneau avoit été chargé, suivant
procès-verbal du 18 mars 1817,
de .... 2,073 kil.

Et pour la fonte du cheval et de la
partie inférieure du cavalier,
suivant procès-verbal du 16 septembre 1817, de............. 12,274   »

On avoit remis dans le fourneau,
durant la fonte, environ....... 2,000   »

Total ... 16,347 kil.

Il falloit, sur ce total de......... 16,347 kil.
défalquer pour le poids reconnu
de la masselotte suivant procès-
verbal du 21 novembre 1817... 4,290   »

Il étoit donc entré dans la statue 12,057 kil.
ou vingt-quatre mille cent quatorze livres de métal.

On commença à démolir l'écheno, et à de-
blayer toutes les terres et toutes les briques
dont la fosse étoit remplie. A mesure qu'elle se
vidoit, on détruisoit le moule de potée, et on
enlevoit les débris des contre-murs. La statue
ne tarda pas à être entièrement découverte. On
vit alors que toutes les formes du modèle étoient
parfaitement reproduites. Seulement on découvrit plusieurs déchirures au poitrail, sur les
flancs, et sous le ventre, particulièrement au-
dessus des jambes. Elles provenoient : 1°. de ce
que les jets et les évents n'avoient pas été assez
multipliés dans les parties coulées massives, et
de ce que, ces parties ayant absorbé beaucoup
de métal, il n'avoit pas eu, en se refroidissant,
les moyens de retraite qu'il faut toujours lui
ménager; 2°. de ce que, l'armature du noyau
n'ayant pas été tenue assez isolée de la place
que devoit occuper le bronze, elle avoit aussi
empêché la retraite inévitable du métal en fusion.

Du reste on put mieux juger du succès de la
fonte, lorsque la statue fut débarrassée des jets

et des évents. On procéda à leur sciage, comme on avoit fait pour la statue de Louis XV, c'est-à-dire, qu'on les scia le plus près qu'il fut possible de la statue, et qu'on ne les ôta de place que lorsque le sciage fut tout-à-fait achevé, pour éviter l'ébranlement que leur rupture auroit pu occasionner.

Le public étoit impatient de s'assurer de la réussite de la fonte. Le comité des souscripteurs s'empressa de lui en procurer les moyens. M. Lemot, pour se conformer au vœu du comité, fit transporter à l'atelier, rue du faubourg du Roule, la partie supérieure de la statue qui avoit été, comme on l'a dit, fondue et ciselée dans les ateliers Saint-Laurent. Il la fit placer sur le cheval, avant même que ce cheval fût ciselé, que l'extraction du noyau eût été effectuée; et il consentit à laisser voir son ouvrage, malgré tout le désavantage qu'il y avoit à le montrer encore imparfait, du haut en bas, et dans le fond d'une fosse mal éclairée. Durant quinze jours que l'atelier demeura ouvert, le concours des personnes qui visitèrent la statue fut prodigieux.

Au bout de ce terme, on s'occupa d'extraire du cheval le noyau, et les fers qui le soutenoient. On avoit ménagé, sur le dos et sous le ventre, deux ouvertures assez spacieuses pour que les ouvriers, munis des outils nécessaires, pussent pénétrer dans l'intérieur, détruire, peu à peu, la matière du noyau qui le remplissoit, et en retirer, l'un après l'autre, les fers de l'armature, qui, depuis la fonte, n'étoient plus d'aucune utilité. On ne laissa subsister que ceux qui, passant au travers des jambes du cheval, devoient y demeurer, et ceux dont on ne pouvoit se passer pour le maintien de la statue, jusqu'à ce qu'elle fût enlevée hors de la fosse. Il fallut un mois entier pour l'extraction du noyau et des fers.

On travailla ensuite à poser les pièces de l'armature intérieure qui devoient remplacer celles que l'on avoit retirées. Ces pièces furent faites, les unes en bronze, les autres en fer, de manière que, par la combinaison de ces métaux, il ne pût s'opérer aucune dilatation nuisible à la solidité de la statue. Le placement des fers fut calculé pour que le cheval ne portât que sur deux jambes. Ces opérations délicates furent exécutées, avec une grande intelligence, par M. Mesnel, monteur et ciseleur fort expert, choisi par M. Lemot.

Dans le même temps, des ouvriers travailloient à nettoyer la statue de la croûte qui se forme toujours à la surface des ouvrages coulés en fonte. Cette croûte a plus ou moins d'épais-

seur, selon que la première couche de potée
mise au pinceau a absorbé une moindre ou
une plus grande quantité de la partie la plus
subtile du métal en fusion, et s'en est pénétrée,
et y est plus ou moins adhérente, selon que
l'action du feu l'a attachée ou plus étroitement
collée sur les parois du métal. Cette croûte se
détacha facilement de la tête du cheval, du cou,
des deux jambes levées, et généralement de
toutes les parties larges. Ainsi, dans ces parties de la statue, M. Lemot vit avec satisfaction
le bon résultat des précautions qui avoient été
prises pour que la partie subtile du métal en
fusion ne s'abreuvât pas avec le moule de potée ;
mais la croûte qui recouvroit les deux autres
jambes, le ventre, la queue et la crinière du
cheval, fut beaucoup plus tenace. Cela prove-
noit de ce que l'épaisseur du bronze, dans ces
endroits qui offrent des cavités et des refouille-
mens, avoit augmenté l'évaporation, de sorte
que le métal s'étoit incorporé sur quelques
points avec le moule de potée. De semblables
inconvéniens ne peuvent être prévenus qu'en
s'appliquant à donner au bronze, dans ces parties, la moindre épaisseur possible. Il devint
donc plus difficile d'enlever la croûte dans les
parties dont nous parlons. Néanmoins elle
céda à la patience persévérante des ciseleurs.

Le 13 mars 1818, la statue fut retirée de la fosse par M. Dié, charpentier, et placée sur le sol de l'atelier de la fonte, avec les mêmes moyens qui avoient été employés pour enlever celle de Louis XV; seulement, au lieu de moufles, le charpentier fit usage de rouleaux.

M. Mesnel s'occupa alors de réparer les déchirures du bronze, ainsi que de fermer les trous provenant des fers qui soutenoient le noyau, et enfin de faire disparoître tous les petits défauts de fonte. Il fallut trois mois pour le réparage de la statue. La ciselure du cheval, commencée le 18 mars, ne fut achevée qu'à la fin de juin 1818.

Le bronze de la statue ayant été soumis à l'analyse, il donna les résultats suivans :

Cuivre	89.	62
Etain	5.	70
Zinc	4.	20
Plomb	».	48
	100.	»

L'analyse du bronze tiré d'une statue fondue par les Keller avoit donné :

Cuivre	89.	69
Etain	1.	»
Zinc	7.	70
Plomb	1.	61
	100.	»

Il résultoit donc de la comparaison, que la quantité du cuivre qui étoit entrée dans le bronze de Henri IV étoit à peu près la même; que celle de l'étain étoit plus considérable; qu'enfin, celle du zinc et du plomb étoit moins forte.

CHAPITRE IX.

SOMMAIRE.

Les travaux du piédestal ne peuvent être terminés pour l'époque de l'inauguration. — On dispose le massif en pierre pour recevoir la statue. — Inscriptions placées sur deux faces du piédestal.—Le comité charge sa commission des travaux de lui faire un rapport sur les sujets à choisir pour les bas-reliefs. — Rapport de cette commission. — Devis présenté par M. Lemot. — L'exécution des bas-reliefs est ajournée. — Pourquoi. — Le ministre décide que les bas-reliefs seront exécutés par M. Lemot, sous la surveillance de son ministère.

On a vu, dans un des chapitres précédens, les dispositions qui avoient été faites pour la construction du piédestal, et de l'emmarchement dont il devoit être entouré. Le peu de temps qui restoit jusqu'à l'époque de l'inauguration, fixée au 25 août, ne suffisoit pas pour achever les travaux, en raison surtout des changemens qui avoient été exigés, et des revêtemens en marbre dont il falloit s'occuper. On se contenta donc d'élever le massif intérieur du piédestal, sur lequel on posa une table en marbre, afin que la statue équestre pût toujours être placée, et les parties latérales furent couvertes par un châssis figurant les revêtemens définitifs.

Sur la face du piédestal qui regarde le Pont-Neuf on avoit peint l'inscription suivante, composée par l'Académie des Inscriptions et Belles-Lettres :

HENRICI MAGNI

OB. PATERNUM. IN POPULOS. ANIMUM

NOTISSIMI. PRINCIPIS

SACRAM. EFFIGIEM

INTER. CIVILIUM. FURORUM. PROCELLAS

GALLIA. INDIGNANTE

DEJECTAM

POST. OPTATISSIMUM. LUDOVICI. XVIII. REDITUM

X. OMNIBUS. ORDINIBUS. CIVES

AERE. COLLATO

RESTITUERUNT

NECNON. ET. ELOGIUM

SIMUL. CUM. EFFIGIE. ABOLITUM. FUERAT

LAPIDI RURSUS. INSCRIBI

CURAVERUNT (1).

---

(1) Rien ne prouve mieux peut-être l'intérêt général qu'a inspiré la réédification de la statue de Henri IV, que la sévérité avec laquelle cette inscription a été examinée. Chacun auroit voulu qu'elle dît tout ce qu'il sentoit, et comme il le sentoit, ce qui n'étoit guère possible. Nous avons pensé cependant qu'on retrouveroit avec plaisir, dans l'Appendice de cet ouvrage, les inscriptions proposées par quelques personnes recommandables par leur savoir. (Voyez l'Appendice.)

14

Sur la face vers le Pont-des-Arts doit être placée l'inscription qui étoit sur l'ancien piédestal. Elle est ainsi conçue :

Errico IV
Galliarum Imperatori
Navar. R.
Ludovicus XIII
Filius ejus
Opus incho. et intermissum
Pro dignitate pietatis
Et Imperii
Plenius et amplius absolvit.
Emin. D. C. Richelius
Commune votum populi
Promovit super illust.
Viri de Bullion
Boutillier, P. Alvarii f.
Faciendum curaverunt
M. D. C. XXXV.

Il avoit été arrêté que les deux côtés du piédestal qui font face l'un au quai de la Monnaie, l'autre au quai de l'Ecole, seroient décorés de deux bas-reliefs en bronze. Dès le mois de mai 1816, le comité des souscripteurs avoit pensé à leur exécution. Mais il étoit dans son intention que M. Lemot en fût chargé, et tout le temps du statuaire étoit absorbé par le travail de la statue équestre. Il fallut donc nécessairement ajourner les bas-reliefs.

D'ailleurs, la statue de Henri IV avoit été
l'objet unique de l'entreprise. On ignoroit encore si les fonds de la souscription permet-
troient de subvenir à la dépense des accessoires.
Néanmoins, le comité chargea sa commission
des travaux de lui présenter ses vues à cet égard.
Ce rapport fut fait le 15 juin 1816.

« Dans votre séance du 27 mai dernier, disent
» les commissaires, vous avez chargé trois de
» vos membres, MM. Suard, Dufourny et
» Quatremère de Quincy, de s'entendre et de
» se concerter avec M. Lemot, pour arrêter
» les sujets, les proportions et les dépenses des
» deux bas-reliefs qui doivent être coulés en
» bronze, et décorer les ceux faces latérales de
» la statue de Henri IV.

» Vos commissaires se sont empressés de
» remplir vos intentions, et de concert avec
» M. Lemot, ils ont arrêté ce qui suit :

» 1°. Que les deux bas-reliefs devront repré-
» senter des sujets qui soient en rapport avec la
» ville de Paris, et qui expriment, l'un l'amour
» du Roi pour sa bonne ville, l'autre les senti-
» mens de Paris pour son Roi. Qu'en consé-
» quence, l'un des deux bas-reliefs aura pour
» sujet, Henri IV laissant entrer des vivres dans
» Paris, dont il faisoit le siége ; l'autre, l'entrée
» de Henri IV dans la capitale.

14.

2°. » Que les deux bas-reliefs auront chacun
» neuf pieds six pouces de long, sur cinq pieds
» de hauteur, et seront fondus d'un seul jet.

3°. » Que la dépense de l'exécution des deux
» bas-reliefs en modèle, de leur mélange et ré-
» parage en plâtre, de leur fonte en bronze, et
» de leur ciselure, d'après les renseignemens les
» plus précis sur la nature et la valeur de chaque
» partie du travail, doit monter à la somme de
» 40,000 fr., selon devis estimatif présenté par
» M. Lemot (1). »

Le moment de l'inauguration approchoit, et
le comité, dont les fonctions cessoient, alloit,
au nom de tous les souscripteurs, faire hommage à Sa Majesté, de la statue équestre.

Il transmit donc le devis proposé par M. Lemot à M. le ministre secrétaire d'Etat de l'intérieur. Son Excellence décida que les bas-reliefs
seroient faits aux conditions proposées; qu'il
seroit suppléé sur les fonds du ministère à ceux
de la souscription, s'ils étoient insuffisans;
enfin, que l'exécution de ces bas-reliefs ren-
treroit comme tous les ouvrages d'art qu'elle
ordonnoit, sous la surveillance de l'autorité
administrative.

_____

(1) Voyez ce devis dans l'Appendice.

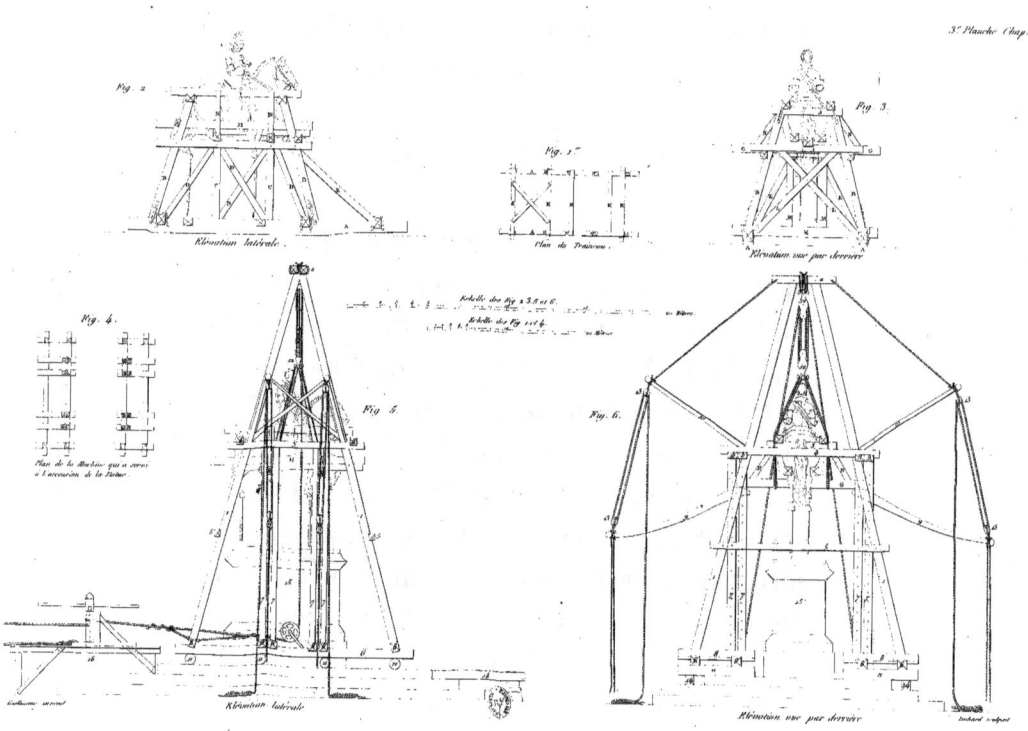

Fig. 2.

Élévation latérale.

Fig. 1.re

Plan du Traineau.

Fig. 3.

Élévation vue par derrière.

Fig. 4.

Plan de la Machine qui a servi à l'ascension de la Statue.

Échelle des Fig. 2, 3, 5 et 6.

Échelle des Fig. 1 et 4.

Fig. 5.

Élévation latérale.

Fig. 6.

Élévation vue par derrière.

CHAPITRE X.

SOMMAIRE.

COMMENT avoit été transportée la statue équestre de Louis XV. — Ce mode étoit long et dispendieux. — M. le colonel Grobert propose les procédés qu'il a employés pour transporter les groupes de Coustou. — M. Guillaume, ancien maître charpentier, offre d'élever à ses frais la statue sur son piédestal. — Son offre est acceptée. — La translation lui est aussi confiée. — Description du transport de la statue, et de son élévation sur le piédestal.

ON avoit transporté la statue équestre de Louis XV sur un chariot, depuis l'atelier du Roule jusqu'au lieu de sa destination. Ce chariot, sorti de l'enceinte des ateliers du Roule vers le point qui répond au bas d'une des avenues de l'Etoile, avoit été conduit sur une chaussée construite exprès, jusqu'à la grande route de Neuilli; de là au chemin qui aboutit au-dessus de la barrière du Roule dans la campagne. Il étoit descendu ensuite vers la barrière, qu'on avoit en partie détruite pour en élargir l'ouverture, et enfin dans la rue du faubourg Saint-

Honoré, dont on avoit remanié le pavé, et
interdit le passage à toutes les voitures. Ce
transport avoit duré trois jours (1). Si l'on cal-
cule les frais de confection d'une chaussée , ceux
du remaniement du pavé dans toute la longueur
du faubourg Saint-Honoré, de la construction
du chariot, etc., on comprendra que la dépense a dû être fort considérable.

Plusieurs propositions parvinrent au comité
des souscripteurs pour le transport de la statue
équestre de Henri IV.

M. le colonel Grobert, qui, en 1795, avoit
amené en cinq heures, de Marly à Paris, les
groupes de Coustou, placés aujourd'hui à l'entrée de l'avenue principale des Champs-Elysées,
offrit l'emploi des mêmes appareils et des
mêmes machines, pour le transport de la statue
équestre. Ces moyens étoient connus et consacrés par l'expérience (2). Il est vraisemblable
qu'ils eussent été adoptés.

Mais M. Guillaume, ancien maître charpen-

---

(1) Description de la fonte de la statue de Louis XV, par
Mariette, ch. 13, page 135.

(2) Description des travaux exécutés pour le déplacement, le
transport et l'élévation des groupes de Coustou, par J. F. Grobert, chef de brigade d'artillerie, directeur de l'Arsenal de
Meulan, membre des Académies de Florence et de Bologne.
Ouvrage publié par ordre du gouvernement. Paris, an IV de la
république.

tier, entrepreneur de travaux publics, proposa d'élever, *à ses frais*, la statue sur le piédestal, et de payer ainsi son tribut à la mémoire de Henri. Son offre ayant été acceptée, il étoit naturel que M. Guillaume fût également chargé de la translation de la statue.

Cet entrepreneur commença donc par assujétir la statue dans un système de charpente, dont la partie inférieure faisoit traîneau. (*Voyez les figures* 1, 2, 3, *planche troisième, et dans la note ci-dessous, le détail des pièces qui entroiént dans sa composition* (1).

Le 13 août, au soir, on abattit une partie du mur d'enceinte de la fonderie du Roule, et on plaça la statue, ainsi contenue et recouverte

---

(1) *Explication des pièces composant le traîneau qui a servi à la translation de la statue équestre de Henri IV :*

A. Semelles traînantes. Nous nommons ainsi les deux poutres inférieures sur lesquelles portoit le traîneau ; elles avoient chacune 9 mètres de longueur et 33 à 39 centimètres d'équarrissage.

B. Les quatre *poteaux corniers.* On appelle ainsi les maîtresses pièces des angles d'un pan de bois. Elles avoient 4 mètres 25 centimètres de longueur sur 28 centimètres de grosseur.

C. Poteaux de remplage posés sous les deux sous-ventrières. Ils avoient chacun 2 mètres 50 centimètres de longueur et 26 à 27 centimètres d'équarrissage.

D. Les quatre *branches de croix de saint André*, assemblées entre les susdits poteaux. Elles avoient chacune 2 mètres 75 centimètres de longueur et 18 à 19 centimètres d'équarrissage.

E. Les *arcs-boutans.* Deux étoient en avant, quatre autres entre les poteaux de remplage.

F. Les *moises* au-dessus des poteaux. Elles remplissoient le double

d'une toile bleue fleurdélisée, sur la chaussée de
la rue du faubourg du Roule. Le lendemain matin
on y attela dix-huit paires de bœufs. Ils avoient
une housse pareille à la draperie. Les conduc-
teurs avoient une veste bleue, un chapeau français, une cocarde blanche, avec fleurs de lis
en or.

Le départ eut lieu vers dix heures du matin.
La route étoit tracée par l'avenue de Marigny,
l'avenue des Champs-Elysées, la place Louis XV
et les quais. Une foule immense inondoit le che-

---

office de soutenir les sous-ventrières, et d'assembler les
poteaux et les branches de croix de saint André.

G. Les deux *ventrières*. Elles passoient entre les quatre jambes
du cheval.

H. Les *flasques*. Elles longeoient les côtés du cheval, et en soutenoient en avant et en arrière les fesses et les épaules.

I. Les deux *garde-corps*. On nomme ainsi les pièces de bois
placées au-dessus des deux précédentes.

J. Les *entretoises*. Elles pourroient être nommées, à raison de
leur position, l'une *poitrail*, l'autre *croupière*.

K. Les cinq entretoises d'assemblage. Leur office est d'assembler
le bas du châssis, et de maintenir l'écartement des semelles
traînantes.

L. Les *quatre branches de croix de saint André*, en avant et en
arrière du cheval.

M. Les quatre *poteaux* liés par le pied aux entretoises du grand
châssis, et par le haut aux deux ventrières, avec les six arcs-
boutans, dont quatre de côté, et deux en avant et en
arrière.

N. Les quatre autres petits *arcs-boutans* posés par le pied sur le
bout des sous-ventrières, et par le haut en gueule de loup,
sous les pièces dites *garde-corps*.

O. Un des *cabestans* qui a servi à tendre les cordes des moufles,
et à faire approcher la machine.

min que la statue devoit parcourir, depuis les ateliers du Roule jusqu'au Pont-Neuf. Le jardin des Tuileries, et particulièrement la terrasse du côté du bord de l'eau, étoient couverts d'une multitude de curieux. Paris avoit pris tout à coup un air de fête. La joie populaire n'avoit jamais été plus remarquable, et n'étoit pas de commande.

Le poids de la statue étoit évalué à vingt-cinq milliers, celui de la charpente à quinze milliers, en tout quarante milliers. Les charpentiers, à la tête desquels étoit M. Guillaume, protégés par plusieurs détachemens de gendarmerie à pied et à cheval, accompagnoient la statue.

Le chef fondeur, M. Piggiani (1), que la mort devoit frapper avant qu'il pût jouir de l'honneur d'être présenté à Sa Majesté, et de la satisfaction de voir la statue en place ; tous les ouvriers qui avoient coopéré aux travaux, la suivoient avec un air de contentement et de triomphe.

Dans la foule des curieux qui accompagnoient le monument, on apercevoit M. le marquis de Marbois, qui vouloit remplir jusqu'à la fin

---

(1) M. Pierre-Joseph Piggiani, mouleur habile, né à Rome, le 16 octobre 1772, est mort le 22 août 1818, trois jours avant l'inauguration. Il laisse une veuve et des enfans qui ont été recommandés par le comité des souscripteurs aux bontés de Sa Majesté.

et dans tous les détails, son honorable mission ;
M. le comte de Chabrol et M. le comte Anglès,
M. Quatremère de Quincy, M. Molinos, chargé
de la surveillance du transport, enfin M. Lemot, qui n'observoit pas sans inquiétude les
mouvemens que l'on imprimoit au traîneau (1).

Le trajet de la partie du faubourg du Roule
que l'on descendit d'abord s'opéra facilement,
et en moins d'une demi-heure ; mais une difficulté presqu'invincible survint dans l'avenue de
Marigny, où la base horizontale du traîneau,
sans roue, faisant tangente avec l'arc de cercle
d'une chaussée bombée, laissoit glisser l'énorme
fardeau vers l'un ou l'autre revers.

Les bœufs étoient excédés de fatigue, et suc-
comboient à chaque pas. On les remplaça par
des chevaux ; mais la marche n'étoit guère
moins pénible. Il falloit de grands efforts pour
redonner le mouvement à une masse aussi pe-
sante, lorsqu'elle étoit inclinée vers l'un des
côtés de la route, et quand on y étoit parvenu,
le mouvement cessoit bientôt, de sorte que les
stations devenoient très-longues et très-mul-
tipliées.

A six heures du soir, on n'avoit pas atteint la
fin de l'avenue de Marigny. On crut long-temps

---

(1) Voyez dans l'Appendice le procès-verbal de la translation.

qu'il seroit impossible d'aller plus loin. Ce ne
fut qu'après des peines incroyables, et avec un
renfort considérable de chevaux, qu'on put
tourner l'avenue principale des Champs-Elysées,
et se placer au milieu de la chaussée. Les Princes
étoient venus s'informer des causes du retard.
Les spectateurs souffroient de la lenteur et de
toutes les difficultés de la translation. Ceux qui
ne pouvoient approcher questionnoient les plus
voisins avec inquiétude. Tous se demandoient si
les obstacles étoient donc insurmontables. Enfin,
quelques ouvriers offrent de prêter secours.
On les refuse d'abord, puis on se décide à essayer
ce nouveau moyen. On attache des cordes aux
poutres du traîneau. Ces ouvriers s'en saisissent.
Mille bras s'emparent bientôt des traits de
l'équipage, dont on détache les bœufs avec précipitation. Le monument s'ébranle. Il ne marche
plus, il vole, et, en moins d'une demi-heure, il
arrive sous les croisées du pavillon des Tuileries,
aux cris mille fois répétés de « *Vive le Roi! vive
la Famille Royale!*

Ce n'étoit pas, sans doute, un spectacle auquel un cœur français pût demeurer insensible,
que celui de la statue du bon Roi, encore
voilée, traînée comme en triomphe, transportée comme par enchantement, par le peuple de
Paris, heureux et fier de pouvoir prouver son

affection et son respect pour la mémoire de cet
excellent Prince. Il excita les plus douces émo-
tions parmi ceux qui en furent les témoins, et
il paroîtra, sans doute, à la postérité, comme
à nous, un noble témoignage de la piété nationale
des Français pour leurs Rois.

Les descendans de Henri se montrèrent
touchés d'un mouvement spontané, inspiré par
des sentimens dans lesquels ils avoient aussi
leur part. Le Roi, Madame la duchesse d'Angoulême, les Princes parurent aux fenêtres, et
mêlèrent avec attendrissement leurs acclamations à celles du peuple. Ils lui témoignèrent,
par leurs gestes et par des paroles affectueuses,
leur satisfaction et leurs remerciemens.

La statue de Henri IV continua sa route le
même soir jusqu'au Pont-des-Arts, où elle demeura jusqu'au 17.

A deux heures du matin, on commença à
faire les dispositions nécessaires pour la transporter sur le Pont-Neuf. Les sapeurs-pompiers
travaillèrent à arroser le chemin que la statue
devoit parcourir. A cinq heures soixante chevaux de marine furent attelés au traîneau ; mais,
la montée du pont augmentant les obstacles, il
fallut en ajouter dix autres. Avec ce nouveau
secours la statue arriva devant le terre-plein à
six heures du matin. On la dégagea aussitôt de

tous les cordages et agrès qui avoient servi au transport (1).

Mais la statue se trouvoit en travers du piédestal. La première opération devoit être de la placer en face. Il falloit, à cet effet, lui faire faire un quart de conversion; ce qui fut exécuté au moyen de deux forts leviers, de chacun vingt-sept pieds de longueur, et dont le gros bout présentoit un équarrissage de dix à onze pouces. Ces leviers étoient en outre aidés par des crics disposés à l'avance, non seulement pour cet objet, mais encore pour seconder, dans la route, les mouvemens du traîneau.

Cette première opération étant exécutée, on s'occupa d'introduire sur le terre-plein la statue, de manière que les semelles traînantes arrivassent butantes et de niveau avec la marche-palier du piédestal. Voici comment on a procédé à cette seconde opération.

Il devenoit nécessaire d'exécuter sur rouleaux ce mouvement de progression, afin d'éviter les secousses qu'auroient occasionnées les inégalités du pavé; à la faveur du soulèvement qui avoit eu lieu pour faire opérer à la machine un quart

_____

(1) M. Guillaume a bien voulu nous fournir le détail des procédés employés pour placer la statue de Henri IV sur son piédestal. Ce détail ne sera pas sans intérêt pour une classe de lecteurs.

de conversion, on introduisit sous les semelles du traîneau, des *coulottes* ou *couchis*.

Alors deux cabestans furent placés ; on les fit virer, et les rouleaux étant successivement portés en avant, à mesure qu'ils dépassoient les châssis, le traîneau arriva ainsi jusqu'au bord antérieur du terre-plein.

Ce terre-plein étoit plus bas de trois pieds que la base du piédestal ; cependant, les deux semelles traînantes devoient elles-mêmes servir de coulottes, lorsque la statue seroit élevée à la hauteur du palier, et qu'il faudroit la faire marcher en avant, pour la mettre à plomb du piédestal. Afin donc de gagner la différence qui existoit entre le sol du terre-plein et la base du piédestal, toutes les coulottes furent posées en pente, et la machine étant de nouveau mise en mouvement, l'extrémité des semelles traînantes vint aboutir exactement à la marche-palier. Il ne fut plus alors question que de faire jouer les grands leviers et les crics pour chercher le niveau qui fut établi avec l'aide ordinaire des câbles.

Cette opération et les précédentes occupèrent la journée du 17 août. Le même jour, vers quatre heures de l'après-midi, le Roi vint visiter les travaux ; il s'arrêta sur le Pont-Neuf, en face de la statue, et fit appeler M. Guillaume. Après avoir donné à son zèle et à son désinté-

ressement les éloges les plus flatteurs, Sa Majesté s'informa du moment où seroit effectué le
mouvement d'ascension : M. Guillaume répondit à Sa Majesté que ce mouvement s'opéreroit
vraisemblablement le surlendemain vers midi.

Pendant la journée du 18 on démonta la
charpente du traîneau, à l'exception des ventrières, sous-ventrières, et des pièces dites
flasques ; lesquelles longeoient le cheval, depuis
la croupe jusqu'au poitrail, ainsi que celles qui
étoient nommées *garde-corps* et entretoises,
d'avant et d'arrière.

Toutes ces pièces étoient combinées de manière qu'elles ne portoient sur aucune des parties réparées de la statue ; elles étoient soutenues
par divers arcs-boutans, et supportoient la statue comme sur un brancard, ce qui ne laissoit
pas la moindre inquiétude pour l'ascension.
L'appareil destiné à élever la statue avoit été
reculé jusqu'au-dessus du piédestal (1). Il avoit

---

(1) *Désignation des pièces de la machine qui a servi à l'ascension
de la statue équestre de Henri IV, et à son placement sur le
piédestal.*

1º. Les quatre principales pièces, que l'on nommera *aiguilles.*
Elles étoient en bois de sapin, et avoient chacune 15 mètres
50 centimètres de longueur, sur 27 à 28 centimètres de grosseur.

2º. Les deux *moises* qui lioient les quatre susdites pièces par
le haut. Elles avoient chacune 3 mètres de long, sur 21 à 30 centimètres d'équarrissage.

3º. Les quatre *moises* servant de chapeaux aux poteaux jumelles

été placé en arrière pour ne point gêner l'arri-
vage. Il fallut le faire avancer, et le disposer

et de ceinture aux quatre grandes aiguilles. Elles avoient 5 mètres
50 centimètres de longueur, sur 14 à 30 centimètres d'équarrissage.

4°. Les deux *entretoises* au retour. Elles avoient chacune
5 mètres 50 centimètres de longueur, sur 22 à 24 centimètres
d'équarrissage.

5°. Les deux *entretoises* au-dessous. Elles avoient chacune
5 mètres 50 centimètres de longueur, sur 22 à 24 centimètres
d'équarrissage.

6°. Les quatre *soles* supportant les quatre aiguilles, et posées
sur rouleau. Elles avoient 9 mètres 50 centimètres de longueur,
et de 30 à 33 centimètres d'équarrissage.

7°. Les seize *poteaux jumelles*. Ils avoient chacun 6 mètres
30 centimètres de longueur, et de 16 à 27 centimètres d'équarrissage.

8°. Les douze *patins* entaillés sur les soles. Leur fonction étoit
de maintenir les écartemens des soles, et de supporter les *quatre
aiguilles* ainsi que les seize poteaux jumelles. Les patins avoient
2 mètres 60 centimètres de longueur, sur 26 à 27 centimètres
d'équarrissage.

G. Les deux *sous-ventrières* dont il a été parlé dans le détail
des pièces du traîneau. Elles servoient à l'ascension par le moyen
des quatre balanciers, et supportoient l'amarrage du moufle.
Elles avoient 4 mètres 50 centimètres de longueur, sur 36
à 39 centimètres d'équarrissage.

9°. Les quatre *balanciers* dont on vient de parler. Ils avoient
5 mètres de longueur, 22 à 34 centimètres d'un bout, et de 16
à 16 de l'autre.

10°. Les quatre *boute-dehors*. Ils servoient à tenir d'aplomb les
palans qui soutenoient les balanciers; ils étoient en sapin, et
avoient 5 mètres de longueur, et 11 à 12 centimètres de grosseur.

11°. Les six *rouleaux*. Ils avoient chacun 2 mètres 60 centimètres de longueur, et 33 centimètres de diamètre.

12°. Le *moufle.*

13°. Les *palans* servant au mouvement des balanciers.

14°. Les deux *coulottes*. Elles servoient à supporter les rouleaux.

15°. Le piédestal.

16°. *Cabestans.*

sur la statue de manière à la saisir avec facilité.
Ce fut également l'occupation d'une partie de la
journée du 18.

Le mauvais temps du 19 mit obstacle à l'activité des travaux. Cependant, on avoit commencé dès le matin les amarrages des moufles ;
mais, une pluie abondante ayant fait subitement
gonfler les cordages, ils perdirent leur sou-
plesse. On ne put le lendemain les retirer des
trous dans lesquels ils jouoient facilement la
veille, et l'on fut même obligé d'en couper quelques uns. La journée du 19 fut presque entièrement perdue, et il fallut renoncer à l'espérance
d'effectuer ce jour-là le mouvement d'ascension.

Jeudi 20, vers neuf heures du matin, tout
étant prêt pour ce mouvement, M. Guillaume
en informa le comité des souscripteurs. M. le
marquis de Marbois, président, et plusieurs
autres membres se rendirent sur les lieux. pour
être témoins de l'opération. Elle avoit en outre
attiré quelques fonctionnaires publics, parmi
lesquels on distinguoit M. le comte Anglès, ministre d'Etat, préfet de police. A midi, M. Guillaume fit rassembler ses ouvriers, au nombre de
quarante. Il en forma six pelotons, dont chacun
étoit commandé par un chef. Cette espèce d'or-
ganisation étoit nécessaire pour prévenir la
confusion et le désordre si funestes dans ces

15

occasions. M. Guillaume donna à chaque chef de peloton les instructions convenables, et les chargea seuls du soin de recevoir ses ordres et de les transmettre.

Chacun des quatre balanciers avoit été numéroté à l'avance ; l'ordre de s'y porter fut donné à quatre des pelotons. Chacun des deux autres pelotons fut chargé du service d'un cabestan. Ces cabestans, comme on le verra, remplissoient un double office. Ils devoient servir d'auxiliaires aux balanciers dans le mouvement d'ascension, et faire avancer l'appareil par un simple changement d'amarrage.

Au premier commandement, les balanciers et les cabestans agissant simultanément, on vit la statue s'élever sans effort de neuf pouces à chaque coup de balancier. Ce degré d'ascension s'accomplissoit dans l'espace d'une demi-minute, de telle sorte qu'il eût fourni sur un plus grand appareil une élévation de cinquante pieds en une demi-heure. Les balanciers eussent pu agir encore plus vite ; mais leur action devoit être proportionnée à la vitesse des moufles, qui, bien que doublée par l'application du second cabestan (1) faisant effort sur le dormant (2),

---

(1) Le second cabestan n'avoit d'autre objet que de doubler la vitesse des moufles. Il n'augmentoit pas sa puissance, quoiqu'il nécessitât le double d'hommes.

(2) On appelle *dormant* le bout de cordage qui est ordinairement fixé au-dessous de la poulie.

n'auroit pu correspondre au degré d'activité qu'il étoit possible d'imprimer aux balanciers. L'action des balanciers étoit en outre suspendue toutes les fois que le cordage des moufles, roulé autour de la fusée des cabestans, arrivoit vers la tablette. Pour faire descendre ce cordage, on en employoit un autre, appelé bosse (1) en terme de marine, lequel étoit attaché au pied du patin de l'une des aiguilles.

Les fers de scellement adaptés aux pieds du cheval, sur une longueur de quatre pieds six pouces, avoient rendu nécessaire une égale surélévation de la statue, pour que ces fers pussent passer sur le piédestal. Le degré d'élévation nécessaire ayant été obtenu, les dispositions furent faites pour avancer l'appareil à plomb au-dessus du piédestal, de manière que les fers de scellement correspondissent exactement aux mortaises destinées à les recevoir. Ce fut alors que les cabestans, cessant de jouer le rôle auxiliaire de la force d'ascension des leviers, reprirent l'autre fonction à laquelle ils étoient principalement destinés, celle d'imprimer à l'appareil un mouvement de progression. Ce prompt changement

---

(1) On nomme *bosse* un bout de corde d'une médiocre longueur, qui s'applique à un autre cordage pour en maintenir la tension.

s'exécuta à la surprise des spectateurs ; cette manœuvre, au lieu d'appliquer l'amarrage des
bosses du côté de la charge pour la soutenir,
comme cela se pratique ordinairement, consistoit simplement à les amarrer en sens inverse,
c'est-à-dire, du côté des cabestans, qui, dans
leur mouvement de rotation, faisant effort sur
le pied de l'appareil, devoient le forcer à avancer. Pour fixer cet appareil durant le mouvement d'ascension, il avoit été nécessaire de caler
les rouleaux qui le supportoient. Avant donc de
mettre les cabestans en mouvement, les cales
furent enlevées ; les cabestans virèrent aussitôt, et
la machine, s'avançant d'un mouvement égal,
se trouva à plomb du piédestal.

L'appareil avoit à parcourir, pour accomplir
ce mouvement, un trajet de seize à dix-sept
pieds : telle fut cependant la précision des mesures prises par M. Guillaume, avant l'ascension, pour placer la machine sur ses rouleaux ;
telle fut aussi la sûreté de la direction qu'il lui
imprima dans ce dernier mouvement de progression, que les fers adaptés aux pieds du cheval arrivèrent à six lignes près en ligne droite
du milieu des ouvertures de scellement. Une
exécution si parfaite surpassa même l'attente de
M. Guillaume. Plusieurs témoins, au nombre
desquels étoit M. le comte Anglès, s'empres-

sèrent de constater cette rare précision, et pour en juger montèrent sur le piédestal.

Quelque peu sensible cependant que fût la différence de six lignes qui se faisoit remarquer entre la perpendiculaire des fers et les ouvertures de scellement, il étoit prudent de chercher l'exacte milieu, avant de faire descendre la statue. Ce fut le résultat d'un petit mouvement de côté donné par le levier et les crics.

Cette dernière opération, qui consistoit à faire descendre la statue, pouvoit s'effectuer à la fois, comme le mouvement d'ascension, par le double concours des balanciers et des cabestans.

Mais M. Guillaume fit alors tomber ses quatre balanciers. La suppression des premiers moteurs de la force de cette vaste machine éveilla la crainte des spectateurs : M. Lemot lui-même fut du nombre de ceux qu'elle inquiéta. Cependant, M. Guillaume ayant garanti le succès de sa manœuvre, les quatre balanciers furent enlevés, et le moufle resta seul chargé du poids de la statue.

Les personnes qui avoient suivi les détails de l'opération étoient alarmées de cette suppression, parce que le moufle n'avoit paru jusqu'alors avoir d'autre but que de maintenir la statue en équilibre sur les ventrières, et de laisser aux

balanciers la presque totalité de l'effort. Quelques autres personnes, instruites du luxe des
moyens qui avoient été mis en œuvre, en 1763,
pour mettre en place la statue équestre de
Louis XV, s'effrayoient de la hardiesse du nouveau procédé et de la confiance de M. Guillaume.
En effet, M. Maris, architecte, qui avoit été
chargé de cette opération, y avoit employé, au
lieu du moufle unique de M. Guillaume, deux
moufles absolument semblables, plus deux fortes
écharpes dont chacune étoit garnie d'un câble
de trois pouces de diamètre. Les poulies avoient
treize pouces également de diamètre; cependant
le concours de ces moyens ne tranquillisa pas
l'architecte. Indépendamment de ces quatre
soutiens, il en fit construire quatre autres. Chacun de ces derniers, montés en bois ferré avec
de très-forts montans de fer soudés par le haut
à un crochet de trois pouces de diamètre, étoit
garni de quatre poulies en cuivre dont la poulie supérieure avoit quatorze pouces de diamètre
et deux pouces huit lignes d'épaisseur (1).

Mais M. Guillaume avoit calculé toutes ses
forces, et avoit acquis la preuve que son moufle
pouvoit facilement supporter 96 mille livres
pesant. En effet, dès le mois de juin précédent,

------

(1) Voyez l'ouvrage publié par M. Mariette, en 1768, pag. 115.

il s'étoit rendu au Hâvre pour y faire fabriquer des cordages en chanvre de première qualité. Plusieurs expériences répétées à l'arsenal de la marine royale lui avoient appris que chacun des brins de ces cordages supportoit aisément un poids de huit mille livres, lequel, multiplié par douze, représentoit effectivement 96 mille, nombre des brins de cordage du moufle. Le même calcul, appliqué à l'appareil de 1763, démontre que les moyens employés équivaloient à un effort de 276 mille livres, ce qui porte à croire que l'architecte ne s'étoit point rendu compte de la force comparée au poids à soulever (1).

La statue étant ainsi suspendue au moufle, on s'occupa de dégager les pieds du cheval de toutes les ferrures qui avoient servi à prévenir l'effet des chocs durant le transport. Les cabestans remplirent alors un office tout nouveau; et, laissant lentement s'échapper le câble, par un mouvement contraire à celui qui avoit procuré l'ascension, on vit la statue descendre ma-

---

(1) Par une singularité remarquable, le principal moufle employé par M. Guillaume étoit l'un de ceux qui avoient servi à l'érection de la statue de Louis XV. Il l'avoit acheté en novembre 1793 d'un chaudronnier nommé Mazier, demeurant rue Galande, près de la place Maubert; lequel le tenoit lui-même de la veuve Lerbette, de Saint-Denis, dont le mari avoit été entrepreneur du transport et de la pose de la statue de Louis XV.

jestueusement, et atteindre le niveau du piédestal.

Des cris de *Vive le Roi* s'élevèrent alors de
toutes parts, et les fonctionnaires témoins du
succès complet de l'opération ne quittèrent
pas le terre-plein sans adresser leurs félicitations
à M. Guillaume.

STATUE ÉQUESTRE DE HENRI IV.

érigée sur le terre-plein du Pont-Neuf,

à Paris le 25 Août 1818.

CHAPITRE XI.

SOMMAIRE.

PRÉPARATIFS de l'inauguration du monument. — Cérémonial arrêté par le Roi. — Inauguration de la statue. — Discours du président du comité des souscripteurs. — Réponse du Roi. — Revue de la garde nationale et de la garde royale. — Retour du Roi au palais des Tuileries. — Distribution des médailles frappées à l'occasion de la cérémonie. — Divertissemens qui ont terminé la journée. — Conclusion.

L'ESPÉRANCE s'étoit généralement répandue dans le public que Sa Majesté et son auguste famille assisteroient à la cérémonie de l'inauguration de la statue de Henri IV. Cependant le comité des souscripteurs ignoroit encore la volonté du Roi. On pria M. le duc de Richelieu de lui demander ses intentions. « Comment! » répondit Sa Majesté, doit-on les mettre en » doute? et pourroit-on supposer que moi, le » premier des Français, et petit-fils de Henri IV, » je voulusse manquer à cette fête toute fran-

» çaise?.» C'étoit répondre de la manière la plus
noble et la plus délicate au vœu qui étoit exprimé.
Cette réponse remplit de satisfaction tous les
membres du comité.

Le jour étoit donc arrivé où les Français, en
rétablissant la statue de Henri sur son antique
base, alloient montrer la vénération que leur
inspiroit la mémoire d'un prince, amour de la
France, et où le comité des souscripteurs alloit
recueillir la flatteuse récompense de ses soins,
par l'honneur d'être près de Sa Majesté l'organe
des sentimens de tous les Français.

La journée du 25 août, fixée pour la cérémonie, offroit une double fête : celle de Henri IV,
au nom duquel, selon l'expression d'un noble
pair, nos cœurs tressaillent de joie et nos yeux
se remplissent de larmes, celle du Roi dont la
sagesse et la bonté effacent chaque jour parmi
nous la trace des malheurs et des discordes, funeste cortége des révolutions.

La veille, des représentations populaires
avoient eu lieu dans tous les théâtres de la capitale. Partout des pièces, ou des scènes composées
dans l'intention de fêter le bon Roi, offroient
de piquantes allusions ou des couplets spirituels
qui excitèrent de franches acclamations, et furent applaudis avec transport.

Les feuilles publiques firent connoître le cé-

rémonial qui devoit être observé pour le rétablissement et l'inauguration de la statue (1).

Le 25, à six heures du matin, des salves
d'artillerie, et le rappel battu par les tambours,
annoncèrent la solennité de la journée. L'éclat
d'un ciel pur et serein disposoit tous les cœurs
à l'allégresse.

La décoration du terre-plein du Pont-Neuf
consistoit en un arc-de-triomphe érigé en arrière
de la statue. Cet arc étoit revêtu du chiffre de
Henri et de fleurs de lis espacées. On avoit représenté sur les bases quelques scènes de l'histoire
du monarque dont l'effigie alloit reparoître.

De chaque côté de la statue, des places avoient
été préparées pour les spectateurs.

En face étoit le trône du Roi, et dans les
parties latérales, des estrades où devoient être
admises les personnes qui, à raison de leurs
dignités ou de leurs fonctions, feroient partie
de la cérémonie.

A midi un quart, une seconde salve d'artillerie annonça le départ du Roi du palais des Tuileries, pour aller passer la revue de la garde nationale, de la garde royale et de la troupe de ligne.

Les douze légions de la garde nationale à
pied, la légion à cheval, la garde royale, les
légions de département, composant la garnison

---

(1) Voyez ce cérémonial dans l'Appendice.

de Paris, étoient placées en ordre de bataille sur toute la ligne du boulevard, et avoient reçu l'ordre de se replier, aussitôt après le passage de Sa Majesté, sur la rive gauche de la Seine, pour défiler devant le trône. S. A. R. Monsieur, colonel-général de la garde nationale, avoit déjà passé devant tous ces corps, pour s'assurer de l'exécution des dispositions convenues. A midi et demi le Roi prit le chemin des boulevards, par la rue de la Paix, les suivit jusqu'à la Bastille, où étant arrivé, il revint par la rue Saint-Antoine, la place de l'Hôtel-de-Ville, les quais et le côté septentrional du Pont-Neuf.

Sa Majesté étoit dans une calèche, ayant avec elle Madame, duchesse d'Angoulême, et Madame la duchesse de Berry.

La voiture du Roi étoit précédée de celle de MM. les gentilshommes de la chambre.

Monsieur, en habit de colonel-général de la garde nationale ; les Princes ses fils, M. le duc d'Orléans et M. le duc de Bourbon étoient à cheval aux deux côtés de la voiture. M. le maréchal duc de Reggio, à la tête d'un brillant état-major, la précédoit.

Le Roi étoit en habit de maréchal de France.

Sur toute la ligne qu'il parcourut il put lire dans tous les regards la satisfaction qu'inspiroit sa présence.

Cependant, à dix heures et demie, les bas-
côtés du Pont-Neuf, nord et midi, avoient été
ouverts aux personnes introduites par billets
sur le terre-plein, ou admises sur l'estrade en-
vironnant le trône. Les quatre parapets latéraux
étoient ceints d'une balustrade, dans laquelle
se trouvoient des milliers de spectateurs, garan-
tis de tout accident. Le milieu du pont étoit entièrement libre.

Toutes les places du terre-plein se remplirent
successivement sans tumulte, sans confusion.
Le nombre des billets avoit été strictement
proportionné à celui des places. Des femmes
élégamment parées en occupoient les premiers
rangs. Des maîtres de cérémonies y distri-
buoient aux dames des bouquets et des rafraî-
chissemens. On vit successivement arriver et
prendre place : le corps municipal de Paris,
ayant à sa tête M. le comte de Chabrol, conseiller
d'Etat, préfet du département de la Seine ; le
comité des souscripteurs pour le rétablissement
de la statue, précédé de M. le marquis de Marbois, son président, pair de France, premier
président de la Cour des Comptes ; le corps
diplomatique, les ministres, les maréchaux et
pairs de France, les membres de la Chambre des
Députés, les souscripteurs des départemens,
particulièrement invités à cette cérémonie,

Quelque temps après arrivèrent les Princesses du Sang, Madame la duchesse douairière
d'Orléans ; Mademoiselle d'Orléans, les jeunes
Princes et Princesses de cette maison, Madame
la duchesse de Bourbon. Son Altesse Royale
la duchesse d'Orléans, n'étant pas encore sortie
depuis ses couches, manquoit seule à la réunion
des autres membres de sa famille ; les voitures
et les vêtemens de Madame la duchesse de Bourbon rappeloient la perte douloureuse qu'elle
avoit récemment faite.

Le corps de musique du Conservatoire
Royal étoit rangé sous l'arc-de-triomphe érigé
en arrière de la statue.

Dans le même temps, on élevoit sur quatre
piques une tente en soierie bleue, argentée de
fleurs de lis, destinée à masquer le monument
tandis que l'on retiroit la draperie provisoire,
sans que la statue parût aux yeux des spectateurs.

A deux heures des acclamations annoncèrent
l'arrivée du Roi. Le comité pour le rétablissement de la statue, ayant à sa tête M. le marquis
de Marbois, son président, et le corps municipal, ayant à sa tête M. le comte de Chabrol,
préfet de la Seine, précédé par les officiers des
cérémonies, allèrent recevoir le Roi, à la descente de son carrosse. Sa Majesté prit place sur
son trône, ayant à sa droite Monsieur, le duc

d'Angoulême, le duc de Berri, le duc d'Orléans, le duc de Bourbon; et à sa gauche, Madame et Madame la duchesse de Berri.

Le comité des souscripteurs se porta au pied de la statue. A un signal donné par le président, la statue, voilée jusqu'alors, fut découverte par huit de MM. les souscripteurs placés aux quatre angles du piédestal (1), et elle fut offerte aux regards impatiens d'une foule immense avide de la contempler Le Roi, se découvrant aussitôt, salua cette image du chef de sa race et du père de la France. Le bruit des canons et des fanfares, se mêlant aux accens de l'allégresse publique, produisit un de ces effets que la plume essaieroit en vain de retracer. L'imagination ne peut concevoir une scène plus imposante et plus pathétique. Le cri de *Vive le Roi! Vivent les Bourbons!* sortoit de mille bouches; l'air chéri: *Vive Henri IV!* se faisoit entendre. Les acclamations étoient universelles; et ce mouvement général se communiquoit en un instant aux extrémités des quais et des ponts voisins encom-

---

(1) Ces souscripteurs étoient MM. Lerat de Magnito, juge de paix du second arrondissement de Paris; Wante, directeur des pensions au ministère des finances; Borel, officier de la 1re légion de la garde nationale de Paris; Duparc, officier de la 7e légion; Loiseleur et Courte-Epée, inspecteurs des travaux du terre-plein du Pont-Neuf; Gaulier et Elie de Beaumont, élèves de l'Ecole Polytechnique.

brés de spectateurs; on en a vu plusieurs dont l'émotion se manifestoit par des larmes.

En ce moment le comité des souscripteurs, présenté par M. le grand-maître des cérémonies, s'est avancé jusqu'aux marches du trône, et M. le marquis de Marbois a adressé au Roi le discours suivant :

« SIRE,

» Deux fêtes réunies embellissent cette heureuse journée. La joie publique éclate aux noms de Louis et de Henri; votre présence, Sire, met le comble à l'allégresse générale.

» Paris redemandoit la statue du plus chéri de nos Rois; le citoyen, l'étranger cherchoient sur cette place désolée le monument du grand homme qui répara les ruines de la France. La piété publique le relève aujourd'hui sous les auspices de Votre Majesté. Les efforts du zèle, plus puissans que tous les autres efforts, les bras des citoyens, leurs bras impatiens, viennent de conduire la statue de Henri à la place où nous la contemplons. Sire, les hommages que nous rendons à votre immortel aïeul, sont les plus beaux que nous puissions offrir au Roi qui a choisi ce prince pour modèle.

» C'est aujourd'hui, Sire, c'est au pied de sa statue, que devroit être prononcé un éloge solennel de Henri-le-Grand; mais deux siècles ont consacré sa mémoire; son nom est dans toutes les bouches; ses actions, ses paroles vivent dans nos souvenirs; il est chanté dans nos fêtes, sur nos théâtres; nous le célébrons dans nos prospérités, nous l'avons invoqué dans nos malheurs.

» Comment se forma dans un âge de fer cette âme si franche, si noble, si généreuse? D'où vient le charme attaché à ce nom qu'on ne peut entendre sans émotion, qu'on ne peut prononcer sans attendrissement?

» Henri aima la France : il fut et par son caractère et par son esprit le modèle du vrai Français. Elevé à cette cour de Navarre où régnoit toute la simplicité des mœurs antiques, entouré de plus d'amour que de respect, mêlé dans ses exercices et ses jeux aux enfans de son âge, il entendit des accens plus vrais, il toucha de plus près à l'homme de la nature. De là ces mouvemens naturels, cette allure franche, cette confiance en soi-même et dans les autres. *C'est notre Henri* (1), disoient les Béarnais. Expression du sentiment qui lui apprit de bonne heure et par la plus douce des leçons, qu'il n'étoit point à une famille particulière, mais à la pa-

_____

(1) Quey nostre Henry! Caye nostre Henry!

16

trie. Tel fut le premier germe de ces affections paternelles qui embrassèrent bientôt tous les Français. Telles sont aussi, telles seront toujours les vertueuses leçons et la nourriture généreuse qui assureront à nos neveux une succession non interrompue de bons Rois, de Rois dont les noms, comme celui de Henri, seront à l'abri des outrages des siècles.

» Sa mère, aux premières impressions de son enfance, mêla des pensées fortes et hardies. Elle lui révéla les injures de Ferdinand le catholique. Elle lui rendit le vœu de son aïeul qui, sur son berceau, demandoit au ciel qu'il fût son vengeur. Elle lui montroit, dans les malheurs de la France, la main de Philippe II, les mains des Guises. A cette voix, son courage s'enflammoit, et son amour pour la patrie s'échauffoit de la haine qu'il ressentoit pour ses ennemis.

» Cependant, la France est en proie à des discordes civiles et religieuses. Des factions rivales se disputent l'autorité. Un parti tantôt vaincu, tantôt caressé, appelle Henri pour s'autoriser de son nom et combattre sous ses drapeaux. Jeune et sans expérience, il est précipité par sa mère dans cette funeste arène. Laissons à la fidélité de l'histoire ces temps infortunés ; qu'elle dise et les erreurs et les crimes de cette longue et désastreuse époque, les piéges, les séductions, les dangers dont Henri fut environné; qu'elle dise ses succès, ses revers, qu'il a également déplorés, et tous ces jours qu'il croit perdus pour lui, parce qu'il les croit perdus pour la France. Non, ils ne furent point perdus. Les vertus de Henri brillèrent dans ces jours de malheur. Il épargna le sang des Français; il fit respecter les propriétés; il fit respecter les autels et la liberté des cultes; il conquit les cœurs, et il obtint l'estime de Rome même.

» Le dernier des Valois a laissé à Henri un trône sanglant, environné d'écueils et d'ennemis; sa valeur, sa prudence, sa bonté surtout, triomphent de tous les obstacles. Il oublie les injures faites au Roi de Navarre, et va prendre Jeanin et Villeroi dans les conseils de la Ligue. Depuis long-temps il avoit deviné Sully; Sully, qui lui fait connoître l'amitié, ses douceurs, et même son utile sévérité. Mais sa pensée est toujours plus haute que celle de ses ministres; il protège avec Sully l'agriculture; il protège contre lui les manufactures et les arts. Les soins du gouvernement le suivent jusqu'au sein des plaisirs et des amusemens. Au dedans il a calmé les dissensions, et, par un acte de la plus haute sagesse, il a réconcilié les familles et satisfait les consciences. Au dehors il a fait la paix de la France. Il médite une paix plus générale en-

16.

core, celle de l'Europe entière, et il veut en assurer la durée par toutes les précautions qui dépendent de la prudence humaine, par sa modération, son désintéressement, sa justice, et surtout par le bonheur de la France.

» Mais en même temps l'avenir de cette France l'inquiète. Que deviendra-t-elle après lui, sous une minorité foible, sous un gouvernement lâche ? Il faudroit un lien général qui unît les intérêts, une institution capable de prémunir l'autorité contre les erreurs ou les caprices de ses ministres, et sans doute Henri pensa aux Etats généraux ; mais ils étoient décriés par des essais malheureux. Lui seul étoit alors capable d'améliorer cette institution ; elle n'avoit de danger que parce qu'on l'avoit toujours employée dans des temps de crise et de fermentation. Devenue permanente avec des sessions annuelles et nécessaires, elle prenoit un autre caractère ; un esprit public se formoit ; l'intérêt général s'élevoit au-dessus des intérêts particuliers ; Henri en dirigeoit les premiers mouvemens, et en maîtrisoit les ressorts par sa franchise, par la confiance qu'il inspiroit. Un essai heureux assuroit la perpétuité du bien que ce changement auroit opéré.

» Le malheur de la France en avoit autrement décidé.

» Henri mourut sans avoir eu le temps de mûrir ce dessein, et tout fut renversé après lui.

» Plus heureux, Sire, vous avez donné à vos peuples une Charte tutélaire. Elle s'affermit sous vos yeux. Déjà se développent ses avantages : un esprit public se forme ; les opinions s'éclairent ; les lois ont plus de poids, et d'un bout du royaume à l'autre, cette Charte, reçue avec joie, s'exécute sans murmure. Soutenez, Sire, soutenez l'ouvrage de votre sagesse, et que la France reconnoissante compte du règne de Votre Majesté la stabilité de son gouvernement et de son bonheur.

» Que cette statue soit au milieu de cette grande cité comme un génie tutélaire ; qu'à l'aspect de ce monument national et patriotique les discordes se taisent, et que nos neveux puissent toujours dire, comme nous le disons aujourd'hui : Les descendans de Henri IV ont ses vertus et son cœur ; ils aiment la France comme Henri l'aima. »

Le Roi répondit à peu près en ces termes :

« Je suis sensible aux sentimens que vous » m'exprimez : j'accepte avec une bien vive re- » connoissance le présent du peuple français, » ce monument élevé par l'offrande du riche » et le denier de la veuve ; en contemplant » cette image, les Français diront : Il nous

» aimoit, et ses enfans nous aiment aussi. Les
» descendans du bon Roi diront à leur tour :
» Méritons d'être aimés comme lui. On y verra
» le gage de la réunion de tous les partis, de
» l'oubli de toutes les erreurs ; on y verra le pré-
» sage du bonheur de la France. Puisse le Ciel
» exaucer ces vœux qui sont les plus chers à
» mon cœur ! »

Ce discours, prononcé avec l'accent d'une
vive sensibilité, ne fut pas écouté sans émotion
de tous ceux qui se trouvèrent à portée de
l'entendre.

M. le président du comité, s'étant approché
du Roi, lui remit la grande médaille en or
frappée en cette occasion, tandis que les autres
membres du comité la remettoient aux Princes
et Princesses de la Famille Royale et du
sang (1).

M. Lainé, ministre secrétaire d'Etat de l'intérieur, présenta ensuite M. Lemot, statuaire,
membre de l'Institut ; M. Andrieu, auteur de
la médaille ; M. Guillaume, qui avoit transporté la statue et l'avoit posée sur le piédestal ;

---

(1) Cette médaille représente d'un côté la statue équestre de
Henri IV, avec la légende : *HENRICO MAGNO*, et au bas
l'exergue : *CIVIUM. PIETAS. RESTITUIT. MDCCCXVII.*
et sur l'autre revers l'effigie du Roi, avec cette légende :
LVDOVICVS. XVIII. LAPIDEM. AVSPICALEM. POSVIT.
D. XXVIII. M. OCT. ANN. MDCCCXVII. REGNI. XXIII.

M. Lepère, architecte, et tous les artistes qui avoient coopéré à la confection du monument.

Le Roi leur témoigna avec bonté sa satisfaction, et la marqua particulièrement à M. Guillaume, dont il loua de nouveau le désintéressement patriotique.

Les troupes dont Sa Majesté avoit passé la revue, et qui étoient venues se placer sur la rive gauche de la Seine, se mirent en mouvement, et défilèrent devant le trône, au son de la musique des différens corps, et dans l'ordre suivant :

Deux compagnies des gardes du corps du Roi.

Les gardes du corps à pied ordinaires de Sa Majesté.

Les deux compagnies des gardes du corps de MONSIEUR.

Les trois escadrons de la garde nationale à cheval.

Les douze légions de la garde nationale de Paris.

Quatre régimens de la garde royale.

Les deux régimens suisses de la garde royale.

Quatre batteries de l'artillerie de la garde royale.

Trois régimens de grenadiers, de cuirassiers, et de chasseurs à cheval de la garde royale.

La garde royale avoit à sa tête M. le maréchal duc de Reggio, major-général de service ; et les troupes de la 1re division militaire se trouvant à Paris, M. le lieutenant-général comte Despinois, commandant cette division; et M. le comte de Rochechouart, commandant de la place. Ces troupes consistoient en quatre compagnies de vétérans, dix légions départementales, un escadron de la gendarmerie des chasses, et le régiment des chasseurs à cheval de l'Orne.

Il étoit cinq heures lorsque les troupes achevèrent de défiler. Le Roi descendit de son trône, et fut reconduit à sa voiture par le comité et le corps municipal, précédé des officiers de cérémonie.

Ce moment fut annoncé par des salves d'artillerie et de nouvelles acclamations.

La voiture du Roi descendit le Pont-Neuf, suivit le quai de la Monnaie, celui des Théatins, traversa le Pont-Royal, et arriva au château des Tuileries par la place du Carrousel (1).

Peu après, des hérauts d'armes parcoururent les différens quartiers de la ville, et y distribuèrent des petites médailles en argent, frappées à l'occasion de la cérémonie (2).

---

(1) Voyez dans l'Appendice le procès-verbal de l'inauguration.
(2) Cette médaille représente d'un côté l'effigie de Henri IV, et de l'autre celle du Roi.

Immédiatement après sa rentrée au château, Sa Majesté se rendit à la chapelle, et entendit l'office. En sortant, elle recueillit de nouveaux témoignages de l'allégresse publique.

A six heures, il y eut grand couvert dans la galerie de Diane. Sa Majesté étoit à table avec LL. AA. RR. Monsieur, Mgr le duc et Mme la duchesse d'Angoulême, Mgr le duc et Mme la duchesse de Berri, S. A. S. Mgr le duc de Bourbon, prince de Condé, remplissoit les fonctions de grand-maître de la maison du Roi. La Famille Royale étoit entourée de tous les dignitaires et des maréchaux. Un grand nombre de dames admises à la cour, ou ayant été présentées à Sa Majesté, étoient assises sur des estrades qui leur avoient été préparées.

La population qui remplissoit les boulevards et les quais se partagea entre les Champs-Elysées et la place Dauphine, où des distributions de comestibles avoient été préparées. Le vin couloit de douze fontaines, et six buffets étoient abondamment approvisionnés.

Les distributions eurent lieu avec beaucoup d'ordre.

On avoit aussi disposé sur divers points, des jeux, des divertissemens et des spectacles de tout genre. Les prix placés à la sommité des mâts de cocagne furent partout enlevés par d'adroits jouteurs. Les danses furent animées, les rondes nombreuses ; on y voyoit confondus dans un sentiment commun de plaisir et d'union, bourgeois, gardes nationaux et militaires. Les réfrains de nos chansonniers furent répétés avec l'accent de la plus franche gaieté.

Un grand nombre de maisons avoient été spontanément décorées de devises, de drapeaux blancs, d'inscriptions et d'emblèmes plus ou moins ingénieux. Une illumination générale et brillante, un très-beau feu d'artifice et l'ascension d'un aréostat lumineux ajoutèrent à l'éclat des divertissemens qui se prolongèrent fort avant dans la nuit.

Le Pont-Neuf offroit particulièrement le tableau le plus animé. Les danses et les chants s'y succédèrent devant l'image de Henri IV, qui sembloit, dit un de nos journalistes, sourire à des plaisirs que son peuple lui devoit encore, et qui n'étoient peut-être pas l'hommage le moins flatteur pour sa mémoire.

Enfin, pour nous servir d'une heureuse expression inspirée par la circonstance, d'une extrémité de la ville à l'autre, le nom de Louis se trouvoit mêlé à celui du bon Henri.

Ainsi se termina cette fête nationale, que l'on peut appeler une véritable fête de famille, parce que le peuple s'y livra sans réserve à l'expres-

sion de ses véritables sentimens. Ainsi finit cette
journée mémorable, où la piété publique avoit
relevé, par un concours unanime et spontané,
l'image vénérée d'un Prince, sauveur de la
France, et qui en sera éternellement l'amour et
l'orgueil.

Sans doute, selon la belle pensée de Tacite,
la mémoire des grands hommes n'a pas besoin
de ces honneurs que rien ne peut mettre à l'abri
des ravages du temps ; mais les monumens sont
nécessaires à la reconnoissance qui les consacre
et qui les élève, et elle acquitte une dette en leur
imprimant, autant que le peut la foiblesse
humaine, le caractère d'une longue durée.

Peu après l'inauguration, M. Lainé, ministre
secrétaire d'Etat de l'intérieur, écrivit à M. Lemot la lettre suivante :

Paris, le 9 septembre, 1818.

« MONSIEUR,

» J'ai rendu compte au Roi du zèle et du
talent dont vous avez fait preuve dans l'exécution de la statue équestre de Henri IV.

» Sa Majesté m'a expressément chargé de
vous en témoigner toute sa satisfaction. Elle
mettoit un grand prix à la réédification du mo-

nument de son auguste aïeul. Tous ceux qui ont
contribué au prompt achèvement de cet ouvrage ont, par cela même, acquis des droits à
ses bontés particulières.

» Personne plus que vous, Monsieur, ne s'est
rendu digne de bienveillance et d'éloge, dans
cette circonstance. Vous avez tout exécuté et
tout conduit avec des soins, un courage et une
persévérance qui justifient la faveur avec laquelle votre travail est accueilli. Le succès que
vous obtenez est aussi flatteur que mérité; et si,
dans le cours de l'opération, vous avez eu quelques craintes sur les résultats, elles sont bien
compensées aujourd'hui par le glorieux suffrage
dont je suis près de vous l'heureux interprète. »

Le ministre écrivit aussi aux membres du
comité des souscripteurs qui avoient été chargés
de suivre les travaux, ainsi qu'au conservateur
des monumens publics. Il leur dit qu'il avoit
informé le Roi de leur zèle, et que Sa Majesté
avoit bien voulu s'en montrer satisfaite.

On s'occupa bientôt de placer dans le corps
du cheval quatre boîtes de cèdre, contenant les
objets que le comité avoit résolu d'y déposer (1),
et l'ouverture qui avoit été ménagée pour les

_____

(1) Voyez dans l'Appendice la note des objets placés dans le
corps du cheval.

introduire fut ensuite fermée et scellée avec la plus grande solidité.

Dans l'adresse aux Français, publiée en 1814, on avoit annoncé que la comptabilité relative aux fonds des souscriptions pourroit, si le gouvernement le jugeoit convenable, être vérifiée par la Cour des Comptes. Le 23 septembre 1818, le Roi rendit une ordonnance, portant « que la Cour des Comptes s'étoit autorisée à recevoir le compte de M. Denis, doyen des notaires de Paris, qui étoit chargé de recueillir et d'appliquer gratuitement à leur destination, les dons offerts pour la réérection de la statue de Henri IV, et que cette cour constateroit, par un arrêt qui seroit rendu public, le produit et l'emploi de ces offrandes patriotiques (1). »

Enfin, Sa Majesté a désiré, par une marque particulière de sa munificence royale, faire connoître à tous les Français qui ont concouru à relever le monument d'un Prince dont la mémoire et les vertus lui sont si chères, combien elle a été touchée de ce témoignage de leurs sentimens et de leur fidélité. En conséquence, elle a ordonné : qu'une médaille en consacreroit le souvenir, et qu'elle seroit frappée

---

(1) Voyez le texte de cette ordonnance dans l'Appendice.

en nombre suffisant pour être distribuée à tous les souscripteurs.

Par une distinction spéciale, MM. les membres du comité, et M. Guillaume, en recevront un exemplaire en or.

Cette médaille, du module de quinze lignes, offrira d'un côté les effigies profilées l'une sur l'autre de Henri IV et du Roi, et sur le revers une inscription ainsi conçue :

A NOS FIDÈLES SUJETS,
POUR AVOIR SPONTANÉMENT, ET DE LEURS DENIERS, RÉTABLI LE MONUMENT DE NOTRE AÏEUL HENRI IV (1).

---

(1) Voyez dans l'Appendice, l'arrêté de M. le comte de Pradel, directeur du ministère de la Maison du Roi, pour l'exécution de la décision de Sa Majesté.

FIN DES CHAPITRES.

APPENDICE

AUX

MÉMOIRES HISTORIQUES,

RELATIFS A L'ÉLÉVATION

DE LA STATUE DE HENRI IV.

---

*Note sur les Statues équestres érigées en France,
et détruites en 1792.*

(*N. B.* — Les renseignemens sur les statues équestres qui
existoient autrefois à Lyon, à Marseille, à Dijon, à Rennes, à
Beauvais et à Bordeaux, sont extraits des notices qu'ont bien
voulu nous transmettre MM. les préfets du Rhône, de l'Hérault,
de la Côte-d'Or, d'Ille et Vilaine, de l'Oise et de la Gironde.)

(Pages 38 et 39).

Statue équestre de Henri IV, érigée en 1614 sur le
Pont-Neuf, à Paris, quatre ans après la mort de ce prince;
elle avoit été commandée, depuis 1604, à Jean de
Bologne, célèbre sculpteur italien. (Voyez le premier
chapitre de cet ouvrage.) Elle fut fondue à Florence,
et pesoit, selon Baldinucci, cheval et cavalier, douze
mille quatre cents livres, ce qui suppose une fonte bien
légère. Sa hauteur étoit environ de dix-sept pieds.

Statue équestre de Louis XIII, érigée à Paris sur la
Place - Royale en 1639. Le cheval étoit de Daniel
Ricciarelli de Volterre, disciple de Michel-Ange; il

l'avoit fait pour le roi Henri II : mais ce sculpteur étant mort en 1556, il ne put faire la figure du Roi. On y plaça plus tard celle de Louis XIII, composée par Biard le fils. Sur les faces du piédestal il y avoit des inscriptions à la louange de Louis XIII, mais particulièrement à celle de son ministre le cardinal de Richelieu. C'est là que se trouvoit le sonnet de Jean Desmarets de Saint-Sorlin, de l'Académie française, gravé, dit-on, sur le piédestal après la mort du cardinal-ministre, et dans lequel étoit ce vers :

Armand, le grand Armand, l'âme de mes exploits.

(Voyez la description de Paris, par Piganiol de la Force, tom. 4, pag. 432.)

Statue équestre de Louis XIV, érigée à Paris sur la place Louis-le-Grand en 1699. Elle fut fondue d'un seul jet par J. Balthazard Keller, d'après le modèle de François Girardon. Sa hauteur étoit de vingt-un pieds. On employa, pour cette statue, cinquante-trois mille deux cent soixante livres de métal, sans comprendre ce qui avoit servi à remplir les bassins, les jets et les évents. (Voyez la description par Boffrand, architecte, en français et en latin, petit in-folio. Paris, 1743.)

Statue équestre de Louis XIV, érigée à Lyon en 1714. Elle avoit été votée, pendant la vie de ce prince, par le consulat de Lyon. Elle fut fondue à Paris par les Keller, d'après le modèle de Desjardin, et pesoit environ trente mille. Sa hauteur étoit de dix-neuf pieds, depuis les pieds du cheval jusqu'à la sommité de la tête du prince. Elle fut embarquée à Paris, pour être conduite à Rouen, et de là au Havre, où elle fut placée sur un vaisseau pour aller dans la Méditerranée. Arrivée à Toulon, on la chargea sur une barque, qui la conduisit à Arles, pour remonter le Rhône jusqu'à Lyon. Le piédestal étoit orné de deux trophées d'armes en bas-reliefs et de deux groupes en bronze, de dix pieds de haut, représentant le Rhône et la Saône. Ces statues couchées sont l'ouvrage des frères Coustou. On les voit encore aujourd'hui dans le vestibule de l'Hôtel-de-Ville. Il y avoit quatre casques de bronze au-dessus des angles du piédestal, dont la hauteur étoit de vingt pieds six pouces, y compris les trois degrés pour y arriver. D'après la convention passée le 28 mai 1588 entre M. le maréchal de Villeroy et M. Desjardin, sculpteur ordinaire de Sa Majesté, la statue devoit être terminée en trois ans, et le prix étoit de . . . . 90,000 liv. »

Les travaux de maçonnerie pour la fondation et l'élévation du piédestal, ont coûté . . . . 21,238 »

Les revêtemens en marbre, y compris la fourniture des ouvrages de bronze, de fer et de plomb , ... 23,666 15 s.

Total . . . . 134,904 liv. 15 s.

Cette statue équestre de Louis XIV n'a subsisté que soixante-onze ans. Elle fut brisée en 1792 par la populace, malgré l'opposition de quelques amis des arts, qui cherchèrent à soustraire ce beau monument à la destruction.

(Extrait d'un Mémoire manuscrit de M. Artaud, directeur du Conservatoire des Arts à Lyon.)

Statue équestre de Louis XIV, érigée à Montpellier en 1718. Elle fut votée par les Etats de Languedoc en 1685, et fondue à Paris, rue de Bourbon, dans la

17

maison de Mazeline. La hauteur entière de la statue
étoit de quinze pieds cinq pouces ; celle du piédestal ,
depuis le pavé jusqu'au haut de l'amortissement, de dix-
huit pieds six pouces , y compris les trois gradins ou
marches. La longueur du dé étoit de quinze pieds cinq
pouces, et sa largeur de six pieds neuf pouces, sans y
comprendre les saillies des moulures et consoles. Aucun
bas-relief ne décoroit le piédestal. Sur chacune de ses
faces étoit simplement un cadre renfermant une table
rectangle un peu renfoncée. Aux angles étoient des consoles ornées d'un mufle de lion , placé au-dessous de la
volute supérieure, tenant et laissant sortir de sa gueule
fermée des bouquets de lauriers liés et séparés qui des-
cendoient jusqu'au renflement de l'enroulement inférieur.
D'après le marché passé avec Pierre Mazeline et Simon
Hurtrelle, ils se chargèrent de fournir les modèles ,
l'atelier pour la fonte , le bronze , les ouvriers , les
équipages, moyennant une somme de 90,000 liv.

———

Statue équestre de Louis XIV, érigée à Dijon en
1725. Elle fut votée par MM. les élus généraux du duché
de Bourgogne en 1686. Cette statue fut jetée en fonte à
Paris en 1690, d'après le modèle d'Etienne Lehongre.
Elle fut transportée par eau de Paris à Auxerre , où elle
resta vingt-huit ans. Enfin, Pierre Morin , entrepreneur
à Beaune , parvint à la faire conduire à Dijon , sur un
char atelé de trente paires de bœufs , après qu'on eut
fait tracer une route et aplanir les hauteurs. Toutes les
tentatives précédentes pour son transport avoient été
sans succès. Cette statue pesoit, dit-on, en totalité,
cinquante-deux milliers ; savoir, le cavalier seize milliers,
et le cheval trente-six milliers, ce qui ne paroît pas
croyable. D'après les notes que nous avons sous les yeux,
on auroit dépensé pour le bronze 52,000 liv. à vingt sous

la livre ; mais ce n'est pas une raison pour en conclure que la statue pesât cinquante-deux milliers, puisque, pour fondre une statue, il faut à peu près le double du métal qui doit y entrer, afin de remplir les bassins, les jets et les évents, sans parler du déchet résultant de la fusion. Les mêmes notes disent encore que la hauteur totale du monument étoit de plus de vingt-cinq pieds, y compris le piédestal qui en avoit seize ou dix-sept. Il suit de là qu'avec le poids qu'on lui attribue, la statue équestre n'auroit eu pourtant que sept à huit pieds d'élévation. Il y a certainement erreur dans ces renseignemens. La dépense de ce monument s'est élevée à 160,000 livres ; savoir :

Prix de la matière, ...	52,000 liv.
Travail de l'artiste, ...	30,000 »
Transport de Paris à Auxerre, ...	10,592 »
D'Auxerre à Dijon, ...	15,000 »
Elévation sur le piédestal, ...	11,000 »
Construction et décoration du piédestal,	41,408 »
	160,000 liv.

Le piédestal étoit simple, sans aucun ornement ni bas-reliefs. Ce monument a été détruit le 23 août 1792, en vertu du décret de l'Assemblée nationale qui proscrivoit tous les monumens rappelant la royauté et le régime féodal.

———

Statue de Louis XIV, érigée à Rennes en 1726. Elle avoit été votée par les Etats de Bretagne en 1685 ; mais elle ne fut élevée que onze ans après la mort du Roi. Elle a été fondue à Paris d'après le modèle de Coysevox. La statue assise sur le cheval, mesurée depuis les pieds jusqu'à la sommité de la tête, étoit haute de onze pieds ; celle du cheval, depuis les pieds jusqu'au garrot, de neuf pieds environ. Le piédestal avoit douze pieds de longueur, sept de largeur, et dix de hauteur. Il étoit revêtu de deux bas-reliefs en bronze, de sept pieds de longueur, sur quatre pieds quatre pouces de hauteur. L'un représentoit la divinité des mers assise sur un char traîné par des chevaux marins, et entourée de naïades, de tritons, de dauphins, etc. L'autre, une figure symbolique de la Bretagne, entourée de personnages en costume du temps, offrant à Louis XIV, assis sur son trône et environné des grands de sa cour, le dessin qui représente sa statue équestre.

Vers la fin de 1792, la statue du Roi fut enlevée dans une émeute populaire, de dessus le cheval, qui fut encore conservé pendant quelque temps comme un symbole de la liberté; mais peu après des jeunes gens de Lorient, revenant de la Fédération du Champ-de-Mars à Paris, excitèrent la populace de Rennes à le briser. Il fut détruit et fondu.

Les bas-reliefs du piédestal subsistent encore, et sont déposés au Musée de Rennes.

Statue équestre de Louis XIV, érigée à Beauvais en 1788. Elle avoit été fondue à Paris, sous le règne de Louis XIV, et étoit originairement destinée à la Place Vendôme; mais, ayant été trouvée trop petite, le Roi la donna, en 1701, au maréchal de Boufflers en reconnoissance de ses services. La terre de Boufflers étant ensuite passée à M. le duc de Crillon, aujourd'hui pair de France, dont elle a pris le nom, le nouveau propriétaire disposa de la statue en faveur de la ville de Beauvais, où elle fut élevée sur la place de l'Hôtel-de-Ville, le 11 août 1788. Ceux qui ont vu cette statue estiment que ses dimensions pouvoient être d'un tiers en sus des proportions naturelles. Le piédestal avoit huit pieds dix pouces de haut, neuf pieds et demi de long, cinq pieds et demi de large. Il n'avoit ni bas-reliefs ni attributs, mais seulement des inscriptions qui exprimoient la reconnoissance du fondateur de la statue pour le monarque qu'elle représentoit. L'une de ces inscriptions commençoit par ces mots : *Mortels et siècles à venir*, *respectez et conservez ce monument*, etc. Il a subsisté quatre ans, et fut détruit en août 1792.

———

Statue équestre de Louis XV, érigée à Bordeaux en 1756. Elle avoit été votée par le corps municipal, en 1730, pendant le règne de Louis XV. M. le duc de Richelieu étoit alors gouverneur de la Province, M. le comte d'Estrades maire de la ville, et M. Aubert de Tourni intendant. Cette statue a été fondue à Paris par Varin, d'après le modèle de Lemoine, dans l'atelier rue du faubourg du Roule. On ignore ses dimensions précises.

D'après le marché, passé le 9 janvier 1731, entre la ville de Bordeaux et M. Lemoyne, sculpteur, la statue équestre devoit être exécutée en quatre ans, moyennant la somme de 130,000 liv. La fonte manqua : il se fit une ouverture dans le moule, vers le haut de la queue du cheval. La matière s'échappa dans les terres. On refondit la partie supérieure, et Varin trouva le moyen de l'ajuster parfaitement avec la partie inférieure qui étoit bien venue. La ville gratifia M. Lemoyne, outre son marché, d'une somme de 30,000 liv., paya ses frais de séjour et de voyage.

Le piédestal étoit revêtu de bas-reliefs, l'un représentant la bataille de Fontenoi, l'autre la prise de Port-Mahon. Les ornemens du piédestal coûtèrent 100,000 liv. Le monument a été détruit en 1792, à la suite d'une émeute populaire. Les bas-reliefs ont été conservés dans le dépôt d'antiques du Musée de Bordeaux.

Statue équestre de Louis XV, érigée à Paris sur la place Louis XV en 1763. Elle a été fondue, d'un seul jet, à Paris, en 1758, par M. Gor, d'après le modèle de Bouchardon. On y employa soixante milliers de métal. Sa hauteur étoit de seize pieds huit pouces. Il n'arriva, dans l'opération de la fonte, qu'un petit accident. Les parties inférieures du moule ayant retenu la chaleur plus long-temps que les parties supérieures, lorsqu'on le fit chauffer avant la fonte, il s'ensuivit que le bronze agit sur les parois du moule en cet endroit, s'incorpora dans la potée, et forma une espèce de mousse ou de galle de deux ou trois lignes sur les jambes, la queue et le dessous du ventre du cheval, et qu'il fallut l'enlever après coup à la lime. Le piédestal étoit haut de vingt-un pieds.

M. Bouchardon reçut pour son modèle, celui du piédestal et sa main-d'œuvre.... 260,000 liv.

Mais étant mort avant l'achèvement des ornemens, on passa avec M. Pigalle, un marché de........................ 625,000 »
pour le parfait achèvement du piédestal en marbre blanc veiné, ainsi que pour la fourniture du bronze et des figures qui devoient l'accompagner.

Ainsi, la statue auroit coûté........... 885,000 »
auxquelles il faut ajouter................ 60,000 »
pour la pension de 15,000 liv. qui fut accordée au statuaire, et dont il ne jouit que quatre ans.

Total................. 945,000 liv.

Les frais de construction des ateliers, du transport, de la pose, etc., ne sont pas compris dans cette somme ; ils furent supportés par la ville.

(Page 78).

Procès-verbal tel qu'il est imprimé dans le Mercure Français de 1614.

A la très-glorieuse et immortelle mémoire du très-auguste et invincible Henri-le-Grand, quatriesme du nom, Roy de France et de Nauarre, le sérénissime grand-duc de Toscane Ferdinand, meu d'vn bon zèle vers la postérité, feist faire et jetter en bronze par l'excellent sculpteur Iean de Boulogne, ceste statuë représentant à cheual Sa Maiesté Très-Chrestienne, que le sérénissime grand-duc Cosme, second du nom, feit acheuer d'élabourer par le sieur Pietro Taca, son sculpteur, et l'enuoya en très-digne présent, soubs la conduitte du cheuallier Pescholini, agent de Son Altesse Sérénissime à la très-chrestienne et très-auguste Marie de Médicis, royne régente de France, après le déceds de ce grand Roy; soubs le règne du très-auguste Lovis XIII du nom, Roy de France et de Nauarre; par le commandement très-exprès duquel et de ladite dame royne sa mère, estans Messieurs de Verdun, premier président en la Cour de Parlement de Paris; Nicolai, premier président en la Chambre des Comptes; de Belieure, procureur-général de Sa Maiesté, de mesme lieutenant-civil; Le-

(Page 108).

Procès-verbal tel qu'il a été trouvé sous un des pieds du cheval de l'ancienne statue de Henri IV.

A la très-glorieuse et immortelle mémoire du très-auguste et invincible Henri-le-Grand, quatriesme du nom, Roi de France et de Navarre, le sérénissime grand-duc de Toscane Ferdinand, meu de zelle vers la postérité, feist faire et jecter en bronze, par l'exelent sculpteur Jehan de Boulogne, ceste éfigie, représentant Sa Majesté Très-Chrestienne à cheval; que le sérénissime grand-duc Cosme, second du nom, feist achever d'élaborer par le sieur Pietro Taca, son sculpteur, et l'envoya en très-digne présent, soubz la conduite du chevalier Pescholiny, agent de Son Altesse Sérénissime, et d'Anthonio Guido' ingénieur, à la très-chrestienne et très-auguste Marie de Medicis, royne régente en France après le decedz de ce grand Roy; soubz le règne de très-auguste Louis treizième du nom, Roy de France et de Navarre. Par le commandement très-exprès duquel, et de ladite dame Royne sa mère, Messieurs de Verdun, premier président en la Cour de Parlement de Paris; Nicolay, premier président en la Chambre des Comptes du dict Paris; de Belièvre, procureur-général de Sa Majesté; Lefebvre, du Mou-

febure, président ; du Moulin, de Gaulmont, Godefroy, Vallée, Hotman, Almeras, de d'Onon et Legras, trésoriers-généraux de France audit Paris ; Myron, président aux requestes, preuost des marchands ; des Nœuds, Clapisson, Huot, Pasquier, escheuins ; Perrot, procureur du Roy et de la ville ; tous commissaires ayans l'intendance de la construction du Pont-Neuf de Paris : ont au milieu d'iceluy, present le sieur Pierre de Franqueuille, premier sculpteur de Leurs Majestez, faict dresser et pozer auec solemnité ladite statuë sur le pied-d'estal, à ceste fin érigé : assistans à ce Messieurs de Liencourt, gouverneur de Paris ; de S. Brisson, Seguier, preuost de Paris ; lesdits de Mesmes, lieutenant-ciuil ; le preuost des marchands et les escheuins de ladite ville, l'an mil six cents quatorze, le vingt-troisième iour d'aoust.

lin, de Gaulmont, Godeffroy, Vallée, Hotman, Almeras, Dedonon, et Legras, trésoriers-généraulx de France au dict Paris, tous commissaires ayans l'intendance de la construction du Pont-Neuf de Paris, ont au milieu d'iceluy, assistez des sieurs Pietro de Francavilla, premier sculpteur de Leurs Majestez, et Francisco Bordony, leur sculpteur ordinaire, feict dresser et poser avec solempnité ceste dicte efigie sur le piedestal à ceste fin érigé, assistans à ce Messieurs de Sainct – Brisson, Séguier, prevost de Paris, Demesmes, son lieutenant – civil ; Myron, prevost des marchands de ladicte ville ; Desnœudz, Desprez, Pasquier et Huault, eschevins d'icelle, l'an mil six cent quatorze, le vingt–troisième jour d'aoust.

Et le dictz an et jour, avant midy, est comparu par-devant Simon Moufle et Louis Lecamus, notaires garde-notes du Roy, nostre sire en son Chastelet de Paris, soubz signez ledit sieur Pietro de Francavilla, lequel a requis acte ci-dessus, etc.

(Page 78).

Inscriptions du piédestal de la première statue équestre de Henri IV.

Sur la face principale du piédestal on lisoit l'inscription que nous avons rapportée chapitre IX, page 210.

L'intention du comité est qu'elle soit placée, comme nous l'avons dit, sur la face du nouveau piédestal, qui est vers le Pont-des-Arts.

Dans la table qui étoit au-dessous de la face principale, il y avoit ce qui suit :

> *Quisquis hæc leges,*
> *Ita legito :*
> *Uti optimo Regi*
> *Precaberis exercitum fortem,*
> *Populum fidelem,*
> *Imperium securum,*
> *Et annos de nostris.*
> *B. B. F.*

Sur la face qui est du côté du faubourg Saint-Germain étoient représentées, en bas-reliefs, les batailles d'*Arques* et d'*Ivri*. Les principales circonstances en étoient expliquées dans les deux inscriptions suivantes :

> *Genio Galliarum S.*
> *Et invictissimo R.*
> *Qui Arquensi prælio*
> *Magnas*
> *Conjuratorum copias*
> *Parva manu fudit.*

> ———

> *Victori triumphatori*
> *Feretrio, perduelles*
> *Ad Evariacum*
> *Cæsi malis vicinis*
> *Indignantibus, et faventibus*
> *Clementiss. Imper.*
> *Hispano duci opima*
> *Reliquit.*

Sur la face du côté du Pont-Royal étoit marquée l'entrée triomphante de Henri IV dans Paris, le 22 mars 1594 :

> *N. M. Regis*
> *Rerum humanarum optimi,*
> *Qui sine cæde urbem*
> *Ingressus, vindicata*
> *Rebellione, extinctis*
> *Factionibus, Gallias*
> *Optata pace composuit.*

Sur la face de côté de la Samaritaine on lisoit les deux inscriptions qui suivent, destinées à rappeler la prise d'Amiens, et celle de Montmelian.

> *Ambianum Hispanorum*
> *Fraude intercepta Errici*
> *M. virtute asserta,*
> *Ludovicus XIII. M. P. F.*
> *Iisdem ab hostibus sæpius*
> *Fraude ac scelere*
> *Tentatus*
> *Semper justitia*
> *Et fortitudine superior fuit.*

———

> *Mons*
> *Omnibus ante se ducibus*
> *Regibusque frustra*
> *Petitus,*
> *Errici M. felicitate*
> *Sub imperium redactus,*
> *Ad æternam securitatem*
> *Ac gloriam*
> *Galliei nominis.*

Enfin, sur la grille de fer qui fermoit l'entrée du terre-plein, étoit l'inscription qui suit :

Ludovicus XIII. P. F. F.
Imperii, virtutis,
Et fortunæ obsequentiss.
Hæres I. L. D. D.
Richelius C.
Vir supra titulos
Et concilia omnium
Retro principum, opus
Absolvendum censuit.
NN. II. VV. de Bullion
Bouthillier,
S. A. P. Dignitati et Regno
Pares,
Aere, ingenio, cura,
Difficillimis temporibus
P. P.

On croit que **M.** *Gaulmin*, conseiller d'Etat, mort en 1665, et qui passoit pour l'un des plus savans hommes et des meilleurs critiques de cette époque, est auteur de ces inscriptions.

Il étoit passé en usage parmi le peuple de désigner l'ancienne statue équestre de Henri IV sous le nom du *cheval de bronze;* c'est ce qui a fait dire à un de nos poëtes :

Superbes monumens, que votre vanité
Est inutile pour la gloire
Des grands héros dont la mémoire
Mérite l'immortalité !
Que sert-il que Paris, au bord de son canal,
Expose de nos rois ce grand original,
Qui sut si bien régner, qui sut si bien combattre ?
On ne parle point d'Henri quatre,
On ne parle que du cheval.

(Page 86).

Décret pour l'enlèvement des statues, bas-reliefs et autres monumens en bronze élevés dans les places publiques.

Du 14 août 1792.

L'Assemblée nationale, considérant que les principes sacrés de la liberté et de l'égalité ne permettent point de laisser plus long-temps sous les yeux du peuple français, les monumens élevés à l'orgueil, au préjugé et à la tyrannie ;

Considérant que le bronze de ces monumens, converti en canons, servira utilement à la défense de la patrie, décrète qu'il y a urgence.

L'Assemblée nationale, après avoir décrété l'urgence, décrète ce qui suit :

Art. 1er. Toutes les statues, bas-reliefs, inscriptions et autres monumens en bronze, ou en toute autre matière, élevés dans les places publiques, temples, jardins, parcs et dépendances, maisons nationales, même dans celles qui étoient réservées à la jouissance du Roi, seront enlevés à la diligence des représentans des communes, qui veilleront à leur conservation provisoire.

2. Les représentans de la commune de Paris feront, sans délai, convertir en bouches à feu tous les objets énoncés en l'art. 1er, existant dans l'enceinte des murs de Paris, sous la surveillance du ministre de l'intérieur, de deux membres de la commission des armes et de deux membres de la commission des monumens.

3. Les monumens, restes de la féodalité, de quelque nature qu'ils soient, existant encore dans les temples ou autres lieux publics, et même à l'extérieur des maisons particulières, seront, sans aucun délai, détruits à la diligence des communes.

4. La commission des monumens est chargée de veiller expressément à la conservation des objets qui

peuvent intéresser essentiellement les arts, et d'en présenter la liste au Corps-Législatif, pour être statué ce
qu'il appartiendra.

5. La commission des armes présentera incessamment
un projet de décret, pour employer, d'une manière
utile, à la défense de chaque commune de la France, la
matière des monumens qui se trouveront dans leur
enceinte.

(Procès-verbaux des séances de l'Assemblée nationale,
tom. XII, pag. 212.)

(Page 89).

Proclamation du conseil-général du département de la Seine et du conseil municipal de Paris.

« Habitans de Paris,

» Vos magistrats seroient traîtres envers vous, à la
patrie, si par de viles considérations personnelles ils com-
primoient plus long-temps la voix de leur conscience.
Elle leur crie que vous devez tous les maux qui vous
accablent à un seul homme.

» C'est lui qui, chaque année, par la conscription,
décime nos familles. Qui de nous n'a perdu un fils, un
frère, des parens, des amis? Pour qui tous ces braves
sont-ils morts? pour lui seul, et non pour le pays. Pour
quelle cause? ils ont été immolés, uniquement immolés
à la démence de laisser après lui le souvenir du plus épouvantable oppresseur qui ait pesé sur l'espèce humaine.

» C'est lui qui, au lieu de quatre cent millions que la
France payoit sous nos bons et anciens Rois, pour être
libre, heureuse et tranquille, nous a surchargés de plus
de *quinze cents millions* d'impôts, auxquels il menaçoit
d'ajouter encore.

» C'est lui qui nous a fermé les mers des deux Mondes,
qui a tari toutes les sources de l'industrie nationale,

arraché à nos champs les cultivateurs, les ouvriers à nos manufactures.

» A lui nous devons la haine de tous les peuples, sans l'avoir méritée, puisque, comme eux, nous fûmes les malheureuses victimes, bien plus que les tristes instrumens de sa rage.

» N'est-ce pas lui aussi qui, violant ce que les hommes ont de plus sacré, a retenu captif le vénérable chef de la religion, a privé de ses Etats, par une détestable perfidie, un Roi, son allié, et livré à la dévastation la nation espagnole, notre antique et toujours fidèle amie?

» N'est-ce pas lui encore qui, ennemi de ses propres sujets long-temps trompés par lui, après avoir tout à l'heure refusé une paix honorable, dans laquelle notre malheureux pays, du moins, eût pu respirer, a fini par donner l'ordre parricide d'exposer inutilement la garde nationale pour la défense impossible de la capitale, sur laquelle il appeloit ainsi toutes les vengeances de l'ennemi?

» N'est-ce pas lui enfin, qui, redoutant par dessus tout la vérité, a chassé outrageusement, à la face de l'Europe, nos législateurs, parce qu'une fois ils ont tenté de la lui dire avec autant de ménagement que de dignité?

» Qu'importe qu'il n'ait sacrifié qu'un petit nombre de personnes à ses haines ou bien à ses vengeances particulières, s'il a sacrifié la France; que disons-nous, la France? toute l'Europe, à son ambition sans mesure?

» Ambition ou vengeance, la cause n'est rien. Quelle que soit cette cause, voyez l'effet; voyez ce vaste continent de l'Europe partout couvert des ossemens confondus de Français et de peuples qui n'avoient rien à se demander les uns aux autres, qui ne se haïssoient pas, que les distances affranchissoient des querelles, et qu'il n'a précipités dans la guerre que pour remplir la terre du bruit de son nom.

» Que nous parle-t-on de ses victoires passées ? Quel bien nous ont elles fait ces funestes victoires ? la haine des peuples, les larmes de nos familles, le célibat forcé de nos filles, la ruine de toutes les fortunes, le veuvage prématuré de nos femmes, le désespoir des pères et des mères, à qui, d'une nombreuse postérité, il ne reste plus la main d'un enfant pour leur fermer les yeux ; voilà ce que nous ont produit ces victoires ! Ce sont elles qui amènent aujourd'hui jusque dans nos murs, toujours restés vierges sous la paternelle administration de nos Rois, les étrangers, dont la généreuse protection nous commande la reconnoissance, lorsqu'il nous eût été si doux de leur offrir une alliance désintéressée.

» Il n'est pas un d'entre nous qui, dans le secret de son cœur, ne le déteste comme un ennemi public, pas un qui, dans ses plus intimes communications, n'ait formé le vœu de voir arriver un terme à tant d'inutiles cruautés.

» Ce vœu de nos cœurs et des vôtres, nous serions des déserteurs de la cause publique, si nous tardions à l'exprimer.

» *L'Europe en armes* nous le demande ; elle l'implore comme un bienfait envers l'humanité, comme le garant d'une paix universelle et durable.

» Parisiens, *l'Europe en armes* ne l'obtiendroit pas de vos magistrats, s'il n'étoit pas conforme à leurs devoirs.

» Mais, c'est au nom de ces devoirs même et du plus sacré de tous que nous abjurons toute obéissance envers l'usurpateur, pour retourner à nos maîtres légitimes.

» S'il y a des périls à suivre ce mouvement du cœur et de la conscience, nous les acceptons. L'histoire et la reconnoissance des Français recueilleront nos noms, et les légueront à l'estime de la postérité.

» En conséquence, le conseil général du département de la Seine, conseil municipal de Paris, spontanément réuni,

» Déclare, à l'unanimité de ses membres présens : Qu'il

renonce formellement à toute obéissance envers Napoléon Bonaparte ;

» Exprime le vœu le plus ardent pour que le gouvernement monarchique soit rétabli dans la personne de Louis XVIII et de ses successeurs légitimes.

» Arrête que la présente déclaration et la proclamation qui l'explique, seront imprimées, distribuées et affichées à Paris, notifiées à toutes les autorités restées à Paris et dans le département, et envoyées à tous les conseils généraux de département.

» Fait en conseil général à Paris, en l'Hôtel-de-Ville, le 1er avril 1814.

» Signé *Badenier*, *Barthelemy*, *Bellart*, *Bonhomet*, *Boscheron*, *Delaître*, *Gauthier*, *d'Harcourt*, *Delamoignon*, *Pérignon*, *Vial*, *Chabrol*, *Lebeau*, président, *Montamant*, secrétaire. »

(Page 90).

Extrait du Moniteur *du 27 octobre 1817.*

La souscription pour le rétablissement de la statue équestre de Henri IV, avance vers son terme. Le succès est certain, et l'honneur de la première pensée excite des réclamations. Cette émulation est louable. Nous ne contredisons personne ; mais, pour mettre le public à portée de juger qui a droit à la priorité, nous allons dire comment le comité des souscripteurs s'est formé.

Pendant la campagne de Moscou, on construisoit le beau massif qui est en aval du Pont-Neuf. Il devoit porter un obélisque. Le décret avoit été signé. Les plans, les dessins existent. On s'entretenoit de ce projet bizarre, de cette aiguille qui seroit composée de cent blocs, au lieu d'être d'un seul morceau, comme celles d'Egypte. Quelqu'un dit : Patience, elle ne sera jamais construite. Une

autre personne ajouta : *Dans quatre ou cinq ans, nous ver-*
rons à cette place la statue de Henri IV, et elle y sera érigée
par les dons de tous les Français.

L'un étoit un prélat, encore plus illustre par ses beaux
ouvrages que par ses éminentes dignités ; l'autre, un magistrat.

Voilà la première pensée et le germe du comité des
souscripteurs. Voici ce qui se rapporte à l'exécution.

Le lendemain de l'entrée du Roi dans Paris, ces mêmes
personnes se réunirent. Le projet de souscription fut
rédigé sous le titre suivant :

Rétablissement de la statue de Henri IV. Aux Français.

M. Firmin Didot imprima cette pièce, le 15 juin 1814,
et en livra mille exemplaires. Tous les journaux du temps
l'ont publiée.

Elle a produit sans efforts, sans exhortations, par
un mouvement universel de vénération pour un de nos
plus grands Rois, tout ce qu'on avoit espéré ; et les versemens qui continuent compléteront, avant le jour de
de l'inauguration, la somme nécessaire. Le comité a tenu
ses assemblées, avec l'intention de ne point en occuper
le public. Il est aujourd'hui appelé à l'honneur de représenter les souscripteurs dans une cérémonie auguste, et
le jour approche où il pourra leur rendre compte de la
manière dont il a géré les fonds qu'ils ont bien voulu lui
confier.

Cette souscription considérable mérite d'être remarquée, en ce qu'elle a pour objet unique l'expression d'un
sentiment patriotique, et qu'elle est ainsi supérieure à
toutes celles qui ont l'intérêt pour but. Ce moyen de
faire des choses utiles et belles n'est pas négligé en
France : mais on pourroit y avoir plus fréquemment
recours, et les circonstances actuelles y invitent.

(Page 95).

Extrait du registre des procès-verbaux des séances du conseil-général du département de la Seine, faisant fonctions de conseil municipal de la ville de Paris.

Séance du lundi 18 avril 1814.

Un membre demande à reprendre dans cette séance la proposition, déjà faite dans les précédentes, d'exprimer à S. A. R. Monsieur, lieutenant-général du royaume, le vœu que la ville de Paris ait l'honneur de rétablir sur le terre-plein du Pont-Neuf, la statue de notre bon Roi Henri IV.

Un autre membre a observé que la garde nationale de Paris avoit déjà, dans l'ivresse de la joie que lui avoit donnée l'heureuse arrivée à Paris de Monsieur, conçu l'idée d'exprimer en son nom le même vœu.

Sur quoi le conseil-général, considérant que, dans cette noble vivacité des mêmes sentimens, il convient de laisser à la garde nationale de Paris, l'honneur de l'initiative, puisqu'elle en avoit déjà conçu l'idée ;

Arrête : que son président recueillera auprès de l'état-major de la garde nationale, des renseignemens sur le point où en est ce projet, sauf à prendre ensuite les mesures convenables pour concourir à son exécution.

Séance du vendredi 22 avril 1814.

Le président rappelle au conseil, que la séance de ce jour a pour objet de discuter le projet du rétablissement de la statue équestre de Henri IV sur le Pont-Neuf, rétablissement dont le conseil a déjà exprimé le vœu dans sa dernière séance.

Il invite le conseil à nommer une commission chargée de recueillir les opinions que les membres pourront émettre à ce sujet, de les résumer, et de présenter un projet de délibération définitive, tant sur le mode de rétablissement du monument, que sur les moyens de pourvoir à la dépense.

Le conseil, accédant à cette invitation, désigne pour commissaires MM. Demautort, Perignon, Bellart, Barthélemy et Bonnomet.

Séance du samedi 23 avril 1814.

Le conseil-général du département de la Seine, faisant à Paris fonctions du conseil municipal,

Considérant que le conseil municipal qui, l'un des premiers, a eu la pensée de presser, par ses actes, le retour de l'auguste famille des Bourbons, fidèle aux mêmes sentimens, a, dès le moment de l'entrée de MONSIEUR dans les murs de Paris, proposé de rétablir la statue équestre de Henri IV sur le terre-plein du Pont-Neuf, et qu'il a pris, le 18 de ce mois, une délibération spéciale à cet égard;

Que la statue de ce bon Roi est un monument populaire qu'il appartient au peuple d'élever; que ce sera un nouveau gage de son amour et de sa fidélité pour ses Rois; que c'est surtout dans un moment où les augustes descendans de Henri viennent remonter sur le trône de leurs pères, qu'il faut reproduire cette image si chère à la France;

Que, sans doute, l'administration de la ville de Paris sauroit bien créer les moyens de subvenir à une dépense aussi honorable par son objet;

Mais que, lorsqu'il s'agit de replacer la statue de Henri, c'est un droit de famille dont il faut laisser à tous la faculté de jouir;

Que le conseil municipal, se saisissant de l'empressement de ses concitoyens, et recueillant tous les

18.

vœux émis, adopte l'idée d'une souscription pour laquelle le denier du pauvre devra être recueilli avec le même empressement que l'offrande du riche, afin que le monument devienne mieux la propriété de chaque Français, arrête :

Art. 1er. La statue équestre de Henri IV sera rétablie sur le terre-plein du Pont-Neuf.

2. Il sera ouvert, pour subvenir à la dépense, une souscription à laquelle seront admis tous les Français.

3. La souscription sera ouverte chez tous les notaires de Paris, lesquels verseront, chaque semaine, les fonds remis dans la caisse du trésorier de la ville.

4. Le présent arrêté sera présenté à l'approbation de Son Altesse Royale MONSIEUR.

Signé au registre, LEBEAU, *président*, *et* MONTAMANT, *secrétaire.*

Pour extrait conforme :
Le secrétaire-général de la préfecture de la Seine,
Signé BESSON.

(Page 75.)

Rétablissement de la Statue de Henri IV.

AUX FRANÇAIS.

La France a eu de grands Rois ; mais aucun d'eux n'a laissé aux Français des souvenirs plus chers que Henri IV.

Son nom est resté gravé dans tous les cœurs ; il est prononcé avec le même attendrissement d'un bout de la France à l'autre par l'agriculteur, par le magistrat, par le guerrier, par tous les Français.

Le pauvre dans sa chaumière répète encore l'expression simple et naïve du vœu que formoit ce bon Roi en faveur des plus pauvres de ses sujets.

Après plus de deux siècles, le charme attaché au souvenir du règne de Henri IV, contribue à replacer ses

descendans sur son trône autant que leurs vertus personnelles et tous leurs autres titres.

Son image étoit encore, il y a vingt-deux ans, présente aux regards de tous les habitans de la capitale. Le
même esprit de vertige qui a renversé tant de monumens
de grandeur et de gloire, n'a pas respecté la statue d'un
prince dont l'éternel éloge sera d'avoir été le meilleur
des Rois.

C'est à tous les Français à expier aujourd'hui l'ingratitude de quelques hommes indignes du nom de Français.

Un vœu spontané s'échappe de tous les cœurs, se
répète de bouche en bouche : on désire que la statue de
ce bon Roi devienne encore le plus bel ornement de la
capitale.

Mais ce monument de piété filiale ne doit pas être
une charge nouvelle pour une nation épuisée par vingt-
cinq ans de troubles, de malheurs et des guerres san-
glantes.

Il doit être l'expression libre et volontaire de l'amour
immortel des Français pour leur bon Roi.

Une contribution véritablement volontaire est proposée.
Les fonds qui en proviendront seront employés à replacer
la statue de Henri IV dans le même lieu où elle étoit,
et il est à désirer qu'elle soit assez ressemblante à celle
qu'on y a vue si long-temps, pour qu'une douce illusion
fasse demander si des mains vertueuses ne l'auroient pas
soustraite à tous les regards dans des jours de malheurs,
pour la faire reparoître avec un nouvel éclat dans des
jours de paix et de bonheur.

Cette contribution est proposée à toute la France
avec la ferme confiance qu'en l'annonçant en ce moment, on n'est que l'interprète d'un sentiment universel.

L'offrande la plus modique sera reçue avec empressement : le denier du pauvre honorera la mémoire de
Henri autant que les dons les plus magnifiques. La

gloire d'un pareil monument sera d'avoir été élevé par tous les Français de toutes les classes et de toutes les conditions.

Il attestera à tous les siècles qu'un trône gardé par l'amour des peuples peut être quelquefois ébranlé, mais n'est jamais renversé.

Le sentiment qui a dicté ces réflexions est dans tous les cœurs; ainsi ceux qui l'expriment ici se garderont bien de mettre leur nom à une proposition qui n'appartient à personne en particulier. Ils se borneront à n'être pas des derniers à déposer leur contribution.

Ils sont, par le même motif de réserve, obligés d'inviter, sans se nommer, la quatrième classe de l'Institut à faire faire les plans et devis, et à faire exécuter tous les travaux de la statue et des parties accessoires. Les inscriptions seront composées par la troisième classe.

Les sommes que les Français destineront à ce monument seront reçues par les cent quatorze notaires de Paris, et réunies tous les mois dans les mains du doyen de leur compagnie.

Les cours, les tribunaux, les administrations, les compagnies, les corps, sociétés et associations pourront remettre leurs dons à leurs chefs, qui les verseront à la même caisse chez le doyen des notaires.

Les dépenses seront payées sur la quittance du secrétaire de la quatrième classe de l'Institut, qui (on l'espère) voudra bien se charger de ce soin.

Les personnes qui, dans les provinces, voudront contribuer à cette belle entreprise, enverront leur contribution à un des notaires de Paris ou à leurs correspondans, pour être remise à la caisse désignée ci-dessus.

Une règle particulière déterminera la forme de cette comptabilité.

MM. les notaires pourront prier Messieurs de la Cour des Comptes de la faire vérifier.

Un compte sommaire des recettes et des dépenses sera publié, et pourra contenir les noms de ceux qui auront contribué.

Il est à désirer qu'un sentiment de modestie naturel aux âmes bienfaisantes et généreuses ne s'oppose pas à ce que les noms des donateurs soient connus. Ce sentiment doit céder à l'intérêt général. Des noms honorés en appellent d'autres non moins honorables, quoique moins connus, et les bons exemples ne sont jamais stériles.

Ainsi tous les noms seront inscrits sur les registres des notaires, même pour le don d'*un franc*. Le premier don déposé est de 2,000 fr.

La place où la statue de Henri IV doit être rétablie a été disposée passagèrement pour recevoir un autre monument. Il n'est plus question de celui-ci. Mais, avant de rendre à cette place sa première destination, il a été nécessaire de connoître les intentions du gouvernement ; on a reçu la réponse suivante :

« Le local où avoit été placée la statue du bon Henri,
» appartient incontestablement à ce peuple de Français
» qu'il appeloit ses enfans, qui le chérissent encore
» comme leur père. Ils veulent relever ce beau monu-
» ment, je ne fais aucun doute, je suis convaincu que
» vous pouvez tous être très-assurés qu'un si honorable
» dessein recevra l'appui de tous les cœurs, et de toutes
» les autorités, par conséquent celui de l'autorité supé-
» rieure. »

(Page 96).

Réglement du Comité.

Le rétablissement de la statue de Henri IV a été voté par une notice insérée dans les journaux du 1ᵉʳ mai dernier ;

Les mêmes journaux, sous la date du 6 mai, ont désigné plusieurs personnes qui, spontanément, ont offert leurs soins pour parvenir à l'accomplissement de ce vœu ;

Déjà plusieurs d'entre elles, par leurs correspondances et leurs démarches, ont activé cette entreprise ;

Pour la continuer, on a réglé les mesures propres à en assurer le succès.

Art. 1er. Le comité est composé de :

M. le marquis de Marbois, pair de France, ministre d'Etat, et premier président de la Cour des Comptes, président du comité.

Msr le duc de Beausset, cardinal, pair de France.

M. le duc d'Avaray, lieutenant-général, pair de France, maître de la garde-robe du Roi.

M. le duc de Levis, pair de France, membre de l'Académie Française, ministre d'Etat, etc.

M. le marquis d'Harcourt, pair de France.

M. le marquis Barthelemy, pair de France, ministre d'Etat et membre du conseil privé de Sa Majesté.

M. le comte de Chabrol, membre de l'Académie des Beaux-Arts, conseiller d'Etat, préfet du département de la Seine.

M. le marquis de Valmy, lieutenant-général.

M. le comte Maurice de Caraman, maréchal de camp, inspecteur de cavalerie.

M. le baron Séguier, pair de France, premier président de la Cour Royale, etc.

M. Pérignon, avocat à la Cour Royale, membre du conseil général du département, etc.

M. Dufourny, professeur d'architecture, membre de l'Académie des Beaux-Arts.

M. Quatremère de Quincy, secrétaire perpétuel de l'Académie des Beaux-Arts, etc.

M. Suard, secrétaire perpétuel de l'Académie Française.

M. De la Salle, préfet du département de la Haute-Marne.

M. Denis, doyen des notaires de Paris, trésorier du comité.

M. Pierret, conseiller-référendaire de la Cour des Comptes, secrétaire du comité.

2. Les délibérations ne sont exécutoires que quand elles sont signées des deux tiers, au moins, de tous les membres du comité. Les expéditions ou extraits desdites délibérations sont signés par le président et le secrétaire seuls, et indiquent le nom des personnes qui ont signé les originaux.

Ces délibérations sont rédigées par le secrétaire, dans un registre exclusivement destiné à cet objet.

3. Les attributions du comité ont pour but toutes les mesures et toutes les conventions qu'il jugera nécessaires pour le recouvrement et l'emploi des fonds, pour les plans et marchés à arrêter avec les artistes, entrepreneurs et ouvriers, et, généralement, tout ce qui lui paroîtra nécessaire ou utile pour le succès de l'entreprise, mais toujours dans une proportion rigoureuse avec les souscriptions qui auront été réalisées.

4. Le président du comité convoque et tient les assemblées.

5. Le secrétaire est aussi chargé des archives du comité, et de l'un des doubles originaux de tous les marchés qui sont faits avec les artistes, entrepreneurs et ouvriers, et avec toute personne concourant à l'exécution de cette entreprise.

Il en donne communication, sans déplacement, aux membres du conseil.

6. Le trésorier est un dépositaire volontaire et gratuit. En conséquence, par ce titre, sa personne n'est soumise à aucun cautionnement ni à la contrainte par corps; et ses biens ne sont point frappés d'hypothèque légale.

Gestion.

Il reçoit les fonds et toutes les sommes de 1 fr. et au-dessus qui sont apportées ou adressées à sa caisse pour cet objet. Il en délivre des récépissés ; il n'admet que les souscriptions réalisées en numéraire ou à recouvrer sur la caisse de service, ou en autres effets, sauf à porter par lui en reprise ceux qui ne seroient pas acquittés à leur échéance.

Il fait tous les paiemens auxquels il y aura lieu pour cette destination ; mais ces paiemens ne pourront être faits qu'en vertu de délibérations prises par les membres du comité, dont un extrait lui sera, comme dit est, remis, signé par le président et le secrétaire ; lequel extrait, avec la quittance, suffiront pour la décharge du trésorier.

Si le comité juge à propos de faire précéder ces autorisations de certificats d'avancement ou de confection des ouvrages, dans les cas prévus par les marchés avec les artistes, entrepreneurs et ouvriers, ces mandats resteront aux archives du comité.

Tenue des Livres.

La totalité des fonds est, ou déposée directement au trésorier, ou versée au trésorier par les notaires de Paris, avec des états nominatifs, ou adressée au trésorier par les receveurs-généraux aussi avec des états nominatifs ; et c'est, eu égard à ces trois différentes sources, que la tenue de ses livres et sa comptabilité doivent avoir lieu. En conséquence il tient :

1°. Deux journaux ou brouillards, dont l'un pour la recette, l'autre pour la dépense. Dans l'un et dans l'autre, il inscrit, sans interruption et par ordre de dates, le nom de chaque partie prenante ou payée, et en chiffres seulement les sommes versées et les paiemens effectués.

Ces journaux ou brouillards n'étant que pour le trésorier seul, n'ont ni numéro, ni folio, ni table alpha-
bétique, parce que toute vérification sera toujours facile
en indiquant la date, le nom de la personne qui aura déposé directement, ou le nom du notaire ou du receveur-
général qui aura versé.

2°. Deux registres qui seront, l'un pour la recette et
l'autre pour la dépense :

Celui pour la recette contiendra, par ordre de numéros
et de dates :

A l'égard des dépôts directs, les noms, les sommes en
toutes lettres, et reportées en chiffres hors ligne.

A l'égard des versemens par les notaires et par les receveurs-généraux, la copie des états nominatifs qu'ils
auront fournis et les sommes seulement en chiffres.

(On sent qu'il est inutile de répéter en toutes lettres
les sommes versées par les notaires et les receveurs,
puisque leurs états nominatifs sont le contrôle naturel des
sommes en chiffres.)

Celui pour la dépense contiendra de même, par ordre de
numéros et de dates, les sommes en toutes lettres et en
chiffres hors ligne, et succinctement la cause du paiement.

3°. Le trésorier tient un livre de balance, qui de
même, par ordre de numéros et de dates, de suite et
sans aucun blanc, présente en deux colonnes séparées et
en chiffres chaque objet à lui déposé ou versé, et par lui
payé, et donne, en conséquence, la facilité de vérifier à
toute heure l'état de situation de sa caisse.

C'est sur ce livre de balance que les membres du comité
et tout souscripteur au-dessus de 100 fr. pourront,
toutes les fois que bon leur semblera, vérifier le borde-
reau des fonds disponibles.

Les membres du comité pourront aussi les arrêter
quand ils le jugeront nécessaire.

Comptabilité.

Le trésorier, indépendamment de ses bordereaux successifs de situation, qui sont arrêtés sur son livre de balance, présente chaque année, au comité, un compte de recette et de dépense.

La recette de ce compte est une copie de celle du livre de raison, et est appuyée des états nominatifs à lui fournis par les souscripteurs, notaires ou receveurs-généraux, et qui sont sous le numéro pareil à leur objet dans le livre de balance.

La dépense est divisée en deux chapitres, dont l'un comprend tous les paiemens faits aux artistes, entrepreneurs et ouvriers, en réunissant sous le nom de chacun d'eux les divers paiemens d'à-compte ou de solde faits dans le courant de l'année. Elle sera justifiée par des mandats d'autorisation, quittances et pièces de formalité.

Et l'autre comprend les dépenses diverses et extraordinaires, justifiées par des mandats d'autorisation, quittances et pièces y relatives.

Ce compte est présenté en triple expédition, qui toutes trois sont avec les pièces justificatives, et les deux registres de recette et de dépense, remises au comité ; toutes trois sont arrêtées par le comité : *une* des expéditions est remise au comptable ; la *seconde*, avec les deux registres journaux et toutes les pièces justificatives, reste déposée dans les archives du comité ; la *troisième* est adressée, par le comité, au premier président de la Cour des Comptes, qui est invité à le faire vérifier et arrêter définitivement, s'il le juge à propos.

Pour copie conforme :

Signé PIERRET, secrétaire du comité.

(Page 104.)

Paris, le 20 mars 1815.

Circulaire à MM. les Préfets des départemens.

Monsieur,

Les soins que vous avez bien voulu prendre, conformément aux intentions du comité chargé des opérations relatives à l'érection de la statue de Henri IV, me font un devoir de vous informer de la situation de cette souscription; vous en trouverez dans l'état ci-joint le résultat sommaire (1). La plus grande fidélité a été apportée à l'emploi des fonds destinés à cette entreprise. Le notaire qui les a reçus, ayant désiré de n'avoir pas en dépôt chez lui une somme aussi considérable, a été autorisé par une décision du comité, en date du 3 février dernier, à les employer en effets du trésor public; il a fait pour le mieux de l'entreprise. L'absence de plusieurs membres du comité laisse de l'incertitude dans les mesures qui pourront être prises ultérieurement; mais je crois ne rien faire que de conforme à l'intention de tous, en vous priant de remettre l'état ci-joint aux minutes de votre administration, afin qu'il puisse en être donné communication aux souscripteurs, et même à tous autres qui jugeroient à propos de la demander.

Je vous remercie, Monsieur, au nom du comité, du concours obligeant que vous avez bien voulu lui prêter.

J'ai l'honneur d'être, avec le plus sincère attachement, Monsieur,

Votre très-humble et très-
obéissant serviteur.

Pour M. de Marbois, par son secrétaire particulier,

Signé MARGUERET.

(Écrit de la main de M. de Marbois.)

---

(1) D'après cet état le fonds des souscriptions, à cette époque, s'élevoit à 249,087 fr. 58 c.

Cette lettre, Monsieur, vous a été adressée dans le temps, au moment où je fus obligé de quitter Paris. Comme elle a pu ne pas vous parvenir, j'ai l'honneur de vous en adresser une nouvelle expédition.

23 juillet 1815.

(Page 107).

Marché pour l'entière exécution en bronze de la Statue équestre de Henri IV, qui doit être érigée sur le Pont-Neuf à Paris, présenté à MM. les membres composant le Comité formé pour le rétablissement de ce Monument, par M. Lemot, statuaire, membre de l'Institut et professeur aux Ecoles royales des Beaux-Arts de Paris.

Moi, François-Frédéric Lemot, voulant assurer la parfaite et prompte exécution de la statue équestre de Henri IV, et éviter les graves inconvéniens qui résultent toujours pour l'art et l'administration, de l'abandon que les statuaires font de leurs modèles à des fondeurs, j'ai résolu de me charger de toute la responsabilité de l'entreprise de la fonte, et de donner encore par cette garantie, au comité qui a bien voulu me confier l'exécution de ce monument, une nouvelle preuve de mon amour pour mon art, et du désir que j'ai de répondre dignement aux vœux des sousoripteurs. En conséquence, je m'engage à livrer la statue équestre de Henri IV, parfaitement fondue et ciselée, et armée de toutes ses armatures intérieures et de scellement, le 1er mars 1818, afin que le transport et l'exécution puissent avoir lieu dans le courant dudit mois, et l'inauguration le 4 mai suivant, jour anniversaire de l'entrée de S. M. Louis XVIII dans la capitale.

Il me sera alloué pour les différentes parties de ce travail, les sommes suivantes ;

Savoir :

Art. 1er. Pour le petit et grand modèles..   6,487 fr.

2. Réparage des cires dans la fosse.....   6,000

3. Ajustage, monture et ciselure........   70,000

4. Direction, surveillance de toutes les opérations de transport et de pose, etc......   12,000

5. Moules de plâtre et de potée, armature des moules, châssis et fonte du cavalier et du cheval...........................   150,000

6. Armatures intérieures et de scellement en fer, forgé et ajusté à vis et à écrous......   20,000

7. Pour les divers transports des moules de l'atelier à la fonderie, et les diverses opérations du charpentier pour retirer les fontes de la fosse, et ajuster le cavalier sur le cheval, encaissement du cheval, et transport des fontes de la fonderie à l'atelier de la ciselure, et autres dépenses non prévues....   15,000

Total.................   337,870 fr.

Art. 8. En outre de ladite somme de trois cent trente-sept mille huit cent soixante-dix francs, il me sera fourni trente mille kilogrammes, ou environ soixante mille livres de matière de cuivre, pour remplir les fourneaux, les jets, les évents et l'écheno. On peut estimer à quinze mille kilogrammes, ou trente mille livres environ, la quantité de matière que la statue équestre emploiera, et je rendrai compte du surplus après l'opération, sauf le déchet de 10 pour 100 nécessité par la fonte.

9. Les frais du transport de la statue équestre de l'atelier au Pont-Neuf, et ceux de son érection et pose sur le piédestal, ne seront point à ma charge ; mais ces diverses opérations ne pourront se faire qu'en ma présence, et sous ma surveillance particulière.

10. Les ateliers de la fonderie de la foire Saint-Laurent

et ceux du Roule, seront mis à ma disposition, et l'on y fera les réparations nécessaires pour que ces ateliers soient clos et couverts.

11. La somme de 337,870 fr. me sera payée ainsi qu'il suit :

Au commencement du travail du petit modèle............................	6,000 fr.
Lorsque le petit modèle sera moulé......	12,000
Le 1er mars 1815, tant sur le grand modèle que pour les préparatifs de la potée et des fers nécessaires pour les moules...........	25,000
Le 1er juillet 1815....................	10,000
Le 1er septembre 1815.................	20,000
Le 1er décembre 1815.................	10,000
Le 1er mars 1816....................	50,000
Et à partir de ce dernier paiement, il me sera fait, jusqu'à l'entière et parfaite confection de l'ouvrage, six paiemens de 30,000 fr. chaque.................................	180,000
Et lorsque j'aurai livré la statue équestre, il me sera payé pour solde...............	44,870
Total ou somme égale........	337,870 fr.

Fait double à Paris, le 3 janvier 1815.

                    Signé F. F. LEMOT.

Article supplémentaire. Je serai chargé de l'exécution des bas-reliefs et ornemens qui doivent décorer le piédestal, et ce piédestal ne pourra être exécuté par l'architecte que lorsque la proportion et la forme auront été définitivement arrêtées de concert avec moi.

                    Signé F. F. LEMOT.

(Page 121.)

Note sur les Fontes les plus récentes.

Depuis la fonte de la statue équestre de Louis XV, en 1758, il n'a point été fondu de grand monument en bronze; car on ne peut considérer la colonne de la place Vendôme comme un exemple à citer pour l'art et la science du fondeur.

La statue pédestre de Napoléon pour la colonne de Boulogne et les bas-reliefs fondus par M. Getti, mouleur, sont ce qui a été fait de mieux à Paris dans ces derniers temps; mais il y a loin de là encore à une statue équestre. Pour les fontes de la statue colossale de Desaix, et pour la colonne de la place Vendôme, on voulut réunir la célérité à une grande économie, et l'on donna imprudemment ces opérations au rabais, à des hommes qui n'avoient aucune garantie de science métallurgique, de talent d'artistes, ni d'expérience.

Voici ce qui arriva. La fonte et la ciselure de la statue de Desaix furent adjugées au sieur R** pour la somme de 100,000 fr., non compris le bronze. R** sous-traita avec le nommé H***, ouvrier-fondeur de cloches, qui prit l'entreprise à forfait pour 20,000 fr.; ce qui démontroit déjà que cet homme étoit incapable de réussir. Pour tâcher de perdre le moins possible, H*** se fit rendre maître absolu du moule comme de la fonte. Il fut interdit au statuaire de surveiller la traduction de son type original. Les parties creuses furent bouchées, pour se dispenser de les mouler et de les rendre en fonte. Enfin, il imagina de mouler en sable, et par assises, dans un châssis. Il construisit des fourneaux et un appareil de charpente, qui absorbèrent 15,000 fr., lorsqu'il eût été facile d'obtenir les fourneaux et ateliers de la ville.

A l'inspection du châssis et de l'enterrage en fosse, on

19

avertit le sieur H*** qu'il ne réussiroit pas. On lui en dit
la raison, et on lui indiqua le moyen d'éviter ce fâcheux
résultat. H*** ne tint aucun compte de ces avis, et le lendemain, la statue fut coulée et manquée. Le châssis lâcha,
et la matière coula dans la fosse et jusque dans les caves.
Il y en eut beaucoup de perdu, au moins pour le gouvernement : il manquoit à la statue la tête et les épaules.

Il fallut recommencer : et, pour avoir moins besoin de
science et de talent, le même entrepreneur scia le modèle
en trois parties, pour les fondre séparément ; savoir : la
tête, le tronc et les cuisses, une partie ; les jambes, une
autre partie ; le manteau et la terrasse, une autre partie.
L'obélisque fut encore fondu séparément ; mais, n'ayant
point de connoissances théoriques, il ne calcula point la
retraite qu'éprouveroit la fonte en se refroidissant, ni
l'espace nécessaire pour l'ajustage des diverses parties,
lorsqu'il faudroit les réunir pour en former un tout.

L'effet de la retraite seule rendoit cette statue déplorable. On eut beau y faire des fentes et y appliquer des
pièces de métal pour gonfler certaines parties devenues
mesquines ; en repousser d'autres à coups de marteau, et
en faire rentrer en sens contraire, le résultat en étoit
affreux : et lorsqu'on eut pris sur les cuisses la place nécessaire pour y ajuster les jambes, les premières devinrent
trop courtes de deux pouces. Alors la statue fut sans proportion et resta un monument ignoble. Tels furent les
effets, sous les rapports des arts et de l'administration,
des mauvaises mesures prises pour cette fonte.

La fonte et la ciselure de la colonne de la place Vendôme furent données au sieur D*** à raison de dix sous la
livre. Cet homme n'avoit jamais fondu d'aucune manière.
Ce prix étoit évidemment trop modique. Il commença
par construire, à grands frais, une fonderie à la foire
Saint-Laurent, tandis que la ville de Paris possède le
plus bel établissement connu pour des fontes de monu-

mens en bronze, et que cet établissement, qui a été créé pour la statue équestre de Louis XV, semble devoir être consacré aux monumens publics.

On auroit dû s'apercevoir, dès la construction même de son fourneau, que le sieur D*** n'avoit aucune connoissance en métallurgie ; car il employa un fourneau à fer qui oxidoit et brûloit le cuivre, en raison du trop grand courant d'air. Pour l'encourager et le dédommager, on le laissa donner douze à quinze lignes d'épaisseur à ses bas-reliefs, au lieu de six lignes, dont on étoit convenu ; ce qui avoit le double inconvénient de produire une fonte moins belle et d'augmenter la dépense, puisqu'on payoit le fondeur à la livre (1). On lui accorda dix pour cent de déchet, et enfin on lui fit ce qu'on appelle bon poids, en recevant ces bas-reliefs couverts de sable abreuvé, ce qui étoit payer ce sable comme le bronze ; et, comme ce poids étranger se répétoit à chaque plaque, c'étoit un avantage d'autant plus grand, que l'entrepreneur avoit intérêt à ne pas ménager le sable. Malgré toutes ces condescendances, nécessitées par un mauvais choix et des marchés irréfléchis, le sieur D*** ne put pas se

---

(1) Il est reconnu qu'une fonte mince vient toujours plus unie et plus parfaite qu'une fonte épaisse ; mais les adjudications au rabais ont l'inconvénient que les entrepreneurs trouvent presque toujours les moyens de se dédommager au détriment de la chose entreprise.

En même temps qu'on traitoit à pour la livre la fonte de la colonne, on refusoit d'accorder à M. Perrier vingt sous de la livre de fonte pour les lions de la fontaine du palais des Beaux-Arts. Dans ce prix étoient compris la fourniture de la matière, les frais de moulage et de fonte ; c'étoit bien un peu cher pour de la fonte en fer, et l'on crut bénéficier en la payant 15 sous la livre aux fondeurs du Creuzot. Les lions de M. Perrier auroient coûté 2,400 fr. ; ceux du Creuzot passèrent 3,000 fr., parce qu'on leur donna beaucoup plus de poids qu'il n'en falloit.

19.

soutenir au niveau de la dépense, et finit par mettre du plomb dans ses fontes, pour tâcher de se retirer par ce moyen illicite (1) ; mais le plomb, ne s'alliant que difficilement au cuivre, passoit, en fondant, à travers le métal, se plaçoit sous la sole ou âtre, et s'infiltroit dans les terres où on l'a trouvé en partie. Il en est résulté un grand déficit dans le bronze, déficit que le ministre de l'intérieur a fait constater, et pour lequel le gouvernement s'est saisi de la fonderie du sieur D***.

Les bas-reliefs, fondus en pièces de rapport, ont été surchargés de coutures ou bavures, sont sortis souffleux et percillés de taches de plomb, de manière que le bronze n'a plus sa valeur brute. Pour abattre ces coutures, l'entrepreneur, qui avoit plus d'intérêt à se donner beaucoup de rognures qu'à produire une belle fonte, a employé une troupe de garçons serruriers à la journée, pour *bûcher* ces coutures.

Le produit de cette soi-disant ciselure a été 140 milliers de copeaux, qui furent vendus mystérieusement à raison de vingt-cinq ou vingt-huit sous la livre, et revendus ensuite. De plus, la statue de Napoléon, comptée pour dix milliers, ne pesoit que cinq mille deux cents livres. On voulut aussi faire passer la calotte pour huit milliers ; mais l'architecte parvint, malgré toute la résistance possible de la part de l'entrepreneur, à la peser, et elle se trouva seulement du poids de quatre mille trois cents livres.

Malgré tous ces moyens, le sieur D*** ne put achever l'entreprise. On le remplaça par des ouvriers à la journée, qui ont encore plus mal fait, de sorte que les derniers bas-reliefs, et la partie lisse qui précède la corniche,

---

(1) Ce fait a été constaté par les analyses de MM. d'Arcet et Vauquelin ; ils ont trouvé que le métal étoit allié à 25 ou 27 au lieu de 11 pour 100, qui étoit le titre convenu.

sont horriblement fondus, ce qui blesse les yeux quand on est au sommet de la colonne.

(Page 88.)

Rapport à M. le président du Comité des Souscripteurs.

Paris, le 24 juin 1816.

Monsieur le comte,

D'après votre invitation, nous avons été visiter les travaux des fondations du piédestal de la statue d'Henri IV que la direction des travaux publics construit sur les dessins de M. Lepère, architecte.

Il nous a semblé que cette construction arrivée aujourd'hui au niveau, qui sera celui de la marche inférieure du piédestal, n'offre point dans ses matériaux le grand caractère de solidité qu'un pareil monument pourroit exiger (puisqu'on n'y emploie que des moellons maçonnés à chaux et sable) ; mais que cependant elle formera un massif d'une assez bonne consistance, eu égard surtout aux doubles arceaux qui, de chaque côté, l'étaieront dans sa longueur.

Quoiqu'on ait compris aussi et renfermé dans la maçonnerie des fondations deux des montans de bois de la charpente qui porte le piédestal en toile et le modèle provisoire d'Henri IV, et quoique ces bois, en se pourrissant, doivent tôt ou tard laisser deux vides dans la masse, toutefois il ne semble pas qu'on puisse regarder ces vides comme capables de diminuer sensiblement la consistance du tout.

On voit bien que l'économie préside au choix des moyens ; mais cette économie n'aura probablement point d'inconvéniens, si, comme on l'assure, du point où est arrivée la construction, on procède dorénavant en libages ou pierre de taille dure et solide ; car les deux points d'appui du cheval de bronze devant être deux énormes barres de fer de six à huit pieds de longueur, enfoncées dans des trous creusés au pic, il est nécessaire que ces trous aient lieu dans de gros quartiers de pierre et ne rencontrent point de joints verticaux, pour qu'aucun mouvement ne puisse s'opérer dans les matériaux du piédestal.

Il nous a paru aussi, vu l'esprit d'économie que la direction des travaux publics semble disposée à porter dans toute cette entreprise, qu'il ne seroit pas inutile de représenter au ministre, qu'une épargne trop apparente seroit d'un mauvais effet dans un monument de cette nature ; qu'on espère en conséquence qu'il voudra bien ordonner que le piédestal soit entièrement revêtu en marbre, et que les degrés du piédestal, selon ce qui a toujours été pratiqué, soient de la même matière.

Nous avons l'honneur d'être, etc.

Signé, QUATREMÈRE DE QUINCY et DUFOURNY.

(Page 189.)

INSTITUT DE FRANCE.

ACADÉMIE ROYALE DES BEAUX-ARTS.

Extrait du procès-verbal de la séance du samedi 22 novembre 1817.

La commission que vous avez chargée de faire un rapport sur l'examen qui vous est demandé par Son Exc. le ministre de l'intérieur, des difficultés et des réclamations auxquelles donne lieu le placement de la statue de Henri IV, croit devoir faire observer, avant tout, que ces difficultés et réclamations auroient été prévenues si, comme l'exige toute bonne théorie en ce genre, et comme le portoient les conventions faites entre M. Lemot et le comité des souscripteurs, conventions ratifiées par le ministre de l'intérieur, le statuaire avoit été appelé à déterminer, de concert avec l'architecte, les rapports d'emplacement, de situation, d'élévation, de dimension, de profils et de détails du piédestal destiné à porter la statue de Henri IV.

M. Lemot a exposé que, n'ayant jamais été appelé à ce concours d'opérations, ni mis à portée d'avoir des renseignemens positifs sur ce que l'on se proposoit de faire, non-seulement il n'a pu influer sur aucune détermination, mais qu'il n'a connu le placement du piédestal que lorsque tous les travaux de fondation, d'empatement et d'emmarchement étoient sur le point d'être terminés, et qu'alors seulement il a eu une vraie connoissance des inconvéniens dont il redoute l'effet.

Ces inconvéniens sont au nombre de trois :

Le premier est la trop grande étendue de l'emmarchement pratiqué autour du piédestal, sur une dimension de quarante pieds en carré pour un massif de douze pieds sur six pieds. Ce grand plateau semble, en effet, destiné à recevoir une masse d'un tout autre volume que celui de la statue de Henri IV; une masse telle, par exemple, qu'auroit été celle de l'obélisque jadis projeté pour ce lieu. La colonne de la place Vendôme est loin d'offrir un empatement semblable. La commission pense que cette trop grande étendue ne peut que nuire à l'effet du piédestal, en en rapetissant l'effet, ainsi que celui de la statue.

Le second inconvénient, résultant de la hauteur forcée où l'emmarchement actuel (attendu qu'il est placé sur des voûtes) portera le piédestal, est de l'élever beaucoup au-delà du point que le statuaire avoit déterminé pour l'effet visuel de son ouvrage. En effet, si l'on prend l'emplacement du terre-plein comme l'espace moyen duquel il convient que la statue soit vue, et aussi le bord du trottoir comme le point de reculée pour le plus grand nombre des spectateurs passant sur le pont, M. Lemot fait observer que la saillie des angles supé-

rieurs du piédestal, projetée à la hauteur qu'on lui
assigne, dérobera à l'œil la partie inférieure du cheval;
et, en outre, que l'effet du travail et de l'étude du cheval se perdra par une trop grande élévation. M. Lemot,
dès qu'il eut connoissance de la hauteur à laquelle on se
proposoit de porter les marches, réclama contre cette
disposition. Il se plaint de n'avoir pu obtenir la diminution qu'il avoit demandée.

Le troisième inconvénient qu'il reproche au piédestal,
s'il reste situé comme il est commencé, sera de porter la
statue, et surtout la tête du cheval beaucoup trop près
du trottoir, et par conséquent du grand nombre des
spectateurs pour qui ce trottoir sera le point de reculée;
en sorte que de là il sera difficile de jouir, comme on le
devroit, de l'ensemble de la statue, et comme on le
pourroit si le piédestal étoit reculé au point central du
terre-plein. De là, surtout, il est constant que la tête du
cheval empêchera de voir celle du Roi.

Votre commission, Messieurs, après avoir lu atten-
tivement toutes les pièces qui lui ont été communiquées
sur l'objet de cette contestation, après avoir reçu sur
le terrain même tous les renseignemens de M. Lepère,
architecte chargé de cette construction, et après avoir
vérifié les sujets de réclamations, n'a pu se dispenser
d'en reconnoître la justice. La seule vue du terre-plein,
devant former la véritable place de la statue d'Henri IV,
place publique de cent pieds superficiels, ne lui a pas
permis de douter, qu'en tout état de cause, et à part les
considérations étrangères à la question, le centre de ce
local doit être le véritable point d'emplacement de la
statue et de son piédestal; que ce point donné par la
nature du lieu, outre le plaisir de la symétrie, outre
l'avantage d'offrir la reculée convenable au point de vue
de la statue, aura encore celui de se trouver dans un
meilleur accord avec les lignes du terre-plein, lorsque,

soit d'un côté, soit de l'autre de la rivière, l'œil embrassera tout cet ensemble.

La commission n'avoit pas attendu l'envoi de la dernière note fournie par M. Bruyère à l'appui du projet actuel, pour savoir qu'une des raisons du placement en avant du terre-plein, avoit pu être l'exemple de l'ancienne statue de Henri IV; mais la commission savoit aussi (ce que ne dit pas la note justificative) que l'ancienne statue d'Henri IV avoit été placée là avant la construction du terre-plein ancien (moins long encore de vingt pieds que le nouveau); que dès lors rien n'avoit pu faire la loi de placer la statue au point milieu d'un espace qui n'existoit point encore.

La commission n'avoit point ignoré non plus les raisons qui ont jadis fait adopter l'emplacement (aujourd'hui en litige) pour y ériger l'obélisque projeté et abandonné, et elle avoit fort bien compris que l'architecte chargé maintenant de la construction du piédestal de Henri IV, étant le même que celui qui avoit été chargé de l'érection de l'obélisque, il avoit pu être induit à profiter des fondations précédemment faites.

Mais la commission a pensé, même après avoir lu la note dont on a parlé, que toutes ces raisons qui expliquent ce qu'on a fait, sont très-insuffisantes pour justifier l'achèvement de ce qui reste à faire, s'il est constant que l'intérêt du monument, de son accord avec l'emplacement, de la bonne proportion de l'ouvrage et de l'effet visuel, exige que le piédestal soit reculé au milieu du terre-plein.

La commission doit répondre à une légère objection de la note justificative. L'auteur de cette note prétend qu'en reculant le piédestal au point du centre, et avec ce piédestal, tout l'empatement actuel des degrés-ou l'emmarchement de quarante pieds carrés, la reculée de cet empatement produira, tant du côté du trottoir que du côté opposé, un espace sensiblement moins large du bas des marches, soit à la grille, soit au parapet, que l'espace des parties latérales du terre-plein, ce qui sera d'un effet peu agréable pour ceux qui circulent dans cette place. (Effectivement, le terre-plein a en longueur vingt pieds de plus qu'en largeur.)

Mais la commission répond que, comme l'étendue démesurée de cet empatement est un des défauts qui doivent faire désirer le déplacement du piédestal, il faudra, en reculant celui-ci, diminuer de plus de moitié la surface de l'empatement, et que dès lors disparoîtra presque entièrement le petit défaut d'inégalité de largeur entre les allées qui entoureront le piédestal.

La commission ne s'est pas dissimulé que le reculement des fondations du piédestal occasionnera des frais de main-d'œuvre perdus, et quelques dépenses de main-d'œuvre nouvelles en maçonnerie ; mais elle n'a pas cru ces considérations d'un aussi grand poids qu'on voudroit le faire croire. Du reste, elle ne s'est crue appelée ni à supputer en perte les frais d'une fondation à faire pour placer convenablement la statue d'Henri IV, ni à évaluer en profit la diminution de dépense qui résultera d'un projet d'emmarchement deux fois moins étendu, ni les bénéfices de marbrerie qu'un dessin beaucoup plus restreint devra donner.

La commission a pensé que, s'agissant d'une construction aussi peu étendue que celle d'un massif de fondation de piédestal, en pierres brutes ; s'agissant d'un monument dont la libéralité publique fait presque tous les frais, il seroit peu digne du gouvernement, qui doit compléter cette noble entreprise, de sacrifier à quelque calcul de toisé l'intérêt de l'art, celui de l'ouvrage et de son succès.

En conséquence, votre commission vous propose l'arrêté suivant :

L'Académie royale des Beaux-Arts, consultée par Son Exc. le ministre-secrétaire d'Etat de l'intérieur sur le placement du piédestal de la statue de Henri IV, après avoir entendu le rapport d'une commission spéciale, est d'avis,

1°. Que le piédestal de cette statue doit être situé au milieu du terre-plein et à la section des diagonales du carré, selon l'indication du plan ci-joint.

2°. Que pour tout ce qui regardera la dimension, la proportion, la forme et les détails du piédestal, Son Exc. invite l'architecte chargé d'en faire les dessins, et d'en suivre l'exécution, à se concerter avec M. Lemot, selon les clauses de son marché, approuvées par le ministre de l'intérieur (le statuaire devant être celui qui doit déterminer la hauteur et les dimensions du piédestal).

Certifié conforme.

Le Secrétaire perpétuel,

Signé, QUATREMÈRE DE QUINCY.

(Page 191.)

INSTITUT DE FRANCE.

ACADÉMIE DES INSCRIPTIONS ET BELLES-LETTRES.

Paris, le 29 octobre 1817.

Le secrétaire perpétuel de l'Académie, à S. Exc. M. Lainé, ministre secrétaire d'Etat de l'intérieur.

MONSIEUR,

L'Académie apprendra certainement avec beaucoup de satisfaction, par la lettre que Votre Excellence me fit l'honneur de m'écrire hier, et que je lui communiquerai dans sa prochaine séance, que le Roi a daigné approuver la médaille qu'elle a composée pour consacrer la mémoire de la pose de la première pierre du piédestal de la statue de Henri IV; mais je ne puis me dispenser de représenter à

Votre Excellence, qu'elle verra avec beaucoup de peine
le choix du graveur, et conséquemment la surveillance
de l'exécution, confiés à l'Académie des Beaux-Arts.
Louis XIV, en créant son Académie des Belles-Lettres,
pour célébrer par des médailles, des devises, des inscriptions, etc., les événemens de son règne, n'eut point la
pensée de lui adjoindre une autre Académie pour une
partie de ce travail; il se contenta de lui attacher un
artiste chargé de dessiner, sous ses yeux, les types de la
médaille qu'elle venoit de composer; et cet artiste étoit
le premier peintre du Roi, jusqu'au moment où l'Académie a demandé qu'au lieu d'un peintre on lui attachât
un sculpteur, par la raison, que la médaille étant pro-
prement un bas-relief, le dessin en étoit plus du ressort
de la sculpture que de la peinture. Quant au graveur,
le ministre ou le choisissoit lui-même, ou plus ordinairement en laissoit le choix à l'Académie, qui, dans
l'un et l'autre cas, étoit autorisée à surveiller l'exécution.
C'est ainsi qu'a été faite la grande et belle histoire métal-
lique de ce Prince, et celle de ses successeurs; et jamais,
jusqu'à ce jour, on ne s'est écarté de cet usage. Je crois
donc de mon devoir, avant de faire connoître à l'Aca-
demie une innovation qui porte atteinte à la prérogative
dont elle a constamment joui depuis son institution, de
prier instamment Votre Excellence de vouloir bien nommer elle-même le graveur, en l'obligeant à soumettre
son travail à l'Académie, qui peut seule juger s'il remplit
bien les intentions qui l'ont dirigée dans la composition
du type, ou de l'autoriser à le choisir elle-même. J'in-
siste sur cette même prière, moins encore pour l'honneur et les intérêts de l'Académie dont j'ai l'honneur
d'être l'organe et le représentant depuis près de quarante
ans, que pour ne pas mettre en contact immédiat deux
compagnies qui doivent vivre en paix, pour leur bien
commun, et pour ne pas produire entre elles des frotte-

mens et des rivalités qui ne pourroient avoir que des résultats fâcheux.

J'ai l'honneur de renouveler à Votre Excellence l'hommage de mes sentimens les plus respectueux.

Signé DACIER.

(Page 191 *bis.*)

Paris, le 6 novembre 1817.

Le secrétaire perpétuel de l'Académie des Inscriptions, à S. Exc. M. Lainé, ministre secrétaire d'Etat de l'intérieur.

MONSIEUR,

J'ai motivé principalement les réclamations que j'ai eu l'honneur d'adresser à Votre Excellence relativement au choix du graveur de la médaille de Henri IV, sur les usages constamment pratiqués depuis la création de l'Académie jusqu'à ce jour, c'est-à-dire, depuis plus d'un siècle, parce que je pensois que ces motifs seroient suffisans pour mettre à l'abri de toute atteinte une prérogative aussi ancienne que l'Académie, et qu'on n'avoit jamais songé à lui contester. Mais, puisque mes espérances sont trompées, je demande à Votre Excellence la permission de lui mettre sous les yeux les usages modernes, contenus dans deux articles d'une ordonnance, en date du 22 juillet 1816, rendue sur la proposition du ministre de la maison du Roi, dans le département duquel se trouve la monnoie des médailles. Ces articles déterminent la part que l'Académie doit avoir dans la composition et la gravure des médailles ordonnées par le Roi. Votre Excellence y verra que Sa Majesté, conservant à son Académie des Inscriptions la même confiance dont elle a été honorée par ses aïeux, n'appelle point une autre Académie à participer directement ni indirectement à la gravure non plus qu'à la composition des médailles.

« Art. 12. Les sujets de médailles, donnés par le mi-
» nistre secrétaire d'Etat de notre maison, sont par lui
» immédiatement transmis à l'Académie des Inscriptions
» et Belles-Lettres, à qui seule il appartient d'en com-
» poser les types et les inscriptions. Le directeur, de
» concert avec l'Académie, propose le graveur qui doit
» être chargé de l'exécution, et il surveille le travail.

    » 13. Le directeur de la monnoie des médailles et
» l'Académie des Inscriptions et Belles-Lettres ont aussi
» la faculté de donner des sujets de médailles; et ces
» sujets, s'ils sont adoptés par notre ministre, se com-
» posent et s'exécutent comme il est dit à l'article pré-
» cédent. »

Du reste, je persiste à croire, et il est de mon devoir
de le répéter à Votre Excellence, que l'innovation contre
laquelle je prends la liberté de réclamer itérativement,
ne peut qu'être très-pénible pour l'Académie, qu'elle
établit une sorte de concurrence et des rivalités fâcheuses
entre elle et l'Académie des Beaux-Arts, sans qu'on
puisse en espérer plus de perfection dans le travail. En
effet, quand le travail est surveillé par un aussi habile
artiste que M. Lemot, notre dessinateur, et par les aca-
démiciens qui composent les médailles, et qui sont seuls
capables de juger si le graveur exprime bien leurs intentions, il me paroît impossible à toutes les Académies
réunies de choisir des surveillans plus éclairés et plus
intéressés à ce que l'ouvrage ait toute la perfection
possible.

    J'ai l'honneur d'offrir à Votre Excellence l'hommage
ordinaire de mes sentimens respectueux.

Signé DACIER.

(Page 192.)

Paris, le 27 octobre 1817.

Copie du cérémonial approuvé par le Roi, Sa Majesté allant en grand cortège, le 28 de ce mois, poser la première pierre du piédestal de la statue du Roi Henri IV.

Le Roi partira en grand cortège du château des Tuileries, à l'issue de la messe.

Une salve d'artillerie tirée de l'esplanade des Invalides annoncera le départ du Roi, du château des Tuileries.

Pour se rendre sur le terre-plein du Pont-Neuf, Sa Majesté passera par

> Le Carrousel,
> La rue du Carrousel,
> Le Louvre,
> La rue du Petit-Bourbon,
> Le quai de l'Ecole.
> Le Pont-Neuf.

La haie sur le passage de Sa Majesté sera formée par la garde nationale et la garde royale.

Il aura été dressé trois tentes sur le terre-plein du Pont-Neuf: l'une, dans le fond, en arrière du piédestal, pour Sa Majesté, les Princes et Princesses de la Famille Royale et du sang, et les personnes de leur suite; les deux autres, de chaque côté du piédestal, celle de droite pour le corps municipal et le comité des souscripteurs, et celle de gauche pour MM. les ambassadeurs et les autres personnes invitées.

La garde de la tente de Sa Majesté sera faite par ses gardes-du-corps et ses gardes à pied ordinaires.

La garde extérieure sera faite par la garde nationale et la garde royale.

A l'arrivée du Roi, le corps municipal de Paris, précédé des officiers des cérémonies, se trouvera à la descente du carrosse, et conduira Sa Majesté dans sa tente.

M. le préfet de la Seine aura l'honneur de complimen-ter le Roi, au nom du corps municipal.

M. le ministre de l'intérieur présentera à Sa Majesté le président et les membres du comité des souscripteurs pour le rétablissement de la statue du Roi Henri IV, ainsi que les artistes et architectes chargés des travaux relatifs à la réédification de ce monument.

Lorsqu'il plaira à Sa Majesté de se transporter de sa tente à l'endroit où doit être élevé le piédestal, pour en poser la première pierre, elle y sera conduite par le corps municipal, le président et le comité des souscrip-teurs.

Le préfet de la Seine, au nom du corps-dé-ville, aura l'honneur de présenter à Sa Majesté les instrumens d'usage, après les avoir reçus de l'architecte du monument.

Il aura aussi l'honneur de mettre sous les yeux du Roi la boîte renfermant l'inscription, les médailles et les pièces de monnoie qui devront être placées sous la pierre.

A l'instant où le Roi posera la première pierre, une salve d'artillerie sera tirée de l'esplanade des Invalides, au signal qui en sera donné du Pont-Neuf.

L'opération achevée, Sa Majesté sera reconduite à son carrosse par le préfet, le corps municipal et le comité des souscripteurs.

Sa Majesté retournera au château des Tuileries en passant par

> Le Pont-Neuf,
> Le quai de Conti,
> Le quai Malaquais,
> Le quai des Théatins,
> Le Pont-Royal,

Le guichet du Carrousel,

Et l'entrée du milieu de la cour du château des
Tuileries.

La haie sur ce chemin sera formée par la garde nationale et la garde royale.

Une salve d'artillerie annoncera le retour du Roi au
château des Tuileries.

(Page 209.)

*Inscriptions proposées pour le piédestal de la statue
de Henri IV.*

Par M. Achaintre.

HENRICI. MAGNI.

PRINCIPIS. POPULO. CARISSIMI

VENERANDAM. EFFIGIEM

CIVILES. INTER. TUMULTUS

INDIGNE. DEJECTAM

ELOGIUMQUE. SIMUL. ABOLITUM

EX. OMNIBUS. ORDINIBUS. AERE. COLLATO

GALLI. RESTITUERUNT

ATQUE. EJUS. PRONEPOTI. LUDOVICO. XVIII

REGI. CHRISTIANISSIMO

PIO. FELICI. IN. PATRIAM. REDUCI

OBTULERUNT

ANNO. DNI. M. DCCC. XVIII

DIE. VERO. VIII. KAL. SEPT.

Par M. l'abbé d'Hesmivy – d'Auribeau, ancien
archidiacre, official et vicaire-général de Digne.

HENRICI. MAGNI

ÆNEAM· EQVESTREM. STATVAM

IX. SEPT. M. DC. XIV.

A. LVDOVICO. XIII. IVSTO

PATRI. POSITAM

———

II. ID. SEXS. M. DCC. XCII

INSONTE. GALLIA

AB. INSANIENTIBVS. IMPIE. DIRVTAM

———

REDVCI. LVDOVICO. XVIII. DESIDERATO

GALLIA. PLAVDENTE

DONIS. VNDEQVAQVE. PROFVSIS

OVANTES. PATRIÆ. CIVES

DIE. DIVO. LVDOVICO IX. SACR.

AN. XTI. M. DCCC. XIIX. RESTITVERVNT.

Par M. Borda, de Milan.

HENRICI. MAGNI. AUG.

PATERNO. IN. POPULOS. ADFECTU

PRINCIPIS. CLARISSIMI

SIGNUM. CUM ELOGIO

MAXIMIS. TEMPORIBUS. DELETUM

OMNES. ORDINES

LUDOVICO. XVIII. AUG.

REDUCE

PECUNIA· CONLATA. RESTITUERUNT

DD. VIII. K. SEPT. AN. MDCCCXVIII.

Par M. BELLOC.

HENRICI · IV · AVG
STATVAM · CVM · TITVLO
MAXIMIS
MISERRIMISQVE · TEMPORIBVS
DELETAM
CIVES · VNIVERSI
LVDOVICO · XVIII · REDVCE
ÆRE · CONLATO · RESTITVERVNT
QVOD · PRINCEPS · FORTISSIMVS
AB · EXERCITV
MAGNVS · ORBIS · SVFFRAGIO
BONVS · A · POPVLO
VT · APPELLARETVR · MERITVS · EST

DEDIC · VIII · KAL · SEPTEMB · AN · M · DCCC · XVIII

(Page 212.)

Marché pour l'exécution en bronze des deux bas-reliefs qui doivent décorer le piédestal de la statue équestre de Henri IV qui doit être érigée sur le Pont-Neuf à Paris ; présenté à MM. les membres composant le comité des souscripteurs, par M. F. F. Lemot, statuaire, chevalier des Ordres royaux de Saint-Michel et de la Légion d'Honneur, membre de l'Institut, et professeur aux Écoles royales des Beaux-Arts.

Les deux bas-reliefs auront chacun neuf pieds six pouces de long, sur quatre pieds de hauteur ; ils seront fondus d'un seul jet. L'un représentera Henri IV laissant

20.

entrer des vivres dans Paris dont il faisoit le siége ;
l'autre, son entrée dans la capitale.

Pour le modèle d'un bas-relief............	7,000 fr.
Pour les moules en plâtre à bois creux, et réparage des plâtres......................	1,800
Pour le réparage des cires, et autres dépenses relatives...............................	1,200
Pour la fonte...........................	6,000
Pour la ciselure, et dépenses diverses.....	4,000
Total......................	20,000 fr.

Et pour les deux.....................	40,000 fr.

Cette somme de quarante mille francs me sera payée
en six portions, savoir :

En commençant le premier modèle........	4,000 fr.
Lorsque ce modèle sera achevé...........	7,000
Lorsqu'il sera fondu...................	8,000
Lorsque le modèle du second bas-relief sera achevé..............................	7,000
Lorsqu'il sera fondu...................	8,000
Et pour solde, lorsque les deux bas-reliefs seront entièrement terminés et livrés........	6,000
Somme égale..................	40,000 fr.

Ces paiemens seront faits sur les certificats de Messieurs Dufourny et Quatremère de Quincy, commissaires nommés pour suivre les travaux de la statue
équestre, et en constater l'avancement.

Le bronze nécessaire pour la fonte des deux bas-reliefs
me sera fourni. Il sera au même titre que celui de la
statue équestre de Henri IV, et je tiendrai compte du
surplus après l'opération, sauf le déchet de 10 pour 100.

Les frais de transport et de pose des deux bas-reliefs

ne seront point à ma charge; mais je surveillerai ces deux opérations.

Paris, le 5 juin 1816.

Signé F. F LEMOT.

(Page 218.)

Procès-verbal de la translation de la Statue.

L'an mil huit cent dix-huit, le quatorze août, neuf heures du matin, en présence de M. le marquis de Marbois, pair de France, premier président de la Cour des Comptes, et président du comité des souscripteurs pour la réédification de la statue de Henri IV sur le terre-plein du Pont-Neuf; de M. le comte Chabrol de Volvic, conseiller d'Etat, préfet du département de la Seine; de Son Excellence le comte Anglès, ministre d'Etat, préfet de police; de M. Quatremère de Quincy, secré-taire perpétuel de l'Académie des Beaux-Arts de l'Institut, et de M. Dufourny, membre de l'Institut et professeur d'architecture à l'Ecole royale des Beaux-Arts, il a été procédé au transport de la statue équestre de Henri IV. Cette statue en bronze devant être conduite de l'atelier du Roule, dans lequel elle a été fondue, au terre-plein du Pont-Neuf, où elle doit être définitivement placée, a parcouru successivement, et de suite, le faubourg du Roule, la place Beauveau et une partie de l'avenue de Marigny. Cette avenue, n'ayant qu'une chaussée étroite et bombée, a présenté des difficultés pour le tirage et des obstacles pour la direction du traîneau, qui en ont retardé la marche; de sorte qu'on n'est arrivé qu'à six heures du soir dans la grande avenue des Champs-Ely-sées. Là, le peuple, par un mouvement spontané, s'est saisi des cordages où étoient attelés les bœufs, et en un instant la statue, arrivée à la place Louis XV, a traversé cette place, sans aucun obstacle, jusqu'au pont de

Louis XVI ; alors le nombre de personnes qui vouloient coopérer à la conduite de cette statue, s'étant considérablement accru, les bœufs ont été dételés avec précipitation ; le traîneau a été remis en route le long du quai des Tuileries, et a fait une station vis-à-vis du pavillon de Flore. Sa Majesté, accompagnée de son auguste famille, a paru en ce moment aux fenêtres de ce pavillon : des cris mille fois répétés, de *vive le Roi!* se sont fait entendre de toute part ; après quoi, la marche a continué, et le traîneau est parvenu au pont des Arts, après avoir mis une heure au plus à parcourir l'espace de la grande avenue des Champs-Élysées jusqu'à ce pont ; mais la nuit qui s'avançoit, a obligé de remettre le reste du chemin à faire jusqu'au lendemain, ce qui n'a pu être effectué que le lundi, à cause de l'occurrence de la fête de l'Assomption et du dimanche suivant.

Ledit jour lundi 17 août, tous les préparatifs pour cette dernière partie du transport, étant terminés dès trois heures du matin, et les tonneaux d'arrosement dont on s'étoit servi dans la première partie du trajet ayant, de l'avis et d'après l'ordre de Son Excellence le comte Anglès, ministre d'Etat, préfet de police, été remplacés par des pompes à incendie, le départ n'a pu avoir lieu qu'à cinq heures, à cause de la difficulté de rassembler le nombre complet des chevaux qui devoient l'exécuter en remplacement des bœufs, qui, sur une route pavée, n'auroient pu faire le même usage de leur force que sur terre. La marche s'étant donc ouverte à cinq heures, la statue a été rendue à sa destination, sur le terre-plein du Pont-Neuf, à six heures et un quart du matin.

Aussitôt il a été fait une visite exacte de cette statue par M. Lemot, sculpteur, chevalier de l'ordre de Saint-Michel et de la Légion-d'Honneur, membre de l'Académie des Beaux-Arts et de l'Institut de France, à qui on doit l'exécution de ce monument, et par M. Molinos, chevalier de la Légion-d'Honneur, architecte-inspecteur général des travaux publics du département de la Seine, et de la ville de Paris, qui a été chargé par M. le comte Chabrol, conseiller d'État, préfet du département de la Seine, de surveiller le transport de la statue dont M. Guillaume, ancien charpentier, avoit conçu et exécuté l'armature et le traîneau sur lequel elle a été placée. MM. Lemot et Molinos, après avoir reconnu que ladite statue n'avoit été endommagée en aucune partie, et qu'elle se trouvoit sur le terre-plein du Pont-Neuf, dans le même état où elle étoit à son départ de la fonderie du Roule, ont signé le présent procès-verbal.

À Paris, ce 17 août, sept heures du matin.

Signé F. F. LEMOT et MOLINOS.

(Page 235.)

Paris, 23 août 1818.

Cérémonial approuvé par le Roi, pour le rétablissement et l'inauguration de la statue de Henri IV.

Le 25 août, le Roi partira du château des Tuileries à midi trois quarts pour passer la revue de la garde nationale, de la garde royale et des troupes de ligne en garnison à Paris. S. M. sera dans une calèche, ayant avec elle MADAME, duchesse d'Angoulême, et Mme la duchesse de Berry. Au plus près de la calèche du Roi, seront à cheval les Princes de la Famille royale et du sang. Une salve d'artillerie annoncera le départ de S. M. du château des Tuileries.

Le Roi sortira par le guichet donnant vis-à-vis la rue de l'Echelle, passera par la rue de Rivoli, la rue Castiglione, la place Vendôme, la rue de la Paix, les Boulevards à droite, jusqu'à la place de la Bastille, la rue Saint-Antoine, la place de l'Hôtel-de-Ville, les quais Pelletier, de Gèvres, de la Mégisserie et le Pont-Neuf. S. M. descendra auprès de l'estrade élevée à l'entrée de la place Dauphine, et se placera sur son trône, entourée des Princes et Princesses de la Famille royale et du sang.

Les gradins au plus près du trône seront occupés par MM. les membres du corps diplomatique et les personnes invitées de la part du Roi. Les autres gradins de l'estrade, et ceux qui auront été construits autour de la statue, seront réservés pour des souscripteurs Le comité des souscripteurs, ayant à sa tête M. le marquis de Marbois, son président, sera placé à droite et au bas de l'estrade du trône du Roi. A l'arrivée de S. M., le comité des souscripteurs, ayant son président à sa tête, et le corps municipal, ayant également à sa tête le préfet de la Seine, iront à la rencontre du Roi, conduits par les officiers des cérémonies, et accompagneront S. M. jusqu'à son trône.

Le Roi étant assis, la statue qui aura été voilée jusqu'alors, sera découverte par huit de MM. les souscripteurs, placés aux quatre angles du piédestal. Une salve d'artillerie annoncera le moment où la statue sera découverte.

M. le président du comité des souscripteurs, averti que S. M. lui permet de prendre la parole, aura l'honneur d'adresser au Roi un discours sur l'hommage décerné à la mémoire de Henri IV.

Le ministre secrétaire d'Etat de l'intérieur présentera à S. M., M. Lemot, sculpteur, avec les artistes qui ont coopéré à la confection du monument, l'auteur de la médaille, etc.

Ensuite toutes les troupes dont le Roi aura passé la revue, qui seront venues se placer sur la rive gauche de la Seine, défileront devant S. M. et devant la statue de Henri IV.

Les troupes ayant achevé de défiler, le Roi sera reconduit à son carrosse par le comité des souscripteurs, ayant à sa tête son président, et par le corps municipal.

S. M. retournera au château des Tuileries par le quai de Conti, le quai Malaquais et le Pont-Royal.

Une salve d'artillerie annoncera le retour du Roi aux Tuileries.

S. M. étant rentrée, des hérauts d'armes distribueront, sur les boulevards et sur les quais, des médailles frappées à l'occasion du rétablissement de la statue du Roi Henri IV.

Le grand-maître des cérémonies de France:
Signé le marquis DE DREUX-BRÉZÉ.

(Page 248.)

Procès-verbal de l'inauguration de la statue de Henri IV sur le terre-plein du Pont-Neuf.

Cejourd'hui mardi vingt-cinq août mil huit cent dix-huit, en présence de Sa Majesté Louis dix-huitième du nom, Roi de France et de Navarre ; de Leurs Altesses Royales les Princes et Princesses de la Famille Royale ; de Leurs Altesses Sérénissimes les Princes et Princesses du sang ; des Ambassadeurs, Ministres, Grands-Dignitaires, et autres personnes, en très-grand nombre, invitées à la présente cérémonie ;

Nous membres composant le comité des souscripteurs, après avoir pris les ordres de Sa Majesté, avons procédé à l'inauguration, sur le terre-plein du Pont-Neuf, de la statue équestre de Henri, quatrième du nom, Roi de France et de Navarre, commencée en mil huit cent quatorze, et jetée en bronze en mil huit cent dix-sept par le sieur Lemot, sculpteur, chevalier de l'Ordre de Saint-Michel et de la Légion-d'Honneur, membre de l'Académie des Beaux-Arts et de l'Institut de France, chargé par nous, au nom desdits souscripteurs, de tout le travail relatif au monument de ce grand Roi.

Et à trois heures après midi, le Roi ayant donné le signal de découvrir la statue, MM. Lerat de Magnitot, juge de paix du deuxième arrondissement; Wante, directeur des pensions au Trésor royal; Borel, secrétaire de la première présidence de la Cour des Comptes, et officier de la première légion de la garde nationale de Paris; Duparc, conseiller référendaire de ladite Cour, et capitaine de la septième légion de la garde nationale; Courte-Epée, inspecteur des travaux du terre-plein; Loiseleur, sous-inspecteur desdits travaux; Gaulier et Elie de Beaumont, élèves de l'Ecole Polytechnique, souscripteurs par nous désignés, ont abaissé les voiles qui avoient jusqu'à ce moment enveloppé la statue, et au même instant tous les assistans se sont levés, et le monument a été découvert aux acclamations d'une foule immense et aux cris répétés de *Vive le Roi!*

Et attendu qu'un récit détaillé et circonstancié, contenant tout ce qui est relatif au monument relevé par le zèle et la piété des Français, en témoignage de leur immortelle affection et respect pour le grand Henri, est en ce moment rédigé pour être incessamment rendu public, nous avons jugé superflu de redire ici ce qui est compris audit récit.

Et ledit jour, à cinq heures du soir, est comparu par-devant nous ledit sieur Lemot, ci-dessus qualifié et dénommé, lequel nous a requis acte du contenu qui précède, que nous lui avons délivré à telle fin que de raison.

Et avons signé, les jour, mois et an que dessus.

Signé, BARBÉ-MARBOIS, président; le cardinal
   DE BEAUSSET, pair de France; le duc DE LÉVIS,
   pair de France, ministre d'Etat; le duc D'AVARAY,
   lieutenant-général; le marquis DE VALMY, lieute-

nant-général; le marquis D'HARCOURT, pair de France; le comte DE CHABROL, conseiller d'Etat, préfet de la Seine; SEGUIER, pair de France, premier président de la Cour royale; QUATREMÈRE DE QUINCY, secrétaire perpétuel de l'Académie des Beaux-Arts; PÉRIGNON, membre du conseil du département; DENIS, notaire-trésorier, et PIERRET, secrétaire.

(Page 252.)|

Notice des objets renfermés dans le corps de la statue équestre de Henri IV.

PREMIÈRE BOÎTE.

Une ampliation sur parchemin du procès-verbal dressé le 23 août 1614, lors de l'inauguration de l'ancienne statue.

Une liste des membres du comité, sur peau de vélin.

Le procès-verbal dressé le 25 août 1818, jour de l'inauguration de la nouvelle statue.

SECONDE BOÎTE.

Les Économies royales de Sully, 2 vol. in-fol., édition connue sous le titre d'édition aux W. Verts, reliés en veau fauve, avec dentelles, compartimens, tranche dorée et armes de France, par Simier, relieur du Roi.

TROISIÈME BOÎTE.

Un exemplaire de la Henriade, en 2 vol., grand in-8°. et sur peau de vélin, édition de Beaumarchais, reliés par Simier en maroquin bleu, avec dentelles, compartimens et armes de France.

QUATRIÈME BOÎTE.

Un exemplaire de la Vie de Henri IV, par Péréfixe ;
ı vol. grand in-8°., papier vélin , édition de Renouard ,
relié par Simier en maroquin vert, avec dentelles et
tranche dorée.

Les vingt-cinq médailles suivantes ; savoir :

Le retour de Louis XVIII en France. C ᵉtte médaille
représente , d'un côté , l'effigie du Roi , et de l'autre la
France tendant les bras vers le vaisseau qui lui ramène ce
Monarque. Au bas est écrit : IL APPORTE LA PAIX DU
MONDE. 1814.

L'entrée du Roi à Paris. Celle-ci représente , d'un côté ,
l'effigie du Roi, et de l'autre Sa Majesté et Madame la
duchesse d'Angoulême, montés sur le char qui les
ramène ; la Paix les précède, l'olive à la main. La ville
de Paris leur présente les clefs , tandis que le peuple
témoigne la joie que lui inspire leur retour. Au bas est
écrit : LOUIS XVIII RENTRE A PARIS. 3 MAI 1814.

La Charte constitutionnelle. Cette médaille représente
sur un des revers, l'effigie du Roi, et sur l'autre Sa Majesté assise sur son trône, présentant la Charte aux
députés qui prêtent serment de fidélité au Monarque et
d'obéissance à cette loi fondamentale. On lit au bas :
CHARTE CONSTITUTIONNELLE. 4 JUIN 1814.

La Légion d'Honneur. Cette médaille représente ,
d'un côté , l'effigie de Henri IV, et, de l'autre , la décoration de la Légion-d'Honneur, avec cette exergue :
ORDRE ROYAL DE LA LÉGION-D'HONNEUR.

Le 3 mai 1814. Cette médaille représente , d'un côté ,
l'effigie de Henri IV, et de l'autre cette légende, entourée d'une couronne de chêne et de laurier : LUDOVICO RE—
DUCE, HENRICUS REDIVIVUS. III MAII M. D. CCC. XIV.

La pompe funèbre de Louis XVI et de Marie-
Antoinette. Cette médaille représente sur l'un des revers : la Religion présentant à la Monarchie l'urne

funéraire contenant les cendres de Louis XVI et de Marie-Antoinette, et celle-ci y déposant des couronnes. Près de la Religion est un Génie portant une croix, et de l'autre un Génie affligé, appuyé sur l'écu de France. On lit autour de cette médaille : REGALIBUS CINERIBUS. HONORES . INSTAURANT. Et au bas : LUDOVICI XVIII. PIETATE . XXI JAN. M. D. CCC. XVII.

Le mariage du duc de Berri. Cette médaille représente, d'un côté, l'effigie du Roi, et de l'autre le Génie de l'Hymen soutenant deux couronnes, l'une au-dessus d'un carquois, l'autre au-dessus d'un autel orné de guirlandes. Autour de cette médaille on lit : SPES . ALTERA . REGÑI ; et au bas : CAR . FERDINANDA . SICI- LIARUM . REGIS . NEPTIS . CARO . FERDINANDO . BI- TRIGUM . DUCI - LUDOVICI XVIII . FR. F. NUPTA. D. XVII . JVN . A. MDCCCXVI.

La paix de mai 1814. Cette médaille représente, sur l'un des revers, l'effigie du Roi, et de l'autre les Sou- verains de l'Europe faisant alliance avec le Roi légi- time de France. On lit autour : IMPERIA . LEGITIMA . FŒDERE . SANCITA . XII . MAI . MDCCCXIV.

Le 20 mars 1815. Cette médaille représente, d'un côté, la France en deuil voilant l'écu de France. On lit autour : RECEDENTIS . PRINCIPIS . DESIDERIUM . Et au bas, GALLIA. Et de l'autre, la Discorde, la main gauche appuyée sur la proue d'un navire, foulant aux pieds l'autel qui avoit été élevé à la félicité publique, et agitant une torche. On lit autour : DIES . VIGESIMA . MARTII . Et au bas, MDCCCXV.

Le retour du 8 juillet 1815. Cette médaille représente, d'un côté, l'effigie du Roi, et de l'autre Sa Majesté revêtue de ses habits royaux, montée sur un char attelé de quatre coursiers guidés par la Paix. On lit autour : FELIX . TEMPORUM . REPARATIO. Et au bas : REGE . IN . URBEM . REDUCE . VIII . JUL . MDCCCXV.

Le 21 janvier 1817. Cette médaille représente, d'un côté, l'effigie du Roi, avec cette légende : LUDOVI-CUS XVIII . REX CHRISTIANISSIMUS ; et de l'autre on lit : DIEBUS 18 . 19 et 21 . jan . MDCCCXV . CORPORA LUDOVICI XVI et MAR . ANT . AUST . CONJUGIS SUÆ . DELECTA . DEFOSSA . REGIISQUE . ATAVORUM . SEPULCHRIS . REDDITA . — PIETAS FRATERNA.

La statue équestre de Henri IV. (Voyez la description de cette médaille, page 246 de l'ouvrage.)

(Page 253.)

Ordonnance du Roi, du 23 septembre 1818.

LOUIS, PAR LA GRACE DE DIEU, ROI DE FRANCE ET DE NAVARE,

Déférant au vœu des souscripteurs pour les frais du rétablissement de la statue d'Henri IV, à l'effet de consacrer, par les mêmes formes établies pour le jugement des recettes et dépenses publiques, le recouvrement et l'emploi des fonds offerts par le zèle patriotique de nos sujets pour relever un monument que les regrets de la France redemandoient,

Sur le rapport de notre ministre secrétaire d'Etat des finances,

Nous avons ordonné et ordonnons ce qui suit :

Art. 1er. Notre Cour des Comptes est autorisée à recevoir le compte du sieur Denis, doyen des notaires de Paris, qui s'est chargé de recueillir et d'appliquer gratuitement à leur destination les dons offerts pour la réérection de la statue équestre de Henri IV. Elle constatera, par un arrêt qui sera rendu public, le produit et l'emploi de ces patriotiques offrandes.

2. Notre ministre secrétaire d'Etat des finances est

chargé de l'exécution de la présente ordonnance, qui sera insérée au Bulletin des Lois.

Donné au château des Tuileries, le 23 septembre de l'an de grâce 1818, et de notre règne le vingt-quatrième.

Signé LOUIS.

Par le Roi ;

Le ministre secrétaire d'État des finances,
Signé le comte CORVETTO.

(Page 255.)

Nous Jules-Jean-Baptiste-François de Chardebœuf, comte de Pradel, directeur-général du ministère de la maison du Roi,

En exécution de la décision du Roi, du 20 novembre dernier, laquelle porte qu'il sera distribué, en signe de souvenir, une médaille à ceux des fidèles sujets de Sa Majesté qui ont concouru au rétablissement de la statue de Henri IV ; que cette médaille, du module de quinze lignes, présentera à sa face les effigies profilées, l'une sur l'autre, du Roi et de Henri IV ; et au revers une inscription ainsi conçue : « A nos fidèles sujets, pour » avoir, spontanément et de leurs deniers, rétabli la » statue de notre VIe aïeul Henri IV. » Et encore que cette médaille, frappée en nombre suffisant pour être distribuée à tous les souscripteurs, ne sera donnée ni vendue à aucune autre personne ; mais que les coins en seront brisés, afin que les seules familles des souscripteurs aient à se glorifier de la posséder,

Avons arrêté et arrêtons ce qui suit :

Art. 1er. La médaille, dont nous avons fait graver les poinçons et carrés, conformément à la décision du Roi, en date du 20 novembre 1818, sera remise, en bronze, à toutes personnes inscrites aux listes des souscripteurs pour le rétablissement de la statue de Henri IV, ou qui justifieront, par autre moyen quelconque, avoir pris part à cette souscription, et qui réclameront ou feront réclamer cette médaille à la Monnaie royale des Médailles.

2. La distribution commencera à dater du 25 décembre présent mois, et se continuera durant les années 1819 et 1820.

3. Au 1er janvier 1821, les poinçons et carrés de la médaille dont il s'agit seront brisés, et les débris en seront déposés, avec ampliation du présent arrêté, au même lieu de dépôt et de la même manière qu'il aura été fait pour les autres actes et documens relatifs à la restauration de la statue de Henri IV.

4. Le directeur de la Monnaie des Médailles est chargé de l'exécution du présent arrêté.

Au château des Tuileries, le huit décembre mil huit cent dix-huit.

Signé le comte DE PRADEL.

FIN DE L'APPENDICE.

TABLE GÉNÉRALE

DES

NOMS ET MATIÈRES.

21

FIN.

www.ingramcontent.com/pod-product-compliance
Lightning Source LLC
Chambersburg PA
CBHW050143030726
47505CB00005B/1218